20城游历：
见闻、感悟与评述

黄炜/著

武汉出版社
WUHAN PUBLISHING HOUSE

（鄂）新登字 08 号
图书在版编目（CIP）数据

20 城游历：见闻、感悟与评述 / 黄炜著 . -- 武汉：
武汉出版社 , 2025.6. -- ISBN 978-7-5582-7257-8

Ⅰ . I267.4

中国国家版本馆 CIP 数据核字第 2024MC5616 号

20 城游历：见闻、感悟与评述
20 CHENG YOULI: JIANWEN, GANWU YU PINGSHU

著　　者：黄　炜
责任编辑：黄　澄
封面设计：孟　元
出　　版：武汉出版社
社　　址：武汉市江岸区兴业路 136 号　　　　邮　编：430015
电　　话：（027）85606403　85600625
http://www.whcbs.com　　E-mail:whcbszbs@163.com
印　　刷：文畅阁印刷有限公司　　　　　　　经　销：新华书店
开　　本：710 mm×1000 mm　1/16
印　　张：12.25　　　　　　　　　　　　　　字　数：250 千字
版　　次：2025 年 6 月第 1 版
印　　次：2025 年 6 月第 1 次印刷
定　　价：89.00 元

版权所有・翻印必究
如有质量问题，由本社负责调换。

前　言

描绘祖国各地的景色只是本书的目的之一，我还观察了各重要城市的建设、运行与发展情况，赞扬其优秀、先进之处，客观地评价其不足，并把它们相互比较，有比较才有触动。满招损，谦受益，听听局外人的意见可能是一件很有意义的事。由于对上海更熟悉，所以我在书中常把某城与上海比较，这绝不是贬低某城，只是我喜欢从自己熟悉的视角切入去写作，这样写作效果更好，能为读者提供不同的观察视角。我还多次把外地（高级别）的大学与我所在的大学比较呢，尽管我所在的学校在旧衡量标准下属于"二本"，这样的比较并非没有意义哦，因为外地的一些"双一流大学"在某些方面也许还不及我所在的学校呢。

管理学讲究走动管理、现场管理，不过国内的走动管理之风并不盛，亲自调研之风也不盛。我愿意多步行，多游历，把观察到的一些情况告诉相关管理者，也希望官员和学者们更多地下乡，走进工厂，走进社区，走进学校，走进部队……从而将管理工作和研究工作做得更好。

我对出国游兴趣不大，我认为在自己的"地盘"上游历更踏实。截至2021年末，全国共有691个城市，包括297个地级以上城市和394个县级市。我比较想游历的城市也就四五十个吧，主要是省会、自治区首府、直辖市和其他知名城市，而这些城市不一定只去一次，可以去两三次，细细感悟。

本书未包括上海游记，因为相关内容已写入《老派上海话（第二版）》（撰写中），我还用老派上海话写了一本关于上海的游记，计划2025年出版。本书各部分内容甚至各景点内容不是断开、互不相干的，而是我通过当时的体会和现在写书时的回忆，根据行程把它们有机串联起来的，就像一部部生动的纪录片。本书致力于再现游历时的现场感，向读者更生动地展现当时的场景，传递当时的信息，甚至我当时的感受和情绪。创作本书时，我融合了学术研究的好习惯，不想当然，而是借助可用的资源多方求证。总之，写游记也不是轻轻松松、随心所欲的事，同样要讲求科学、真实、合理，同时注重美感。

希望看过本书的读者今后能够留出更多的精力探索我们祖国的山河，为发展国内旅游业贡献一份力量。我的初衷是写国内重点城市游历的大散文，或者是夹叙夹议的大杂文，而不是旅游攻略，但读者若把此书当作国内游指南，参照着游览，能大大省心，避免若干窝心事，这也算本书的额外效用了。

黄　炜
写于上海工程技术大学管理学院
2024年4月

目　录

引　子 ··· 1

成都篇 ··· 2
 太古里和春熙路商业圈 ·· 4
 天府广场 ·· 5
 皇城清真寺 ·· 6
 既古典又时尚热闹的宽窄巷子 ····································· 7
 肃穆的武侯祠和惠陵 ·· 11
 让游客欢乐满满的成都大熊猫繁育研究基地 ··················· 12
 春熙路周边及后街 ··· 14
 再游时尚太古里及周边 ··· 15

重庆篇 ··· 18
 豪华气派的解放碑步行街 ·· 19
 热闹的新华路；洪崖洞附近 ······································· 21
 洪崖洞——市中心的网红景点 ···································· 23
 谈一谈宾馆的事 ·· 25
 南岸区环抱渝中区和江北区 ······································· 26
 磁器口古镇与江北嘴核心金融区 ································· 30
 归　途 ··· 32

西宁篇 ··· 34
 路上的见闻与感想 ··· 34
 逛动物园，在市内转悠 ··· 37
 网红景点塔尔寺 ·· 41
 西宁人民公园、青海美术馆、湟水河 ··························· 44

兰州篇 ··· 47
 上午徜徉于雨中的黄河南岸河滨 ································· 47

i

中午开始登黄河北岸的白塔山 ·· 49
在兰州城内逛 ·· 49
碑　林 ·· 50
比较几个山城 ·· 52
到兰州还应爬兰山 ··· 53

银川篇 ··· 55
一个下午转悠了许多地方 ·· 55
雄伟的贺兰山 ·· 56
游玩水洞沟 ·· 58

呼和浩特篇 ··· 60
壮观的昭君墓、途中经历及其他景点概述 ························ 60
美丽的敕勒川草原 ··· 62
尾　声 ··· 63

大同篇 ··· 64
悬空寺和应县木塔 ··· 65
云冈石窟 ·· 67
高大壮观、建造精良的新城墙 ······································ 69
关于城墙的思考 ·· 70
在古城内逛 ··· 72
点　评 ··· 73

北京篇 ··· 74
烈日下徒步游圆明园 ·· 75
离开圆明园后瞎转悠了一气 ·· 76
王府井大街和东长安街 ··· 78
望故宫（紫禁城）宫墙兴叹 ·· 78
各地热门景点都不应搞网上预约一刀切 ·························· 79
颐和园景致好于当下的圆明园 ······································ 81

  在北京找宾馆不太顺心 ········· 82
  许多宾馆亟待加强管理、提高服务水平 ········· 84
  速游园博园 ········· 85
  高铁返程路上 ········· 86

山东篇（曲阜、泰安和济南） 88
  在曲阜拜谒孔庙、孔府和孔林 ········· 88
  泰　山 ········· 90
  皮影戏、岱庙、泰山后山及玉泉寺 ········· 91
  济南半天行程 ········· 93

贵阳篇 94
  路上的记述 ········· 94
  一出火车站，我茫然无措 ········· 95
  老东门城墙公园 ········· 96
  阳明祠、东山和贵阳广场 ········· 97
  甲秀楼和仙人洞 ········· 98
  黔灵山公园 ········· 100
  难得晚上逛街 ········· 101
  观山湖区豪华气派的金融街 ········· 102
  去贵阳北站的路途让我再次陷入困境 ········· 103

昆明篇 104
  斗南花市、官渡古镇、世博园 ········· 105
  美丽的滇池（昆明湖） ········· 106
  市中心与广福路上 ········· 108
  再见，昆明 ········· 108

丽江篇 110
  丽江古城 ········· 110
  再游古城 ········· 112
  尾　声 ········· 113

哈尔滨篇 · · · · · · 114
 黑龙江大学 · · · · · · 114
 黑龙江省博物馆改变了我前一阵对展馆的忽视 · · · · · · 115
 市中心红博广场及周边 · · · · · · 117
 哈尔滨工业大学 · · · · · · 118
 中央大街和松花江 · · · · · · 120
 索菲亚教堂 · · · · · · 121
 哈尔滨博物馆也很有魅力 · · · · · · 122
 东北农业大学 · · · · · · 124

长春篇 · · · · · · 126
 人民大街命名变迁，清真寺、南湖、水文化园 · · · · · · 126
 人民大街、重庆路商业街、重庆胡同 · · · · · · 128
 美丽的东北师大校园 · · · · · · 129
 吉林省自然博物馆 · · · · · · 130
 美丽繁华的人民大街 · · · · · · 131

沈阳篇 · · · · · · 134
 有魅力的沈阳故宫博物院 · · · · · · 134
 未找对游览景点，又乱跑了一气 · · · · · · 138
 很大的北陵公园 · · · · · · 138
 蓬瀛宫和南塔 · · · · · · 141
 拉客的金融博物馆 · · · · · · 142
 对一些博物馆的简略评价 · · · · · · 143

天津篇 · · · · · · 144
 意大利风情区旁边的海河，鼓楼 · · · · · · 144
 美丽的水上公园 · · · · · · 146
 天津市中心既有典雅老建筑又有现代感十足的新大厦 · · · · · · 148
 宽敞的、内饰漂亮的天津博物馆 · · · · · · 150

  再逛五大道 ·· 154
  回 程 ·· 155

福州篇 ·· 156
  乘动车去福州的路上 ······························ 156
  福州名片——三坊七巷 ···························· 157
  文庙和一路之隔的乌塔、乌山 ······················ 158
  屏山上的镇海楼 ···································· 160
  西湖与自然博物馆、美术馆、福建博物院主馆 ········ 161
  漂亮的福州国家森林公园 ·························· 163
  去马尾（区）的中国船政文化园 ···················· 164
  闽江之心和旁边的青年广场 ························ 165
  回 程 ·· 166

长沙篇 ·· 168
  乘高铁去长沙的路上 ······························ 169
  踏上长沙的土地 ···································· 170
  湘江西岸岳麓山下的两所985大学和湖南美术馆 ······ 171
  去五一广场途中换成另外三个参观点 ················ 172
  五一广场及周边、湘江中路滨江大道 ················ 174
  一路之隔的简牍博物馆和天心阁 ···················· 175
  漂亮奢华的国金中心和世茂中心 ···················· 176
  有历史陈列室的长沙大寺——开福寺 ················ 178
  湘江大道江滨、三馆一厅 ·························· 178
  来到岳麓山脚下 ···································· 180
  满是宝贝的湖南博物院 ···························· 182
  尾 声 ·· 184

后 记 ·· 185

引 子

好几年没出上海了(以前忙于工作和治学,后来又受疫情影响),高铁开动的那一刻,立即有了漂泊的感觉。一直想重遇小时候看到的夕阳西下的山景,但坐在火车上很难看到,小时候是坐汽车看到的。很多绝美的风景,坐火车、坐汽车是不可能看到的,估计即使像郦道元、徐霞客那样的旅行家,因为山路崎岖难行、树木丛生、蛇虫挡道,也无法深入那些人迹难至的地方,看到那些瑰丽奇异的风景。不知道我将来有没有勇气步行于山郊荒野,体会元曲家马致远"枯藤老树昏鸦,小桥流水人家,古道西风瘦马。夕阳西下,断肠人在天涯"的心境。在我们国家,到荒野旅行,治安方面问题不大,但很可能会遭受大自然的伤害。

成都篇

2023年6月18日。从地铁9号线七宝站6号口出来，不必穿过马路，右转走50米就是虹桥枢纽5路公交车站，虽然线路图上看从此处到虹桥西交通中心只有一站，但实际上的路程却很长。枢纽5路会先在T2航站楼停一下，然后在火车站旁边停。后来发现枢纽4路也能到达同样的目的地，它向5路看齐了。人头攒动的虹桥火车站，平时客流量就很大。

一路上途经嘉兴南、杭州东、南昌、长沙火车站，最终抵达成都东站。成都东的火车站比较漂亮，是新造的，就像上海专门为高铁造的虹桥火车站那样。一离开南昌站，我就看到前面好多山。凯里、贵阳、毕节（都是贵州省的），宜宾西、乐山（这些是四川的）这些站，G2193次列车在一开始的路程预报中没有提，让我觉得路程好像不是特别长。

中国真大，出发时苏浙沪在下暴雨（暴力梅雨），到了江西某地天气就转为多云了，再往前开，太阳就挺厉害了，火车外温度达到了34度，晚上到贵阳又看到外面下雨了。从邵阳北往怀化，就开始出现连绵不绝的山（山不一定很高），后面的行程感觉大部分时间火车都在钻隧道。贵州的山应该比湖南的山更多吧，因为从怀化[①]（湖南的地级市）到凯里（贵州的地级市），再到贵阳，几乎也都在钻隧道。

中国人真了不起！为高铁和普通火车开凿了这么多隧道，高铁开行得非常稳定，比地铁还平稳，坐在高铁上也很舒服，怪不得外国人羡慕。不少城市（包括上海）的地铁在不少路段出现车轮激烈撞击铁轨的情况，发出刺耳的声音，应该是路轨没有铺平。G2193次列车全程都没有这种声音，即使在长长的隧道里，也只有呼呼的风声。

高铁不像以前的火车，没有那种有节奏的撞击声和震动，我以前睡卧铺要靠这种有

---

① 此名估计是怀柔感化的缩写。怀化谁呢？古代中原朝廷想怀化少数民族和边远地区人民。呼和浩特以前叫归化，陕西有靖边、定边和安边，古代边远地区会有这样的地名。

节奏的撞击声催眠。现在，高铁好像开行在两根无限长的、整体制造的铁轨上，铁轨平滑得似乎没有焊缝一样。

但有两点遗憾。第一点是我盯着车厢的屏幕看，发现车速并没有达到每小时 350 公里，最多就是 300 公里多一点，所以我还觉得高铁的速度慢了一点，上午 10:48 从虹桥站发车，晚上 11 点多才到成都东站。有两站耽搁了挺长时间，不应该停那么长时间的，因为不是大站，且有一站是乘客人为原因。第二点是高铁里没有免费无线网络，这是可以提供的，但没有普及，只有部分高铁提供。

古人从松江府到成都府要几个月的时间吧，现在乘高铁只要 12 个小时多，实际上可以在更短的时间里到达，因为绕路了。成都东站比虹桥火车站还大，门楼也更漂亮，但内部装修可能没有虹桥火车站的精致，从地下通道走到地面广场费了我不少时间——无清晰指示牌，导致我走错了路。

成都东站外景

6 月 19 日。之前高铁屏幕上显示列车要经过贵州，我挺纳闷：四川在中国的西部，上海在中国的东部，为什么要绕到南部的贵州去呢？今天查了地图才明白，原来高铁路线也像城市里的公共汽车路线一样，要绕啊绕地多拉一些乘客，所以要耗费 12 个小时以上。上海虹桥站到哈尔滨西站，远那么多，全程也不过 12 小时 10 分钟。

车厢里的乘客也说，江西、湖南、贵州的打工人员多，所以要绕到这里才有更多的乘客。如果按直线走的话，应该是从上海经过江苏/浙江，经过安徽，再经过湖北，也许穿过重庆，再到四川成都，不过这样近似直线的距离差不多也有近 2000 公里，比上海到北京或西安远。

从上海虹桥站到成都东站，高铁二等座票价近 1000 元，一等座票价 1300 多元，商务舱要 3000 多元。成都东站旁边的 7 天优选旅店，大床房 259 元，设施还可以，还包含早餐。现在是旅游淡季，我深夜到站也能顺利找到宾馆入住。

太古里和春熙路商业圈

2023年6月19日。我从地铁2号线春熙路站一出来，就不由地感叹：哇，成都的高层建筑真不少！这里便是太古里商业区，是成都的市中心地带。以前这里的广东会馆现在变成了路易威登专卖店，该会馆因"湖广填四川"这一重大历史事件而具有纪念意义。漫广场有不少黑色的房舍，有的用作茶楼，看上去倒也不违和。大慈寺（古大圣慈寺）始建于魏晋年代，现存的建筑是顺治至同治年间重建的，曾在这里修行的第一高僧就是玄奘。大慈寺前碑上的字是苏轼题的。

成都市中心地带的春熙路商业圈和旁边的太古里都是高楼林立的地方。看来以后到别的城市还是先乘公共汽车直达市中心，再从市中心往四周"开花式"参观，我后几个月基本上都采用此参观方法。远处是太古里商圈中的晶融汇，更远处是喜年广场和西金中心。一如其他城市的国际金融中心（International Finance Square，简称国金中心），成都国金中心的商场也十分庞大，而且特别长，一眼望不到头。爬楼的调皮熊猫雕塑下是网红打卡点。在长沙国金中心的6楼楼顶，也有一个很大的雕塑，坐在楼顶边缘。这样的设计，上海也可以学一学，可以凝聚更多人气。

成都国金中心的塔楼（4幢）比长沙的多，但没后者的高；重庆江北嘴国金中心的塔楼（6幢）比成都的多，也高（这是我在现场看到时的感觉以及现在看照片后的判断，后来在网上查资料，资料显示，重庆江北嘴国金中心塔楼中最高的为300米，成都的是248米，看来我的判断是准确的），但地段远不如成都。香港九龙仓集团在苏州和无锡也建有国金中心。

成都国金中心外景

春熙路商业圈是成都的网红打卡点，外地人、成都人都往这个地方挤，这天是星期一，且未到旅游旺季，人也非常多。作为第一次来成都的外地人，我觉得此商业圈的布局有点乱，但估计对成都人而言，应该是很好的、很方便的布局，因为在那里有各种形式的商场，他们要买什么东西都能轻松找到。用一个词形容该商业圈就是"热闹"，再加一个词就是"丰富"。对了，春熙路上的垃圾桶是感应式开门，很贴心。

天府广场

不做功课、说走就走的旅行虽然率性，但也盲目，要不是跟路边一家旅游公司的妹妹聊天时，她热心地告诉我成都有哪些景点值得探访，我还以为就只有之前逛的中心商圈值得一逛呢，后面将按她的指点一一到访。我发现成都是一个有内涵的城市，一两天是看不够的。写此书时，我打开百度地图，发现市区还有不少地方我没去过，甚至都不知道，例如杜甫草堂博物馆及诗圣文化园。往天府广场走，在天桥上看到东原中心，45层，200米高，其高度在成都是名列前茅的。东原中心附近有四川大剧院。

天府广场在青羊区。周边有成都博物馆和四川省图书馆，远一点的有四川美术馆，这才是广场，上海的人民广场和文化广场都被隔离得不像广场了。南昌的八一广场如果还是原状的话，那也是广场。今天成都好热，气温34度，幸好没有太阳暴晒，我又庆幸选择6月中旬来成都，七八月会更热。天府广场所在地在隋朝时就有记载，当时名为龙跃池。广场上的双龙雕塑代表着长江和黄河，其造型源自金沙遗址出土文物。

左为天府广场，右为成都博物馆（即深色建筑，其大楼规模堪比一些省级博物馆）

皇城清真寺

成都有高楼大厦，但超高层应该比较少，比上海的少得多，不过成都的高楼大厦也挺气派。成都博物馆就在天府广场西面，不过今天是星期一，参观不了。穿过博物馆的通道就能看到小马路对面的皇城清真寺，古代这儿确实是皇城，其范围包括广场北面的科技馆所在地。该寺任由游客参观，而且还是在星期一，连屋顶上的亭子我好像都爬上去过了。成都的回民应该很多，我后来在路上还看到成都市回民小学，在人民公园附近。从西安到西宁，以及郑州，这些中部和西北部城市都有许多回民，所以有回民街、回民学校等。

在皇城清真寺，进祈祷室前要脱鞋！不过我没进去，只在门口看了看。不仅椅子一派中国化，寺里还有好多楹联。中国古人很有意思，居然把中国文化与外来宗教结合得如此好，不但有楹联，还有诗歌呢。因为不熟悉伊斯兰教，在清真寺看到这些我还觉得新奇，而在佛教寺庙看到它们的融合，已经一点也不觉得奇怪了。由此推导，不必希望看到清真寺一定要有洋葱屋顶和尖尖月牙等伊斯兰教的建筑特点，出现具有中国古典建筑风格的清真寺也很正常，我在后几个月的游历中常常看到这样的清真寺，例如呼和浩特和长春的清真寺。

透过成都博物馆看皇城清真寺

寺庙墙上的阿拉伯文字好复杂呀,像图画。

成都人(例如商店营业员和宾馆服务员)热情对待游客,连这里的清真寺都显得比其他一些城市的更好客。这个清真寺不算很大,但游客可以自由进入参观,我也得以近距离、从不同角度观察祈祷室的样子。此后几个月在其他城市基本上没有这样的机会。

离开清真寺,步行到成都银行,其马路对面就是成都市人民公园,公园门口是川军抗日阵亡将士纪念碑,我们永远不会忘记川军的抗日贡献。在近现代史中,川军和湘军的贡献我们都不能忘记,左宗棠就是带着湘军千里迢迢跋山涉水去收复新疆的,李鸿章不看重西北屏障,要专务海防(结果还是全军覆没),没有左帅的誓死坚持就没有现在的新疆,文襄公可谓伟大的民族英雄。2009年及此后那几年很火的电视连续剧《我的团长我的团》讲的就是川军的故事,不止龙文章的"炮灰团"是川军团,它所在的军也是川军,当然,只是以四川兵源为主,实际上五湖四海的兵都有,北京的烦了、东北的迷龙、陕西的兽医、上海的阿译、湖南的不辣……

白天,沿着四川省财政厅门口的一条小马路走到丁字路口,在一家商场门口,路面突然低下去,但没有任何警戒色,两段路面的颜色又一样,害得我的脚别了一下,不知道会不会影响明天走路,晚上躺在床上还有点疼,希望睡一晚就好了。

走在街上,满耳朵、满脑子的四川话,晚上在宾馆,我洗衣服擦肥皂时也好像是四川话的节奏。这样的方言环境,不输给广东,上海还能不能再有这样的方言环境呢?21世纪前,上海话的语言氛围也很好呀,然而现如今上海话大为衰落,后来,许多上海人又呼吁拯救上海话。今天已和好几位四川人交流过了,他们说成都话,我说普通话,交流并无障碍。

既古典又时尚热闹的宽窄巷子

我的旅行包不算大,里面的东西不算多,但第一天背着它走了几个小时就觉得勒得慌,觉得很重。很多人背那么大的旅行包,他们是怎么背得动的?尤其是老外背的包有半人高。19号这天我把早就不想要的、很沉的望远镜给了附近一位捡垃圾的阿姨,而且望远镜也坏了,晚上在宾馆又精简了一些东西,下次出门还要更精简。昨天吃午饭时不应该把那些腊肉都吃掉,因为到了晚上就觉得胃不舒服,在外旅游一定要确保身体健康。

6月20日。早上6点多就想出门,忽然觉得两腿酸,还没缓过劲来,于是在宾馆多待了两个小时。昨天右脚因为踏空扭伤了(睡了一个晚上,不疼了),多休息一会儿也是好的。在外旅游一定要注意安全，昨天踏空别伤脚，算是一个警告。前一阵集中探访上海的街巷、景点，起码隔一天才出门，现在在外地旅行，当然不可能休息一整天，但也要尽量多休息，使双腿恢复状态。直到9点钟左右我才退房去宽窄巷子。

在宽窄巷子附近的一家小饭店点了一份红糖冰粉和一份担担面，总共才15元，冰粉非常透明，跟常见的凉粉不一样，说是冰粉籽做的。我不知道担担面酱在面的下面，吃完了才发现。吃完早饭就去旁边的宽窄巷子，我按旅行社里妹妹的建议先逛窄巷（经过了宽巷子，窄巷和宽巷只隔着窄窄的一个街区）。在窄巷子附近，我看到右边照片里的小叶榕，350岁；旁边还有一株，400岁。小叶榕的原产地是印度。

350岁的小叶榕

窄 巷

经过星巴克往窄巷里走，隔壁是少城记忆。外国饮食企业真会做生意，专门往热闹的地方钻，只是钻到故宫里惹了中国老百姓的怒气，被赶出来了。宽窄巷子虽也是古建筑，但其历史意义和象征意义不能与故宫比，星巴克在这样的地方开店就不会惹什么麻烦，反而还能多赋予古建筑一点现代气息和洋气。

少城记忆是卖银器的，其店铺据说过去是年大将军的府邸，是窄巷最大的一处宅院，少城是过去的地名。我参观他们的府库时忘记拍照了，很可惜。府库里有很多从顺治到民国时期的库银，包括大小元宝和银圆，也有他们店制作的银圆。这位营业员真好，主动邀请并带我参观他们的府库。

小时候觉得银圆挺大，现在看看那些银圆又觉得挺小的，其实是同样大小的银圆。小时候看很多东西都觉得大，看到鸡呀，狗呀，鹅呀，都觉得很大，看到大鹅还很怕，看到猪、马、驴，那都是大家伙了，看到弄堂还觉得很宽呢，可以在小弄堂或小巷里飞快地钻进钻出，乃至踢球。小孩儿的眼光大概和猫、狗的差不多。

成都有很多银器店，特别是在宽窄巷子。锦里也有不少银器店，春熙路商业圈也有不少，他们的拉花技术很好。我问一位老匠人："我看您在敲银器的边，是不是想把边敲得内卷，这样就不会割手？"他夸我有见识。在宽窄巷子里，我感觉民间的工艺传承情况好像还不错，不是有不少年轻人也在做匠人嘛。我逛了两天，倒一直没看到金店。

少城记忆的内景

云贵川人民喜欢戴银器,认为银器可以驱寒。大家可以想象一下苗族妇女的各种银饰。

走到禧来蜀韵园,不点茶的话,只要花10元买张门票就能看戏,我欣然进去等戏开场。后来逛完宽窄巷子才发现,它是宽窄巷子最实惠的一家戏园。第一个节目是古筝曲《盛世国乐》,那种雄伟的气魄让我印象深刻。

顺便说一下,网上的一些视频中,弹古筝的演员们动作过于夸张了,你是在弹琴,不是坐着跳舞。这是观众和演员、制作方的不良互动造成的,现在弹古筝乃至弹钢琴,以及演奏一些其他乐器,演员的动作不夸张一些就好像没有市场了。我认为演奏乐器时还是以稳重的台风为佳。

接下来上台的是一位吹笛子的妹妹,虽然长得比弹古筝的妹妹好看,但台风不如前者稳重,不可以在舞台上出现的小动作太多。作为乐器演奏演员,对观众没有一丝微笑,没有表情,也是不合适的。接下来还有武戏打斗、舞美表演等节目。

最后是压轴戏,川剧特色表演——变脸,还有喷火表演。我坐在最前面,而且从侧面看得清清楚楚,演员只要把那个圆盘道具往脸上一罩(不接触脸,只是往脸前一放),马上就变脸,真的像变魔术一样。看了几次都看不明白到底是怎么变脸的,反正就像神来之手——把道具往脸前一放,脸上的颜色马上就变,花纹也马上就变。

这位演员在结束表演之前还从台上跑到台下,绕观众席一圈,对着观众近距离表演变脸,估计他们也完全看不懂为什么能变得那么快。现在仔细看照片,我发现脸谱是布质的,不过演员如何能在瞬间更换布面具,还是不得而知。既然仔细看照片能有这样的重要发现，那么借助录像慢放功能能否发现关键诀窍呢？估计关键就是手法特别快吧。

心满意足地离开戏院后，我来到铜雕艺术品店，这里卖的是铜雕艺术大师、国家级非遗铜雕技艺代表性传承人朱炳仁的铜雕铜画作品。"朱府铜艺"是中华老字号，朱炳仁是第四代传人。窄巷里就有朱炳仁的两家铜艺店，分处巷子两侧，相距不远。我后来在别的城市也看到朱大师的店铺，外部装潢都挺漂亮，看来这家企业的实力还挺雄厚的。

接着到了一家金丝楠木艺术品商店，一座腾龙雕塑要卖100多万元，其背后是金龙鱼大型雕塑。还有用金丝楠木做的象棋，这下起棋来感觉多好呀。在另一家店还看到金丝楠木衣橱。金丝楠木是四川的特产树种，质地比红木软，适合雕塑，可以人工种植。用金丝楠木做的家具有金子般的光泽，夺目耀眼。

宽 巷

开始进入宽巷。好酒的人到了五粮液文化体验馆，是不是看看都醉了？五粮液文化体验馆从窄巷一侧延伸到宽巷一侧，横贯街区，两边都有大门，营业面积在这里应该是名列前茅的。五粮液集团的经营风格是覆盖高、中、低档，而且酒的种类也不一样，茅台集团也想尝试这样的经营风格，但不是很成功。星巴克、李宁这些潮店和时尚店在宽窄巷子也随了这里的氛围和风格。逛了宽窄巷子，感觉江南的不少古镇有些粗陋，还有千篇一律的感觉，这里多精致呀，不管是店内还是街面上。

在宽窄巷子，茶室很多，往往配有戏台和演出，店员穿着戏服在门口招揽生意。院子里摆满了花盆，还有一些点缀装饰，漂亮而又充满朝气、趣味，跟我一个多月后去的丽江的情况挺像，那儿平地城区和山上古城里无数的民宿也是这样宣传自己的。整个成都的茶室也很多，所以人们都说成都人很悠闲。宽窄巷子里也有很多特色饮食店。唉，没缘分，我在外游历，遇到这些特色饮食店时往往不饿，因为我胃口小，每天吃了两餐或三餐就不饿了。不过从健康养生的角度看，在外旅游不能贪嘴，看到好吃的都吃一点，口福是饱了，胃却受累了。得有很强的自控力，不该吃时尽量不吃。

宽窄巷子里也有很多采耳点，既有店铺形式也有地摊形式的，男、女采耳师傅把手里长长的不锈钢棒敲得叮叮响。我走过的城市中，成都的采耳店最多，其他城市的采耳店只是零星的，这里是采耳店集群。

宽窄巷子里很多店的店员都穿汉服，包括男店员，这样的服装与宽窄巷子的整体环境和氛围很相配，不知道西安是不是也有这样的氛围。宽窄巷子里的店员很热情，哪怕他们可能看出来我并不想购物，也会热心为我介绍店里的商品，甚至给我介绍一些背景知识，少城记忆的店员尤其值得点赞。昨天在春熙路商业圈，感觉那里的店员也挺热心。

我觉得窄巷比宽巷好玩，先逛窄巷的决定是正确的。旅游时应尽量先逛好玩的地方，否则在不怎么好玩的地方耗费了太多精力，等到了好玩的地方已经提不起劲儿来了，而且可能时间也不够了。例如到博物馆不要先去文创商店，到一个城市也不要先逛它的普通公园。多年前我去扬州瘦西湖，进了盆景园，我以为已经在瘦西湖风景区中心地带了，花了不少时间看盆景，后来走出盆景园才发现后面还有好多景点，那天在风景区游玩的时间大大缩水。

肃穆的武侯祠和惠陵

到武侯祠了，在宽窄巷子入口乘旅游公交车环线就能到这里，车票只要2元。虽然武侯祠更有名，但大门匾额上写的是"汉昭烈庙"（即昭烈帝之庙），侧壁上挂的才是"武侯祠"的牌子。武侯祠门前的大照壁也很肃穆，黑色为主，辅以土黄、红褐、淡青色。

刘备的惠陵又高又大。我下意识地顺时针绕行瞻仰，才发现别人都是逆时针绕行，所以总是迎面相遇，这让我有点尴尬。年轻的朋友们有心了，还特地向刘备陵献花。有一位女孩儿对她的同伴说，看了写给刘备的祭词都想流泪了，因为很有代入感。还有人把一只可爱的黄色小布狗放在捧花和祭词前，大概是一位可爱的女孩儿这样做的吧。我当时猜测，刘备的惠陵在皇帝们的陵园中不算很大，后来于同年7月游玩时发现昭君墓都比惠陵大得多。

看到一株110年树龄的黄葛树，与武侯祠近1800年的建设史相比，这都不算什么了。武侯祠匾额是郭沫若题写的。武侯祠和汉昭烈庙里面的塑像、匾额、楹联多是清朝留下来的，可见清朝皇帝对刘备和诸葛亮的尊重。清朝皇帝对中华文化很有认同感，也认为自己的民族是中华法统的正统接班人。更早朝代的塑像和匾额等，经历自然损毁很难留下来。诸葛亮像前也有少量花束。是否有点奇怪？献给刘备的反而更多，因为他是皇帝，还是只是今天是这样的情况？

武侯祠外景（这是昭烈庙里面的门楼）

看到了丞相裴度撰文、唐中期著名书法家柳公权的兄长柳公绰书写、名匠刻的唐碑，柳公绰虽无柳公权在后世有名，却也是兵部尚书。看着石碑和武侯祠里的古树，我想，像这样的古迹，一定得益于大家的保护。

　　出了武侯祠大门，进入旁边的锦里。锦里就是锦官城之里，紧贴着武侯祠，差不多就是美食一条街，也有其他类型的商铺。中国的文化和技艺太精妙了，居然能把书法绣出来。蜀绣店的售货员妹妹和我摆龙门阵摆了好一会儿，四川人把摆龙门阵也叫吹壳子。

　　从锦里出来找公交站，路过四川省交通运输厅。这么大的一个省，交通运输厅大楼并不算很大，有的城市市区两级政府的机关大楼都造得那么大，是不是有点奢侈？有的镇派出所造得那么大，令我诧异。

　　乘旅游环线到天府广场南站下车找旅馆，没看到附近如家的入口，因而住的是向日葵酒店公寓，才168元一晚，虽然看上去没有一般宾馆那么整洁，但各种设施齐全，而且房间比一般的旅馆大。虽然住这么高（35层），但晚上马路上的车声还是在耳边响着。我不喜欢住高楼，为了安静，第一次住这么高，但没有什么效果。35层的房间里还有个把蚊子，它们是乘电梯上来的吧？不知道哈利法塔和上海中心的顶楼会不会有蚊子，再想想，那种地方肯定清扫得特别干净，没有适合蚊子生存的环境。

让游客欢乐满满的成都大熊猫繁育研究基地

　　6月21日。为了写完游记，今天早晨起来，我饿着肚子一直写到将近12点钟才退房去吃午饭。步行来到天府广场（这里还利用地铁站形成下沉式广场）。广场正对面是四川科技馆（其西面旁边是四川省图书馆）；左边是成都博物馆；右边远处是高高的东原中心，有着天蓝色的玻璃幕墙，其旁边还有四川大剧院。广场上的雕塑是两条飞舞的金龙，遥遥相对，造型则是远古时的玉龙。

　　几个成都人告诉我的乘车方式不合适，他们叫我乘地铁去成都大熊猫繁育基地（以下简称"熊猫基地"），其实并不方便，还更费钱，因为出地铁站后还得乘那里的旅游车去基地，那里没有公交车，离基地又挺远。所以还是应该乘我昨天乘的旅游环线，它在市区有若干站点，包括我昨天下车的天府广场南站；并且乘该车到熊猫基地，还途经成都的许多重要景点。说到那里地铁站出口处的旅游车，他们只提供扫码买票方式，不收现金。

　　从那里的地铁站去熊猫基地的路上，说那一大片地方是郊区吧，又无城市开发迹象，说它是农村吧，又无农田，也无人迹。这里还不是典型的。2023年7月底，我在北京乘公交车去长辛店的路上，很长的一段路，公路两边既看不到城区应该有的楼房，又看不到农村应该有的田舍，说它荒芜倒也不荒芜，绿化还挺好的。不过那时是晚上，也许我看得不真切。北京虽大，都有这种情况，那北方地区的这种情况应该不少。而这种情况在苏沪平原很少看到，因为那里几乎所有的地都有实际主人，也就是使用者，不是国家或集体作为主人的那种抽象意义的主人，一大片无主的荒地是很难看到的。

从另一个角度看，虽然我国人口规模极其庞大，但不要被14亿人这个数字吓住，因为我们的国土面积相对而言更庞大，在北方，甚至在山区，还有庞大的土地资源供我们开发利用（极端情况是，西藏的人口密度是3人/平方公里，青海的每平方公里人口密度也是个位数）。我国当下长期的良好发展同样证明，庞大的人口绝不是累赘，恰恰是最宝贵的财富，是促进民族复兴的财富。

在成都设熊猫基地叫异地保护，因为成都的经济条件更好，人力资源也丰富。基地里有一些用水泥制作的假树桩等，其他动物园也有类似做法，我觉得不妥，这会给熊猫等动物造成错觉，它们可能以后看到真树也不会去抓，因为平时抓这种水泥树抓不动，建议不要用水泥树模拟自然环境。许多树都套上了竹管"马甲"，自然是为了保护树，使其不被熊猫抓坏。这里的树，有的树皮像是混凝土材质的，有的像是金属材质的，倒是能耐受熊猫的抓爬。

截至2023年，全球共有大熊猫2537只，其中野生大熊猫1864只，圈养大熊猫673只。当前，成都熊猫基地有200多只大熊猫，是全球最大的大熊猫人工繁殖种群。我今天在基地随便走走就看到了十几只，应该是运气好吧，已经比一般动物园的多得多了。我今天没什么耐心，背的包也沉，未把熊猫基地完整兜一圈，对小熊猫更没兴致去看。

基地饲养员，那位漂亮妹妹喊趴在树干高处平架上的熊猫下来，熊猫不肯下来，漂亮妹妹就开始爬梯子找寻来了。根据这只熊猫的体型判断，它的年龄大概介于幼年和成年之间。它看到漂亮妹妹爬上来找寻，就往旁边闪，树下的胖妹妹用竹耙吸引它，熊猫上当了，跟着竹耙往漂亮妹妹那边移，漂亮妹妹一把拽住它就往下拖。漂亮妹妹力气还挺大的，不过也得咬着牙，使上吃奶的劲儿。此情形跟网上流传的视频很相似，漂亮妹妹把熊猫拖进熊猫馆时，有游客按视频里的说法高喊："下班了！"（指熊猫下班了，谢

饲养员把熊猫往下拽，要带它回房间

绝见客人了。）就像许多小孩儿似的，真的被妈妈拽住，也就不怎么耍赖了，乖乖地被妈妈牵着走，可能它也怕摔疼，所以比较配合地随"妈妈"下了梯子。

熊猫住所既有房子又有小花园，算是花园别墅标准吧。熊猫吃箭竹和楠竹，当然更喜欢吃苹果等水果，我还看到饲养员递给（小）熊猫饼干吃。

熊猫喜凉怕热，如可能，大家夏天最好不要来基地游玩，等到春秋天再来，能看到更多的熊猫在室外活动。

春熙路周边及后街

我乘旅游车又到了春熙路附近，经过了成都总府皇冠假日酒店。总府是明朝都指挥使司的别称，后来有了总府街，延续至今。又经过邮政公司，邮政公司新大楼搭配着旧楼的外墙，旧楼有100多年的历史。这种做法上海也有不少，例如淮海中路375号的原法租界公董局老楼（不只是外墙面而是立体的老楼）就搭配着高大的中环广场商场大楼，外滩旁边的滇池路边上也有这种老楼外墙面搭配新楼宇的造型。

走到了春熙路商圈后街。在成都，类似希尔顿欢朋酒店这样造型的大楼有一些，但我好像没看到类似上海的许多不符合力学稳定结构的奇怪造型，成都的高楼大厦比较中规中矩，我欣赏这一点，不喜欢上海的那些为了显示造型奇特而不顾结构稳定性和牢固性的（超）高层建筑，我在网络贴子里一一指出并有照片为证。成都的高楼大厦并不少，但像上海那样的超高层（根据世界超高层建筑学会的新标准，300米以上为超高层建筑）大厦比较少见。西部城市建设得这么好、这么现代化，已经非常了不起了，并不比上海逊色太多。

在四川日报报业集团大楼附近不经意间看到一家尼康相机店，也卖望远镜，第一天我在春熙路商圈找了好久也没找到一家卖相机和望远镜的商店。但我试下来发现：小的、轻的望远镜（不能调焦，视野较小，也要五六百元以上，进口的）倍数太低，我近视，看远处不清晰；高倍望远镜又太大、太重。我决定放弃买望远镜了，不过后来在网上买了一个单筒望远镜，不但便宜，而且在望远效果和重量方面都合我意。

在外游历时由于差不多整个白天都背着包，后来我对包里的物品及其重量达到两两计较、钱钱计较或克克计较的程度，这倒不是强迫症，只是长时间背着，太重会让肩上的肌肉疼。听说过低温烫伤吗？——冬天里很容易发生，暖宝宝、被窝里的热水袋都可能在你不知不觉或熟睡时烫伤你。刚刚说的肩部肌肉疼就是类似这种效果。还有一句上海话俗语：百步呒轻担。百步？游历中我一天可能要走一万步甚至两万步以上。做个旅行者、背包族也不易，徐霞客、余秋雨、温铁军他们是怎么挺过来的？

也是在四川日报报业集团大楼所在的小马路（可能叫书院街或者在书院街附近）上找到了我要住的旅馆，顺便也找吃晚饭的地方，看看成都繁华地段之外的一些街景。经过四川省审计厅，那幢大楼由好多单位合用，四川省还是挺节约的，值得学习。

再游时尚太古里及周边

早晨退房后从书院街步行至太古里附近。成都人好勤奋呀，8点多钟就上班了，不止同仁堂这一家店哦，要知道，按时区算，成都与北京有1小时时差呢，也就是成都天亮得晚，黑得也晚，所以八点多就开店经营，确实很勤奋。

被沉沉的包勒了3天，终于忍不住把一双凉鞋拿出来扔了，尽管我是一个节约的人，但还是忍不住再次清理我的包。由于成都是游历的第一站，经验尚不足，尽管之前知道要少带随身物品，但还是带多了一点，例如凉鞋用不着，新买的背包也太大。旁边有一位年轻妈妈教育孩子要珍惜食物，不要把食物弄到地上，孩子问为什么要珍惜食物，母亲说，否则你长不大呀。应该为这位年轻妈妈点赞。

国金中心（IFS）由四幢塔楼组成，裙楼连接，规模很大。国金中心正门前的马路另一边，左半部分的四幢塔楼组成晶融汇，也是裙楼连接，规模也很大，也是大手笔。与喜年广场隔一条磨房街的是西部国际金融中心（以下简称"西金中心"）。西金中心正门广场上的雕塑，现场看到它时觉得像老虎，现在看照片明白了，是熊猫和川剧脸谱的结合（复旦大学管理学院新院区的墙面雕塑也是如此，现场看不太容易认出字母拼音，看照片则很清楚）。我不喜欢西金中心和国金中心的经营者用英文字母缩写作为大楼的标志，在中国就应写汉字。用英文缩写标志，绝大多数中外非相关人士都不知道它们代表什么。

太古里[①]范围挺大，走到核心商圈的外围油篓街这里，仍旧有高高的"成都远洋太古里"的牌子竖着——这个牌子不是一般的高。太古里的不少地方以前是大慈寺的地产，例如东禅堂桑园。感觉难以把太古里和春熙路这两个核心商圈严格分开来，起码从游客的角度来看是如此。它们本来就紧邻，春熙路地铁站出来就是太古里，春熙路中段也和

---

① 香港太古股份公司开发，母公司总部在伦敦，是一家高度多元化公司，经营地产、食品等业务。内地的太古里项目除了成都太古里，还有三里屯太古里（国内第一个）和上海东方体育中心旁边的前滩太古里（国内第二个），而西安太古里于2023年11月开工建设。

太古里融为一体。在成都游览了三天半，我要赞赏成都人的艺术感和设计水平，并再次赞赏成都人对游客参观的宽容态度。

太古里是低密度街区式购物休闲场所，是时尚品牌和汽车品牌扎堆的地方，而汽车展厅里基本上都是电动车，与陆家嘴和上海其他地方的汽车展厅的情况也一样。旁边红墙里是大慈寺，地上长方形的水池，形成的水雾有降温效果，就像空调风一样，手放上去感觉凉飕飕的，2010年上海世博会室外场地和其他一些公共场所也有类似设施。

在成都太古里看了商圈的设计和布置，再联想到市场营销（它和管理学一样都很重要，是需要普及的课程，不管你做不做市场营销或管理工作，都应学一学，对自己的工作和生活都有裨益），才体会到美术人才和设计人才是多么重要，美学教育又是多么重要。

写作本书已有一个月了（本书是倒着写的，本篇是最后写的，后来又用近一个月修订），刚刚在食堂吃饭时，我还建议同事今后多带孩子去美术馆、艺术馆、博物馆参观，细细欣赏那些有艺术价值的文物，还要去听音乐会、看戏、看歌剧、听文化艺术讲座。文化素养、艺术素养对每个人都很重要，在工作中、事业中，这些素养不仅对艺术、文化领域的人有直接作用，而且对工业设计师、工艺设计师、建筑师、园林设计师、广告设计师、平面设计师、园区规划者、城市规划者、会展策划人员、活动策划人员等都有较大作用，在我们的生活中也很有价值。我们不一定要成为艺术家、文学家，不一定要将文化艺术作为自己的专业和职业，但要努力成为有深厚文化艺术素养的人，甚至成为文化艺术达人。

成都乐高店的橱窗里有川剧脸谱，右边的积木小人欲变脸，左边的积木小人在表演喷火，店内一角还有熊猫乐园……听说变脸水平高的演员，不仅脸上会变，身上的衣服也会变，甚至会帮木偶变脸。他们的那个圆盘道具好神奇，一扯一转，往脸上一罩就变脸。表演吐火（川剧的特色之二）的演员也能让木偶吐火。仅宽窄巷子里就有很多茶馆有变脸表演，也演出其他内容的川剧，再加上成都和其他地方的各个剧团和剧院、戏馆，可见四川的川剧演员很多，会表演变脸的演员也很多。

走到这里，再次拜谒大慈寺。这里，拜只是个敬词，我进寺庙只瞻仰佛像并不拜佛。大家最好不要对着佛像拍照，那是不敬的行为。大慈寺现在只剩下一个长方形的地盘了，以前它的地盘很大。在封建时代，许多寺庙在当地都挺有影响，地盘也大。在这里，很多大殿不让游客、香客进去拜佛（只能在门外拜），不大合适。

在太古里（市中心春熙路及其他马路、街道差不多也是如此），绿化和行道树的情况跟上海的明显不一样，不密植，几乎也没看到梧桐树和樟树，而是银杏等树种，这就是我在成都逛了三天半都没有飞屑钻到眼里的原因，比在上海好多了，不是因为地扫得干净。在商业区，行道树及其他绿化稀疏一点反而能衬托出现代气息（上海的南京路也是如此），绿植主要是为了装饰和点缀，不是为遮阴，稀疏一点、精致一点，就像上海人及江南其他一些地方的人吃东西一样，不讲究量大而讲究精致和健康。在商业圈，高楼有高楼的味道，例如上海的淮海路；矮房子有矮房子的味道，例如成都太古里。在太古里可乘 4 路公共汽车去成都东站。

　　成都东站很大，和成都西站差不多，重庆西站也很大。中国太了不起了，西部城市的火车站都这么大，不少城市还有几个火车站，高楼大厦也数不胜数。东站广场挺大，后来看到其他不少城市的火车站广场都挺大。相比之下上海火车站南广场就比较小，北广场也不大，对上海南站的印象不清晰了，虹桥站就没有广场，不过够用就行，不必一味追求大和奢侈。上海火车站南广场周围高楼林立，还是很气派的。

　　21 日白天买的票是从成都东站到重庆西站，电子票不显示在哪个检票口，东站的屏幕又不显示当天全部未发车的信息（我去得较早），还得去问工作人员，看不到屏幕上的信息总是不踏实。东站的座椅也少，很多人只能坐在地上或站着。我们号称互联网大国和 5G 强国，这么多车站却不提供免费无线网络，应该在动车和高铁里也提供免费的无线网络。

重庆篇

重庆的面积太大了，有 8.24 万平方公里，比其他 3 个直辖市的面积总和都大，相当于奥地利或捷克、阿联酋、塞尔维亚的面积，我这次只走了它很小的一部分地方，可称其为市中心吧。

火车到重庆西站后，我自助买轻轨票很不顺利，人工售票处又比较远，要绕过去才到。公共汽车之外，重庆不像成都那样方便造地铁，所以以轻轨[①]为主。我乘轨道交通 6 号线，在小什字站下车，然后在附近找到屿城酒店，260 元一天，房间挺大的。

从房间窗口能看到长江索道。现在重庆本地人不怎么乘长江索道了，因为有若干大桥，基本上都是外地游客乘坐，一篇网文说，排队时间很长。晚上 8 点钟左右，还能看见窗外的风景，远处是联合国际大厦及楼顶的云端之眼（或称重庆之眼）观景平台，马路对面近处的普通楼房是重庆市中医院。之前从小什字站出来已经是晚上 7:15 了，户外基本上还亮堂堂的，据说夏天，在成都和重庆，如果是晴天的话，晚上 8:20 天才真正黑。据说洪崖洞的夜景比白天的景更好看，但 22 日这天晚上我累了，尽管它就在我住的屿城酒店附近，我还是没有去。

之前 20 日在成都住在 35 层，往窗下一看，没有裙房，能看到路边的行人，如果有东西掉下去太危险了！我往窗外拍照时，就怕手机掉下去。现在在外面，我看到路边的高楼大厦很害怕（全国范围内这样的伤害事故并不少），便赶紧走过去。重庆的高层也很多，包括居民楼，像我住的屿城酒店附近，很多高层（很高很高的那种）居民楼都紧贴马路（这是由山城的特点决定的。山城不像平原或高原地区地势开阔，山城建楼需见缝插针，尤其像重庆这样的山城，哪有多余的面积让你作为过渡、缓冲、隔离区域。就

[①] 轻轨正如其名，在不少方面都比地铁"轻"：车厢窄一些、轻一些，设施简单一些，列车编组节数少一些，线路短一些，班次少一些，运送能力弱一些，速度慢一些，常常运营于郊区或特定区域，申请建设的要求也宽松许多。

像平原大田和山里梯田的区别），没有裙房，有东西掉下来真的很危险。但其他行人还有附近的居民好像一点也不担心，该怎样还怎样。

豪华气派的解放碑步行街

重庆在游客服务上很用心，例如在轻轨小什字站出口处有详细的指路牌。我要去洪崖洞，在罗汉寺附近走右边的路是去江边（嘉陵江和长江）和洪崖洞，我问路时离这里较远，后来没再问，于是走错了路，走到了左边的路上，往解放碑方向走了。不过并无损失，解放碑步行街同样是重庆的超级网红景点。走在解放碑步行街上，重庆的高楼大厦出乎我的意料，好像比成都的大厦还要高、还要多。

我当时的感觉是正确的，后来查资料得知，重庆200米以上的高楼数量仅次于深圳、香港、武汉、上海和广州的200米以上的高楼数量，或者说摩天指数仅次于此五城。一线城市北上广深，只有北京未名列前茅，这是由古都的性质决定的，也是出于安全性的考虑，不能建太多超高层大厦。我当时的感觉是正确的（出乎一个上海人的意料）还体现在，重庆的超高层建筑主要集中于解放碑中央商务区和江北城两处，而我恰恰第一天就走在解放碑步行街上。

重庆环球金融中心（Chongqing World Financial Centre,WFC）有78层，高339米，海拔590米，曾经是重庆已建成的最高楼，现场看真的有种直入云端的感觉，在阳光下银光闪闪。它比位于陆家嘴的上海WFC（高492米）低。在中国，还有北京和天津等地有WFC（天津WFC高336.9米）。步行街上的保安说云端之眼观光票价只要40元（其实是

重庆环球金融中心外景

68元），而这里要140元（会仙楼观景台，票价其实是118元），挺贵的。可是在陆家嘴登上类似的观光厅要两三百元呢。陆海国际中心是目前重庆已建成封顶的最高建筑，也是中国西部首个已封顶的超过450米的超高层大厦，高458.2米，在红岩革命纪念馆附近。

站在小巷口的人行道边拍照时听到挺响的声音，转头一看，原来旁边一个人用小拖车拉着的热水器掉在地上，离我大概半步到一步远，如果砸我脚上那麻烦就大了！不敢想象。旅游时拍照不能太投入，我之前为了拍一张好的照片会等很长时间，等人少时，等没有太多车时，其实没必要这么执着，毕竟我不是专业摄影师，摄影也不是我的工作，它只是旅游时的辅助记录行为而已，没必要把它当作很重要的部分，随手一拍就可以了，洒脱一些好。之前的出版经历也告诉我，不需要拍那么多照片，毕竟我不是出摄影集。而且拍的照片越多，查看和选择照片、写游记所花的时间就越长，甚至影响了游历本身，也把我搞得很累。

在外面不注意安全容易受到伤害，因为社会上有不少人会做蠢事，然后伤害到别人。估计这个拉小拖车的人没把热水器横卧在拖车上，而是竖放，小车一颠，沉重的热水器就掉下来了。做此类蠢事的人欠缺的是这方面的智慧，也可能是偷懒。夏天还要防晒，为拍照长时间暴晒也没必要。我感谢上天常常用一些惊险警告我，让我不受实质伤害。我虽非宗教徒，但遵循华夏祖先的传统——敬天。

人民解放纪念碑附近都是人，没法拍照。此处十字路口的重百大楼也有浦发银行的门面。重庆解放碑不仅是一座纪念中华民族抗战胜利的纪念碑，还是一座纪念全中国人民解放的纪念碑。继续往西走，经过的绿色大楼是国际金融中心，跟成都的一样，也简写为IFS，没有成都的规模大，不过江北嘴的国际金融中心的规模比成都国金中心的大。

又经过一些大楼，来到路口的一片开阔地，附近是日月光中心广场（好像是台湾地产开发的），是商场大厦，大厦不算漂亮，但规模很大。规划中的日月光大楼将成为重庆名列前茅的超高层建筑。上海打浦桥的日月光中心广场好像比这里的好看——地铁站在该楼地下，沿旁边的瑞金二路向北走，可欣赏徐汇区闹中取静的优雅社区和文化单位，还能看到许多建于20世纪三四十年代的洋房。

问路后绕过这片开阔路口，十八梯就到了。梯就是梯级山坡、民宅区，在渝中半岛上，从山坡往长江边地势不断下降，形成梯级。看到入口处排长队，俯瞰下面发现就是一些旧民宅，屋瓦显得特别旧，本来不想下去的，后来沿矮墙往北走发现有两处地方可以直接下去。可以看到南纪门轨道大桥就在不远处，跨越了长江。现在十八梯已不是民宅区，房子虽旧，大多已改造为店铺、茶室之类的，应该也有新建的房子或者修葺得比较彻底的房子，装潢也挺好看。

重庆篇

需要质疑的大楼结构

未从原路返回，而是绕到这片区域北面的马路爬坡回到之前的马路上。我不喜欢这样的大楼结构，上大下小，稳定性和牢靠性不强。走到解放碑步行街（民族路）西面的都市广场，再沿邹容路穿过民族路到新华路（民族路的东面），往东北方向走。邹容是重庆巴南区人，最后的人生岁月在上海从事革命活动，因"苏报案"死于上海租界监狱。重庆、上海两市都有纪念邹容的若干场所，如重庆的邹容烈士纪念碑、上海的邹容纪念馆。

热闹的新华路；洪崖洞附近

山坡（不说斜坡是为了表明山城的特性）的底端是五一路，再过两个街区就是步行街，右边照片的顶端处是重庆环球金融中心的顶楼。在附近饭馆吃抄手作为午饭，量挺大的，不需多点，像我这样胃口小的，只需按菜单上的量点一份即可。西南地区的抄手相当于江南的馄饨，也是方面皮；北方的饺子是圆面皮；广东人吃的类似食品叫云吞。附近是联合国际大厦，有68层，楼顶就是云端之眼观景平台——号称高520米（有"我爱您"的谐音），包含山顶的海拔。

长江索道（国内第一条城市索道）入口处人很多，我不想乘，便找到下山坡的路往低处走。下山路上可以看到东水

渝中区街区的高低落差

门长江大桥,附近的四根钢索是过江缆车的吊索,一来一回,所以有四根。2023年下半年,看到一部新电影《坚如磐石》里缆车的场景,我猜拍的是重庆的过江缆车。王学圻主演的《日照重庆》里也有他乘索道的片段。

我又绕回到22日晚住过的屿城酒店附近,这里是老城区,是繁华地段的边缘地区。我走到打铜街再往洪崖洞方向走。到洪崖洞附近了,可以绕到一家饭馆的后面,站在崖边围栏处眺望两边,不远处是长江和南岸区东片,近处是嘉陵江,形成丁字入江口,江北嘴尖尖处的绿色大楼是重庆大剧院。

几乎就在我身旁的千厮门嘉陵江大桥,上层行车辆,下层行轻轨。当时造此桥及地面隧道(造桥时间是2009—2015年)真不容易,不能破坏周边的建筑,包括洪崖洞景区建筑,要计算得特别精确,有的地方隧、桥与已有建筑的间隔只有十几厘米,所以我刚刚说"几乎就在我身旁",我当时站在正桥旁侧的空地上,也是崖边的观景处。不要觉得千厮门这个名字怪,它源自《诗经·小雅·甫田》,其中有一句诗:"乃求千斯仓,乃求万斯箱。"这表达了人们祈求风调雨顺、五谷丰登的心愿。千厮门嘉陵江大桥所在地原来是嘉陵江索道。

看不到全貌,但可见来福士广场大厦的侧面——居然可以在江边造这么高的房子,不怕地基坍塌吗?真的就是在江岸边,陡峭的江岸边。我看着都担心,可能我杞人忧天了,也许重庆的崖壁、山岩特别坚固,强度足以固定楼基,所以才在崖边和江边造了那么多高楼。我想,这也是由于重庆平整的地块少,必须见缝插针、充分利用平整地块,所以常常在崖边和江边建楼。

前文也提到重庆的住宅楼特别高(不少楼比上海的还高),建楼见缝插针,为什么会这样?我再从人口角度分析一下,第七次全国人口普查数据显示,重庆的常住人口为3200多万人,比上海的近2500万人还多很多。有人可能会说,重庆的面积比上海大很多呀。我的分析是,有两个因素消解了重庆的面积优势。第一,重庆山多;第二,大多数重庆人肯定想往市区挤呀。这样一来,市区尤其是中心城区的人均可用面积就相对较少了。而我主要在中心城区逛,因而就看到这一现象。

两条江边的马路往往是高架路,因为是在类似崖边的地形处建造的,不少地方无路基依托。江北嘴处的重庆大剧院与渝中区的来福士广场隔嘉陵江相望。

● 重庆篇

洪崖洞左近的马路采用高架路形式

洪崖洞——市中心的网红景点

　　洪崖洞（原为洪崖门）景区的主楼，一层层入驻的分别是商店、娱乐场所、饭店、茶室什么的。联排的木窗边或吊脚式的阳台是观江景的佳位。开发洪崖洞景区，重庆小天鹅投资控股（集团）有限公司总裁何永智功不可没。新开发的景区不一定能快速火爆，开发此景区后若干年里它可能一直默默无闻，但后来火爆乃至成为网红景点也好像是一夜之间的事。

　　此时嘉陵江水势很小，只剩下一半不到的水道，北边大片河床裸露着。千厮门嘉陵江大桥桥塔和桥墩其实在江中心，只是江北的岸坡较高，水势小时岸坡就露出来，与江北连成一整片，好像桥墩在嘉陵江北岸一样。远处大桥处是临江门，重庆有临江门、朝天门、东水门等，所谓的门就是城门。古重庆的城墙多建在崖边，就像我近处的千厮门嘉陵江大桥一样，一夫当关，万夫莫开。

　　此时正好看到箱梁结构桥肚里的轻轨通过。大桥在渝中区这边不采用引桥（江北区那边采用引桥），而采用隧道，轻轨和汽车从隧道上桥，所以站在大桥南桥头旁边（有一处山崖紧贴南桥头，站在此处崖顶的栏杆边，离桥头栏杆只有两米距离）只能看到桥上的汽车，看不到它们从哪里来的，下层的轻轨同样如此。该隧道还连接东水门长江大桥。

23

洪崖洞主体楼宇

正如千厮门嘉陵江大桥一样，当今许多大桥都采用箱梁结构桥面，因其强度更高并可实现更长的跨距。

看到崖边的那些居民楼，我也有点为它们担心。此时走到戴家巷（以前的吊脚楼都没有了）的游人只有我一人，游客集中在"水帘洞"（我取的名）和洪崖洞商业区那边。我从戴家巷下到江岸，江岸就是崖底，等会儿再乘电梯到崖顶（电梯显示为第11层），也就是城市的平地，有人为其取名为城市阳台，这个名字很好听，也就是说这片城区的平地在山崖上。

之前刚走到洪崖洞时，我随人流乘电梯到崖底（戴家巷附近的魁星楼更神奇，你以为是它的1层，实际上是20多层），再爬到崖顶，再沿不同的路线（不同于爬上来的路线），也就是戴家巷栈道，走到崖底，这是我游洪崖洞的整体路线。古人在戴家巷这里建的崖壁吊脚楼早已没有了，但能看到古人在崖壁上凿的石洞，有很多，那是插支架的。另外能看到的是现代重庆人在山崖半山腰和崖顶边上建的漂亮居民楼。

对重庆而言，没有绝对的市区平地，不同的建筑和人分别在不同层级的平地上，走着走着，无意间就到了山顶或山崖，走着走着（可能走的是下坡路），就来到山脚或崖底。不像在郊野，一般都清楚自己是在上山或下山，因为上坡路、下坡路和周围的风景会提醒我们；在重庆（市区），我们可能意识不到这一点，周边的楼宇反而会模糊、隐藏这一点。下次去重庆我要看洪崖洞及对面的夜景，这次虽非晚上去洪崖洞，没看到洪崖洞及对岸的霓虹灯光秀，但白天玩也有优点，那就是看得清楚。

谈一谈宾馆的事

离开洪崖洞，沿南面的马路向西走，再向南面两三个街区之外就是解放碑步行街。此马路到头是重庆医科大学附属第二医院，在这里可远眺都市广场大楼（在步行街后面或者说西面）和解放碑步行街上的最高楼重庆环球金融中心。医院西边是一条需要爬坡的、窄一些的马路，沿着它又走了一段路，路边建筑陈旧破败，是一些饮食店之类的，几乎看不到宾馆，于是就在路边乘车往前去。车好像是往郊区开的，外面看着越来越不像市中心的样子，我就下车了。这里的马路就是盘山路，我下车后，那辆公交车在前面不远处来了一个大转弯，是130度左右的右转弯，并下坡开向远方。

众多居民楼建在高低不同的山坡上。我上天桥过马路，想看看那边楼宇集中的地方有没有宾馆，一路看到依山而建的居民楼，重庆的居民楼和写字楼高到、多到出乎我的意料，作为上海人，我也不得不为之感叹。到灯饰市场后，在周边走了走，没看到宾馆，遇见的居民也说没有。我从洪崖洞过来，走了很长的路都没找到宾馆，就在附近乘公交车回到小什字重庆金店，再乘262路公交到大礼堂附近才找到宾馆，叫重庆陌遇酒店。

陌遇酒店的装修很精致，还很现代，例如墙上灯的开关像电脑和冰箱等电器的开关，有点像触模式开关，关闭灯或其他电器后，这个开关的背景灯还会再亮一会儿，给住客提供一些照明，然后再暗下去。而且这些开关始终显示着微光，即使半夜醒来，黑暗中也知道按哪个开关开哪个灯。

我过去住宾馆时就有这样的感触，认为为宾馆装修的工程队更专业，如果家庭装修请他们施工，效果会更好，不过他们对家庭装潢这种散活、小生意应该不感兴趣。

最近几天住的几家宾馆，电视机好像有一些问题。我平时不看电视，这几天洗衣服时想听一听新闻，但是连续在三四家宾馆我都没能顺利打开电视新闻，包括缤舍酒店的小米电视我也没能顺利打开。或者因频道选择受阻，或者因小米电视的遥控器很奇怪，不熟悉操作方法，或者就像现在住的陌遇酒店，电视都打不开。

2023年12月底，听收音机播报的新闻讲，不记得是上海还是全国范围的，广电管理部门要求提供电视信号的各网络公司必须确保用户打开电视机就进入电视台直播频道，而非网络公司的界面，例如电视网络公司的选择界面，或者是广告界面。可见广大用户对电视网络公司的做法很有意见，更喜欢过去无线信号时代的电视机开机模式——简单直接。

顺便说一下我住宾馆的环保、绿色行为：几乎不用浴巾，很少用地巾，还把我在之前住的宾馆用过的牙膏、牙刷带过来，就不拆当下宾馆的牙具包装了，把干垃圾都放在一个垃圾桶里。

南岸区环抱渝中区和江北区

6月24日接近中午，退房后在附近的肯德基吃好午饭，然后来到附近的重庆市人民大礼堂。重庆市人民大礼堂与广场对面的重庆中国三峡博物馆遥遥相望，大礼堂不召开会议时则对外售票，供市民、游客参观。

重庆地势高高低低，虽给人们的生活和生产带来很大不便，但也形成了错落有致的（城市）景观，另外起码还有一个积极作用，那就是能使一些重要的楼宇显出威势，不像一些平原城市，为了显出威势，要特地堆土营造。

广场上的这株黄葛树有120岁。我发现重庆的行道树往往是黄葛树或银杏树，这些树不会有飞屑，树种得都不密，稀稀疏疏的，与成都一样。有的银杏树已有5层楼高了，

重庆篇

120岁的黄葛树

例如我后来去的南岸区南滨路上就有。黄葛树有一点像南方的榕树，粗枝条会挂下来。广场上有不少市民在跳锅庄，还有不少喇嘛，估计他们也是来旅游的。

走到重庆中国三峡博物馆后，因为我当时对博物馆类的室内场所不感兴趣，心想，既然出远门，就要多在户外活动、参观、体验，不想仍闷在室内，所以只在里面略略转了一下就出来了。旁边是重庆市人民政府，在附近的公交车站看到站牌路线中有会展中心，一比较，觉得它应该比其他站名显示的地方更繁华热闹，就搭车前往，没想到此车经重庆长江大桥复线桥把我带到南岸区来了。加上经复线桥时看到的附近的一座桥，我在重庆已看到6座桥了。重庆有14座桥，分布在长江和嘉陵江上。

走到会展中心了，周边高楼林立，不知道24日这天是什么日子，无数年轻人，主要是学生，穿着角色服装，拿着宝剑等玩具兵器或其他道具来这里玩Cosplay。离开会展中心后，走了一段荒僻的马路，遇到一家杂货店，买了根雪糕，坐下来和店主聊天。离开小店右拐是下坡路，又是从高地势往低地势走，然后往江边走去。

毕竟在上游，长江并不宽，水势也不大，北面嘉陵江的水就更小了，尽管是在夏天。尽管这里长江水流不急，但浩浩汤汤，不舍昼夜，每一年母亲河给中下游带去多大的水量呀！长江在重庆地界弯弯曲曲，一会儿向北流，一会儿向南流，一会儿向东流。到南滨路游玩的游客似乎不多，江边栈道上只有我一人，附近的游艇中心也空空荡荡，旁边的KTV也没人，24日这天还是端午节最后一天呢，为何人这么少呢？平时情况又如何？后来走到南滨路的另一段，那边一些接待游客的场所也关着门，好像关了很久了，门窗和墙面显得较旧。难怪我在南滨路走了那么长的路都没看到宾馆，游客那么少，开什么宾馆呢？

近处是南纪门轨道大桥，跑轻轨的。远眺渝中半岛，江边附近陆上有小山，所以市中心东边南北向的新华路的地势，在有的地方比一个街区外西边的五一路的地势高出许多。江中有划艇的人，还有不少游泳的。在游艇中心我过马路乘坐了几站公交车，感觉南滨路边的一些楼和社区挺好看的，我在东水门长江大桥下车，然后沿南滨路步行。

江北区只是相对于渝中区而言在嘉陵江以北，我走着走着发现，南滨路绕到江北区的侧面（东面）来了，或者说长江绕到侧面来了，也可以说南岸区绕到侧面来了。我走到朝天门长江大桥（曾经的全球第一拱，主跨长552米，现已被平南三桥的主桥跨径575米超越）附近就不再往前（北）走了，眼前10米处（北面）有一块牌子，写着"十里长江外滩"。眺望了一会儿，我开始往回走。

长江在远处（渝中区尖尖嘴处——来福士广场和朝天门码头）拐了一个弯（弯度与江宽都和黄浦江陆家嘴处相似），由于嘉陵江加入，水面变宽了。在近处实地观察，长江在此处的弯度达七八十度，打开百度地图可见，弯度达110度左右。

我虽然赶在6月中下旬来成都和重庆，但这里已经很热了，白天在外面游玩总是一身汗，不过晚上挺凉快，不需要开空调睡觉，还要盖被子呢。在同一个城市，有的宾馆里有蚊子，有的没有，而且同样都是在低层。前几天在成都的35层房间，不照样有蚊子嘛。我估计有些宾馆清扫得特别干净，所以蚊子少。

我走在滨江广场处的山坡上，发现在重庆就是这样，有的人"高高在上"向下俯视，有的人"低低在下"向上仰望。哈哈，而且是随处这样、常常这样。之前我还"低低在下"，在南滨路的"世界"漫步，后来我爬了几段台阶又走了一段路，现在就"高高在上"，在另一个"世界"漫步。脚下的白色巨大楼房跨过宽宽的南滨路，汽车从它下面穿过。右下这张照片中，左面是东水门长江大桥，右边是千厮门嘉陵江大桥，正中是渝中区，它是夹在嘉陵江与长江间的一块长条状陆地，当然，对面还有大片的陆地与之连接，所以称渝中半岛。渝中区也被称为重庆"母城"。

长江在朝天门拐了一个超级大弯

两江交汇处的"鸳鸯火锅"

前面的照片中，渝中区伸出的"嘴"处是来福士广场（广场楼下江边或者说"嘴"边是朝天门码头，百度地图显示了朝天门的17个码头。黄浦江最多只有十六铺，尽管清代上海县规划的是组建20多个铺——商铺联防组织，防御太平军），来福士北塔有2座塔楼，高356米（像超级巨轮的桅杆），比解放碑步行街上的重庆环球金融中心还高，来福士共8座塔楼，形成楼群。这样的地产项目比较少见。来福士广场的水晶连廊长300米，被称为"横版摩天大楼"，又像上升的帆杆，所以来福士广场的别称是"朝天扬帆"。其建造时间是2012—2019年，投资额超过240亿元，是新加坡在华投资最大的单体项目。

来福士真有钱，在许多城市都有它的大厦。第一座上海来福士广场在西藏中路，长宁区长宁路上有第二座，虹口区东大名路上有第三座，它们的顶楼都贴着"CapitaLand"标志。凯德集团是新加坡的公司，来福士是其旗下品牌。

仍看之前的照片。重庆人把近处的江面叫"鸳鸯火锅"，站在这里我可以确定不是长江水灌入嘉陵江，而是嘉陵江流入长江。从水流可能看不出，因为太缓慢了，又隔得远，我是从嘉陵江浑黄的江水在长江江面形成的一条线看出来的。因为嘉陵江流入长江时，浑黄的江水冲向长江水道，而长江水在两江交汇处形成一定的侧翼阻力，所以嘉陵江浑黄的江水在此处形成一条线，泾渭分明，恰似鸳鸯火锅底汤，随后被水势更大的长江水融合稀释，一起往北流。

反之，如果是长江流入嘉陵江就不是这样的情景，长江较清澈的水将冲进嘉陵江口，嘉陵江口以及其后很长的一段江面都将是较清澈的水面，因为这些都是长江来水，然后再逐渐浑黄，体现嘉陵江的水质特点。当然，这些是假设。还有，前文提到，长江拐弯后水面变宽了（水势变大了），这也是因为嘉陵江的加入。如果是长江流入嘉陵江，那么长江在这里拐弯后反而将变窄——分流了呀。地图能宏观地告诉我们，此处往北是下游，所以两江在此汇合后向北流去。

人们乘电梯可到东水门长江大桥的第二层桥面（汽车行驶和行人行走的桥面），走过江去，这里是龙门浩老街。在重庆说街或巷，往往就是上上下下的山路加民宅群，甚至是山崖（壁）上的民宅群，之前不是讲过洪崖洞的戴家巷嘛，也就是所谓的云中之巷。我就是从这里一直爬到山顶的，本就很累了，爬上去像没了小半条命，今后要悠着点。

爬到山顶看到的又是重庆的另一层地面、另一个城区了，车水马龙。现在看照片，此山后即北面还有更高的连绵的山脉。山城山城，山顶上又是城。处于此情景，我把刚刚走过很长时间的南滨路地面已忘在脑后，去乘轻轨6号线，经过东水门长江大桥，回渝中区找宾馆。这晚再次住在屿城酒店。在南滨路南段，大概是游艇中心马路对面，我看到了重庆轻轨27号线的施工场地。

成都和重庆的地铁或轻轨报站前会播一段广告，等广告结束了开始报站名时，地铁或轻轨的轰鸣声也开始了，根本听不清。重庆的轨道交通9号线和环线地铁基本上不播广告。

在重庆，以洪崖洞为例，好多商铺和流动的营销人员用大小喇叭促销叫卖，声音很大，我从旁边经过，受不了如此刺耳的声音，感觉整个洪崖洞就是一个吵翻了锅的地方。

我觉得上海人不被外地人喜欢的一个原因就是，他们在外地旅游时喜欢大嗓门说话，既吵到别人，也让外地人以为，上海人是想表现自己的优越感。不过现在的上海人在这方面做得好一些。上海人喜欢表现自己，这是真的，不过上海人对外地人和陌生人也很热心，这些都是整体而言。现在还有一些上海人在外地对着外地人，例如对摆地摊的商贩和商店的营业员说上海话，这就不恰当，外地人很可能听不懂你说的上海话。我猜测，有这种行为的上海人，可能是想表现一种优越感。

磁器口古镇与江北嘴核心金融区

6月25日上午退房后，我先去了附近的湖广会馆，23日下午从长江索道北站下坡途经会馆附近时居然没找到它。25日这天，经酒店前台服务员指点，我找到了它的所在，就在东水门长江大桥西头桥塔附近，在周边稍微转了转就去了罗汉寺旁边的筷子街，后来乘地铁来到磁器口古镇。

山上有这么一个漂亮的古镇，了不起，吊脚楼广场布置得挺漂亮的。我的观察和理解是，所谓吊脚就是二楼阳台或者走廊的脚吊在那里，实际上走廊下面有又细又短的斜梁支撑着。城市里的老公房和上海石库门的阳台不也有凸出悬空的吗？吊脚应该不是多余的，也并非只是装饰，例如在斗拱体系中，吊脚也起固定其他构件的作用。

回到上海后看到网上有一个视频，说磁器口古镇某处的自动扶梯特别长，视频里的男主角说："电梯谁没乘过呀。"可是——乘好一段，眼前又有一段；乘好一段，又有一段，又一段……男主角蒙了。这么长的扶梯可能说明两点：地铁位置特别深；古镇在山坡上的位置很高。

乘地铁来到江北区的江北城，就是23日站在洪崖洞看到的嘉陵江对岸。出地铁口就是国金中心，怪不得在一楼商场里走了半天才走出来，它的规模真大，有6幢大厦，应该比长沙的规模大，香港九龙仓集团真有钱。类似这样的超大型商场，又很豪华，客流量往往不大，更何况这里是江北区，又是新开发区域。

途经农业银行和重庆科技馆，我并不想进馆参观。附近（南边）是重庆大剧院，这

江北嘴国金中心

个大剧院的外观不好看。江北嘴金融核心区和我前一天走过的南岸区南滨路类似，生活设施和服务几乎没有，吃饭的地方都找不到，起码在游客看来是如此，也许办公楼里有餐厅。人流量太少，一路走来就没碰见几个人，在这方面的建设还不如陆家嘴。这类金融区给我的印象相似——不食人间烟火，对游客而言只能看看它们漂亮的大厦。江北城这边也没什么好玩的，准备去沙坪坝看看，旁边就有轨道交通6号线地铁站。我饿着肚子，赶到沙坪坝吃饭。

沙坪坝这里也没什么好玩的，火车站上面的大厦规模倒是很宏大。离开的火车是第二天早晨的，所以在沙坪坝乘地铁到重庆北站附近找宾馆，前者更靠近市中心。在这里，餐馆和摆地摊的老板们挺礼貌和热心的（例如向他们问路时），宾馆的前台服务员也非常礼貌。2023年底，整个哈尔滨因热情对待外地游客而成为最大的"网红"旅游城市，想成为成功的旅游城市，就应该热情对待四方来客，想游客所想，完善各方面的设施和服务。我猜，北站大概建好没多久，因为附近的生活设施和服务非常欠缺，连银行或自动柜员机都没有，旁边的汉庭酒店也是25日这天试营业，我倒很荣幸[①]，今天就入住。

[①] 2023年底，我的同事叶教授受邀参加爱达魔都号邮轮试营运，那是真的很荣幸的事，他是业内有知名度的人。网上文章在此邮轮名字当中加分隔符，我觉得不妥，因魔都并非外文姓氏。爱达是品牌名，但上汽大众当中并无分隔符，大众也是品牌名呀，而上汽和魔都的名称性质不是类似的吗？反而"一汽"与"大众"当中加一个连词符挺怪的——连词符是西文用的，中文不用；加一个连词符，可能许多人误以为是"一汽—大众"，哈哈。再如"西交利物浦大学"当中也不加分隔符。这几个词还有一个共同特点，那就是辨识度高，更无须加分隔符。

要乘地铁乘一站路才能进入烟火气旺的地方，我晚上是去那里买第二天在火车上吃的点心的，不过后来在宾馆房间窗口发现马路对面有一个不小的超市[①]。这几天重庆真热，我在外面游玩，大太阳晒着，有一点活受罪，幸好有阳伞。

6月25日夜晚住的汉庭酒店，是我这8天来住的宾馆中让我体验最不好的一家，尽管他们刚试营业，但有些问题也不应发生。他们的热水是6楼的锅炉烧的，在5楼放水要等很长时间，水才开始变热，这不是浪费水资源吗？房间比较小，这倒也没什么，关键是空调对着床吹，谁受得了？门前马路上有一个窨井盖没设置好，晚上每辆车经过时都会发出巨大的响声，双层窗也不管用，他们的经营管理人员难道从未注意到这点？可以跟市政部门协商解决嘛，不是什么难事，就是换一个严丝合缝的窨井盖嘛，至多换一下基座。

各家宾馆的毛巾都太大，普通大小的手掌，绞干毛巾都不方便，不要在这方面显示奢华。

归　途

我26日这天乘的动车经湖北、江苏到上海，差不多是直线线路，所以车票不到600元，加上3天前从成都来重庆的车票钱，总价只有740多元。而8天前，我从上海到成都，那列高铁经浙江、江西、湖南、贵州到成都，绕了那么多路，多花了那么多时间，却把票卖得更贵，几乎1000元。

重庆北站门楼看上去不宽，但里面还是很大的。重庆（动车途经丰都）、恩施的山都不少，动车经常在钻隧道，一个隧道可能需要开几分钟甚至十几分钟，反正够我打一个盹。动车就在我的若干个盹中穿过了一个又一个隧道。隧道的长度累加着我对施工人员和设计人员的敬意，他们太了不起了！

进入宜昌后渐渐就看不到山了，变成一马平川的田园风光。有的路段，田园风光像仙境一样，看远山的层次，犹如水墨画，拍动漫电影可以这里为模板，多希望火车开到这里可以减速啊！在天门南站西面附近看到好几块旱田里有不少墓碑，算不算违反政策呢？铁路沿线的农村不仅风景美，而且农民的漂亮楼房完全不输给西方发达国家的。后

[①] 在外地问路时说话要讲一点技巧（不是说礼貌和如何有效问路），脑子转不过弯来问出的话会让别人笑话。例如在西安就不要问西安交大怎么去，就说交大或交通大学，在西安问路，自然是西安的地址；在重庆也不要问重庆北站怎么去，就说北站，如果你担心别人误解为汽车站，你就说得清楚一点——北火车站，不要因火车票上写"重庆北"，你就问重庆人重庆北站怎么去，挺傻的。

来途经以下车站：六安、合肥南、江浦、南京南、镇江、丹徒、丹阳、常州、惠山、无锡，不过小站都不停，只停大站，连镇江和常州站都没停。无锡也有一两座比较大的山。

在生活便利性方面，成都似乎胜于重庆，而上海又更胜一筹，在上海的各区（起码我了解的区是这样）都有若干个繁华地段，烟火气很足，生活、消费很方便，不过价格应该贵一些。加上2天的路程，这次成都、重庆游共9天，大概花费4600元，如果跟旅游团应该不止这点钱吧。开支主要是在车票和住宿方面，吃饭和景点门票花不了多少钱，而且不少景点是免费的，我也几乎不购物。自由行率性而方便，如果你的个性自主而独立，遇到困难和麻烦不焦急、不慌张的话，可以选择自由行。

在成都和重庆的时候，我到处闲逛，也没有飞屑和浮尘钻到眼睛里，回到上海的第二天就开始有浮尘要往眼睛里钻。在上海的马路上骑车，我有时不得不冒险把眼睛闭上几秒钟，以免飞屑和浮尘钻进眼睛——此时已经感觉到有浮尘要往眼睛里钻了。我想，这不仅与上海的行道树种类有关，也与上海的风比较大有关。还有，成都和重庆的许多工地上都有喷雾装置降尘，在上海的施工场所很少看到喷雾装置，后来几个月我在别的城市也看到了这种装置。

西宁篇

这次在地图上画好标记,要去大西北,也用墨迹天气应用查过气温了,肯定比上海凉快。

路上的见闻与感想

徐州附近的火电厂有好几家,我在铁路沿线就看到四家,其中一家有 3 个高烟囱和 6 座冷凝塔。火电厂有 2 座冷凝塔的比较多,多座冷凝塔或单座冷凝塔的比较少,如果是单座冷凝塔,它一般会更大,庞然大物。看到一家火电厂挺环保,挺绿色,本身是发电厂,厂房顶还铺了不少太阳能板。从上海到西宁,一路上一直看到火电厂,有十多个。一路上风电场也比较多,太阳能电厂比较少,这应该是前者占地少的缘故。

G360 次列车从上海虹桥站到西安北站只要 5 个多小时,相当于以前上海到镇江的时间,最多就是上海到南京的时间。我第一次看到火车屏幕上显示 347 千米/小时,心里挺爽,比 6 月中旬乘的上海到成都的高铁快多了,而且只停大站——南京南、徐州东、郑州东站,接下来就是终点站。

在苏州、无锡,高铁应该是横跨太湖,太湖虽很浅,有的地方只有 1 米深,但烟雨(江南下雨,一会儿高铁开到北方就是晴天了)中也显得烟波浩渺,甚是壮观。安徽还有一个(小)太湖——太湖县。和 6 月下旬从重庆回来的路上看到的一样,这次在渭南还有其他一些地方,我又看到农民在农田里造坟建墓,不知道这违不违反规定。

2023 年 7 月 8 日。这天虹桥站和西安北站的候车大厅里都挺热,我在西安北站二楼叫了一碗羊肉泡馍解解馋,因为太热,都没吃完。

现在暑运开始了,大学生放假,另外,很多家长带着孩子出来旅游,而青海湖周围是一个热点,这是我不能在短期内顺利买到票的原因,因此从西安到西宁,我买的是联程站票。而从上海虹桥站到西安北站，这次没买到二等座，只好买一等座，贵很多，票价是1100多元。一等座车厢里同样没有无线网络，那个所谓的无线网络根本不能用。座位比二等座的宽一些，1排只放4个座位，另外提供一瓶水和一小包点心。就这样而已，怪不得大家都不想买一等座。

相对于长安，洛阳是东都或东京（隋唐、新莽、北周朝）；相对于开封（古称大梁、汴梁），洛阳是西京，因为开封称东京或东都（五代时期的后梁、后晋、后汉、后周朝及北宋朝）。郑州确实也是一个大城市，高铁离开郑州东站往西开，一路商品房绵延不断。现在北方大地上绿油油的应该都是苞谷吧，极偶尔地，我看到一两眼稻田。以前去俄亥俄州，看到美国人跟我们的北方人一样，他们也不种稻，只种麦和玉米。

这次在北方的农田里再次看到那种极小极矮的房子，终于明白了，这不是农民晚上守夜看庄稼时住的，毕竟也没什么好看守的，不会有人来偷麦子和苞谷，这些小房子像墓碑一样，是造给死人的。看到高铁铁轨在大片农田处，甚至在山里的某些区段也有隔音墙，我明白了，它不只是用来隔音的，也是为了防止农民乱穿铁轨，因为这些地方几乎不需要花这么多钱装隔音板。

从上海经江苏到河南、陕西，一路的风景比较单调，远没有往成都方向的风景好，那边山较多。在上海的郊区看到天边有连绵不断的山脉，那是假的，是乌云的界线，然而进入陕西界后，那连绵不断的山脉肯定是真的，应该是秦岭吧，它一直伴随着我们的高铁铁轨前行，只是非常遥远，淡得就像水墨画中的远山。远远看去，虽然有起伏，但高度变化不大，如果是乌云的界线，不可能这样整齐划一。从西安北站乘动车前往西宁，路上的风景开始变得好一些了，因为有山了，可惜我没有固定的座位，不能定心、清楚地欣赏。进入天水（天水位于甘肃的东南端，靠近宁夏和陕西）后动车就开始钻隧道，一个接一个，每个隧道还特别长。

有时动车应该是在一片高原上开行，因为看到远处白茫茫的一片，应该是这一片高原在远处忽然沉降下去，所以我看不到任何其他的风景，好像那里有一条大江似的，又好像是大地的边缘。也有时候，远处突出一连串小山脉，挡住了我的视线，让我只能看到天际。我把它们跟佘山比较，估计它们的高度只有七八十米。

之前好多年很少乘火车，买换乘票时以为从西安站到西宁没什么问题，实际上身体吃不消，有临时空着的座位就赶紧去坐一会儿。后来一位乘客告诉我，说最后一节车厢有临时座位。我就去那里，那是固定在壁上的一块坐板，坐时比较踏实。列车员来了，我赶紧让座，因为此座是列车员的专用座，他说没关系，他在别的地方有座位。后来听一位乘客跟列车员说他快70岁了，我赶紧给他让座。他是西宁人，好像挺有钱的，说每年冬天去南方过冬。这是不是网上说的候鸟式养老？我之前还给一位年轻的兄弟让过座，让他也坐了一会儿。

我在2023年提前实施宏大的旅游、考察计划，如果放在春秋、战国、南北朝、五代十国时期，那就是周游列国了，又如同李白畅游祖国。可惜的是，我只是一个普通人，没有孔子、苏秦和李白的才气。

顺便说一下，孔子周游列国几乎处处碰壁，那是大环境决定的，不是人家国君和大臣不识货。那是一个改革图强的萌芽年代，是战国群雄争霸的前夜，人家都想着富国强兵，你去向他兜售仁义道德、礼乐制度，能受欢迎吗？只会招人家君臣在背后骂你。战国时期差不多就是法家的天下，直到秦朝。要到汉武帝时期，儒家才大放光芒，几乎一统华夏。

可简单推导出这样一个结论：在大一统政权的封建王朝，儒家才普遍受欢迎，因其适应了统治者的治国需要。国家统一，政权稳定，统治者当然需要仁义道德、礼乐制度、君君臣臣等思想和理论治理国家。北方少数民族政权也纷纷效仿。

写完刚刚说的儒家的发展简史，我忽然想起了多年前读过的《文化苦旅》，我现在在做的不正与余秋雨所做的类似吗？他也是在业余时间独行于祖国大地，只是他的关注、观察角度是文化和历史，我的关注、观察重点是当下的城市、社会；他常常跑到偏远的野外，我基本上立足于城市；他那时的条件更艰苦，没有动车、高铁，如果他不是因公采风、调研的话，估计乘飞机的机会也不会多，因而行程时间长，那时旅游业尚不发达，住宿环境差，到郊野也不方便。

我现在猜测，文化苦旅的"苦"字大概不仅指中国文化的发展旅程艰苦，也暗含余教授的旅程之苦吧。我这断断续续跨越近半年的游历虽谈不上艰苦，不过有时也够烦恼、尴尬的。写到这里，这两天听了余教授的一些录音，他的一些观点印证了我这几年的人生观，启发、鼓励我继续前行。

之前提到的那位老哥看了看挂在我胸前的包问我：你就带这么大的一个包玩整个北方地区吗？"是呀。"包里主要是换洗衣服，这个包还没有很多人上班时背的包大。之所以行李这么少，就是因为前文提到的，成都和重庆之行给我的教训。在旅途中，我是背包族，旅馆不固定，走到哪，包背到哪，包沉的话，肩头吃不消。

那位老哥挺客气，下车前他还邀请我乘他叫的出租车（说他家附近有宾馆），强调不让我出钱。路上他指着不远处山顶上的电视塔，说这是上海援建的浦宁之珠，与东方明珠对应。把我带到城西区时，告诉我这里有较便宜的旅馆以及附近可以游玩的地方，过五四大街后让我下车，告诉我附近有实惠的宾馆，他再继续前行。他之前还告诉我，沿出租车前行方向就是野生动物园。

城西区是比较繁华的地方，我到达时已是晚上9点钟了，但天还是有点亮。旁边的桥，一头有一个大大的"共"字建筑，不像桥塔（立柱），应该是装饰性建筑。8日晚上我住在锦江之星品尚宾馆，在新华联广场附近，宾馆保安热心地告诉了我游玩西宁及其周边的许多信息，并告诉我第二天是第二十二届环青海湖国际公路自行车赛。锦江之星是上海锦江国际旅馆投资有限公司开的连锁宾馆，看着亲切。

西宁确实凉快，晚上睡觉根本不用开空调，宾馆房间里也没有空调，本地人讲，他们不需要装空调。宾馆的小哥讲，冬天这里也超冷，而他们的冬天差不多有半年。顺便说一下，宾馆前台的小哥、小妹往往不是本地人，所以向他们请教当地的旅游信息可能得不到准确、翔实、有效的答案，例如在这里，反而是那位保安把西宁的旅游攻略讲得头头是道。就像在重庆住的最后一家宾馆，前台服务员连马路对面有一家超市都不知道，我当时不得不乘地铁去别的地方买旅途食物。

逛动物园，在市内转悠

2023年7月9日这天是环青海湖国际公路自行车赛（亚洲的盛大赛事，今年是第22届），很多路段封道，不过对我的影响不算大，我本来就喜欢到处走走，不一定要乘车。西宁的温度虽然不算高，但太阳毒辣辣的，尽管我打着伞、背着包，脊背还是晒得疼。有网友给我留言："想旅途愉快，一定要注意防晒，白天的太阳很毒，紫外线强得很，容易晒坏皮肤。"我答复道："谢谢，谢谢，我带了一把防紫外线的伞。"看到路上很多人什么防护措施都没有，我有点惊诧。

西宁是被群山环绕着的，我一出火车站就看见旁边屹立的山峰，虽然不高，但山壁直上直下，光秃秃的，给我的感觉很特别。城西区的主干道五四大街的尽头也是山，高七八十米，它的另一头我也能看到山。到底是主干道，两边的漂亮大楼很多。文汇路穿过五四大街，文汇路西关大街口周边高层住宅楼挺多、挺新，沿西关大街向西一两百米就是网红景点唐道。浦发银行也开到西宁来了，挺厉害的，东北、西南城市也有浦发银行的身影，后面有所叙述。无处不在的万达广场当然少不了，而且规模挺大，还有万达影城。西关大街未封路，我在路边饭店吃了面片（第一次吃面片），然后乘车去青藏高原野生动物园，好像不远，而且它所在山脉离西关大街本身也不远。

开始逛青藏高原野生动物园，大鸵鸟看上去比成人还高，有2.5米。夏天，它的毛褪得很厉害，就好像杀好的鸡褪掉毛之后的样子。藏野驴挺大的，差不多要赶上马的个子了，在我拍它时，它由于单侧脸朝着我，就用一只眼睛目不转睛地盯着我。

在动物园要懂得保护自己和亲友的安全，无论是兽还是禽，例如这里的野驴、鸵鸟和后文提到的孔雀，都不能靠近，要与它们保持安全距离，毕竟你不知道它们什么时候发威，咬你一口、啄你一下，那就吃不了兜着走了。至于有些人吃了熊心豹子胆，把手伸到猛兽的笼子里逗弄的，对此我很是无语。我们应永远记住，动物是有兽性的，包括家养的畜禽和宠物，你不能真的把它们看作和人类一样，被宠物伤害的例子多如牛毛。

网上有一些视频，让小孩与鸡亲密接触，鼓励小孩"勇敢"地与村里的鹅对峙。这些大人太托大、糊涂了，鸡呀，鹅呀，它们比猫狗还危险。许多猫狗知道伤害人类孩子的严重后果，所以不敢轻易伤害，而鸡和鹅完全不知道这样的后果，如果啄伤了孩子，甚至啄瞎了孩子的眼睛，你找谁哭诉？！

站在山上可看到，西宁的周围确实有很多山。动物园所在的这座山上树木很茂盛，但并非每座山都这样，毕竟这里海拔高（青海与西藏交界处，喀喇昆仑山有 8200 多米高呢，所以神话中元始天尊的宫殿设在昆仑山，从古至今，中国人爱把昆仑山比作中国的脊梁），冬天又很寒冷，所以很多山是光秃秃的。路线指示牌并不清晰，不过我随意走着走着还是走到猛兽区了。我们在高高的栈道上走，猛兽被圈在铁丝网围栏里。动物园里的几辆环游车一路行驶，喇叭很响地播放着音乐，这样是不科学的，会骚扰动物。

一只黑熊不怕晒，在大太阳下独自玩耍，另外一只黑熊趴在阴凉处睡觉，它的个子这么大，呼吸频率却像婴儿的那么高。几只狼也不怕晒，在大太阳下走来走去，这里圈养的狼大概有 20 只。狮子、老虎躲在阴凉处睡觉，牦牛当然怕晒，站在阴凉处乘凉。

真正的野生动物园应是像非洲大草原那样的。我没去过上海野生动物园，听说在那里，游客坐在有铁栅栏保护的车里游览，狮子、老虎等野兽能自由行动，当然，动物园有围墙，不同动物的活动区域肯定也有围栏隔开。2023 年 11 月我去浦东滴水湖，在地铁上（在此线路浦东段的很大一部分，地铁在高架上行驶）看到该动物园并不算很大。

现在许多动物园里，猛兽已不关在笼子里了。关在笼子里是过去通行的做法，现代人对动物也讲仁慈、保护。而这里的青藏高原野生动物园比一般动物园做得更好的是，野兽们活动的地盘更大。山上有的是地方，不像在市区提供不了那么多土地给动物园，郊区也提供不了太多土地。这里的动物园其实不能叫野生动物园，估计全国真正能叫野生动物园的并不多，像东北虎豹国家公园好像也有人工抛食喂养环节，那就不能称为野生动物园。

整个山上嗷嗷叫的不是狼，而是孔雀，数量不少，未被圈在大网里。它们的翅膀可能被处理过，不能飞高飞远，就像一些公园和大学养的天鹅那样；抑或虽未处理，但它们习惯了这里优越的生活环境，不想远走高飞。就像水族馆的鲸、鲨，虽然没有海洋里的鲸、鲨自由，但吃饭不愁呀，野生的鲸、鲨想要天天捕食吃饱不是一件容易的事。所以如果水族馆的鲸、鲨能选择生活方式的话，它们很可能仍选择待在圈养它们的水族馆里。

山下湖中的许多鸟确实把这里当家了，始终不肯飞走，有的还飞到附近居民家讨吃的。圈养一般鸟类的山头上，大网破了两个洞，工作人员也没修补，估计鸟儿尚未发现。高山兀鹫和金雕被圈养在一个山头上，还好，它们彼此熟悉了，没见它们打架，又或许它们平时打得很凶呢，只是这几分钟、十几分钟里我没看见。记忆中它们的个头相差不大，否则强壮的一方必然成为霸凌者，瘦弱的一方则永远受欺凌。这两种鸟都是猛禽界的大哥大，很难说打起架来谁一定是胜者。

从动物园出来，在路边车站等车时，我注意到行道树树干上刷的防虫石灰浆不同于南方的，后文将讲述此事。等了很久，好不容易来时乘的那路车从旁边的停车场开出来了，我问到不到某个地方，驾驶员说自行车赛还没结束，公交车要绕行，不到那里。当时我智慧不足，没想到不到那一站也没关系呀，可以乘到别的站下车，只要去市中心就行，难道在这里硬等到比赛结束再乘这路车？车开走了我才反应过来，还好，只是智慧不足、反应不快、思维不灵活，并不笨，我立即想到乘别的车离开这里，于是4路公交车来了就乘上去。

我在一个名字听上去不错的车站下车了，好像是某公园站。我第一次来西宁，两眼一抹黑，决定去哪里常常有较强的随机性。马路对面是报社大楼，这里好像是成熟的市区景象。我并未去那个公园，市中心的公园也不想去了，而是沿汽车来的马路往南走，走到了中心广场。

还是成都有生活情调，我在上海和西宁想买鲜榨果汁，简直就是不能完成的任务。据说7月9日这天西宁最高温度只有30度，可中午热得让我对西宁挺失望的，跟上海不是一样嘛。白天，西宁的阳光太厉害了！这天晚上，宾馆的工作人员说："今天是西宁最热的一天。"晚上又凉快了，睡觉不用开空调，宾馆里也没空调。

中心广场在五四大街的尽头。有不少人在大楼的阴影下跳锅庄。藏族人的歌好听，锅庄好看。6月下旬在重庆时也看到有人在跳锅庄。中心广场正在招租，商家赶紧去抢占宝地。我在五四大街路头乘车往西去。

去找药水泉时，车行驶在海晏（青海地名）路上。晏是安定、平静的意思，希望青海湖风平浪静；在古代或在吴语里表示"晚"，读音不同于普通话读音。在文化公园下车时，路上还有零星的志愿者在收拾下午结束不久的自行车赛的标语。文化公园里有一尊"西部歌王"王洛宾的塑像，他是北京人，不过后来在西宁住了很长一段时间。王洛宾的情感经历很传奇，例如与台湾作家三毛的爱情故事。

公园里还有不少文化题材的浮雕，但大太阳下，我没兴致看了，在树林里转了一小圈就离开文化公园继续往西走。在西宁拍照，往往少不了山作为背景。海晏路边那些住宅楼的外墙面很朴素，但因为住宅楼高、集聚、规模大，显得很气派。社区名是海虹壹号，后来有人说每平方米只要八九千元，让我不敢相信。

到了五四大街和海晏路之间的湿地。西宁虽是西北城市，但它并不缺水，毕竟青海省南部是三江源所在地。栈桥上一位钓鱼的兄弟说，西宁缺的是人。当时我理解为缺人才，缺高级人才，现在觉得还可以简单、直接理解为就是缺人。西宁作为省会，约248万人口对比其他省会人口不算多（这也是西宁不造地铁和轻轨的原因之一），尽管它是青藏高原唯一的人口超百万人的城市（青海省统计局的数据显示，截至2022年末，青海省的人口也只有595万人，一小半都集中在西宁了，况且青海省的面积在全国也是名列前茅的，可见青海其他地方的人口多么少——全省人口密度排全国倒数第二）。西宁是一个移民城市，主体人口就是移民，看来要增加人口还得继续靠优越的移民政策和优良的整体生活、工作、创业环境。

走过湿地上的长木桥后，要往右手边（西面）走才能找到药水泉。所谓药水就是泉水富含矿物质。过木栈道时要抓紧手机哦，别从木板缝里掉下去。我却往左边走，可能是人家指错方向了。绕了一大圈才到了药水庙和药水泉，可以用自然的矿泉水泡泡脚。其实这个景点没什么意思，就是一块市区湿地而已。

说一段题外话。近期在外面游历，看到很多人推着婴儿车，婴儿车的位置较低，婴儿坐在上面把离地面较近的污浊的空气都吸进去了，而且在路上还有地铁这些场所，婴儿车推来推去，很容易碰到、别到婴儿的脚。为什么不把婴儿抱在手里呢？多抱抱，手臂的力气就练出来了。所以我认为婴儿车和遛娃车是一个多余的装备，有时候在路上反而成为累赘。

用一根塑料软弹簧绑住家长的手和能走路的小孩的手，这是在遛狗吗？因为怕在外面弄丢了孩子，便使用这玩意儿，难道做家长的这点责任心和警惕性都没有吗？而且这样也很危险，这个塑料弹簧可以拉得比较长，如果有人或车（自行车、滑板车、电瓶车）从当中穿过，那不就糟糕了？

乘车到西宁火车站，不是乘火车，而是找旅行社，这些旅行社主要在出口处的地下室，有好几家。不过问下来，情况与我预知的不一致，算了，就不参团旅行了。西宁火车站和铁路就在山脚下。在西安上大学时觉得兰州已在很西面了，当时听说火车去兰州，前面一个车头拉，后面还得有一个车头推（那时听说的可能也是老皇历了），爬坡嘛。当时感觉没什么事也不会去兰州，没想到现在跑到西宁来了，几天后在兰州（地图显示，西宁也有高铁去新疆）如能买到票的话还要去敦煌和乌鲁木齐，敦煌也比西宁偏西得多。

尽管兰州在西宁东面，但甘肃省地形图就像一个由西北向东南斜放的又长又大的石锁，敦煌就在石锁西部，接近新疆。在火车站附近的一家私人宾馆住下了。后面几天兰州也凉快了，我也买好了7月11日去兰州的票。

网红景点塔尔寺

在西宁住了两天，没有蚊子骚扰，从宾馆不提供蚊香也可看出这里没有蚊子，看来蚊子没有乘火车、坐飞机赶到西宁来。尽管群山环绕，但西宁真的很大，前一天从药水泉（城西区）乘14路公交车到火车站，深刻地感受到这点，7月10日这天从火车站乘909路公交车到塔尔寺，更深刻地感受到这点。10日这天早上出门时，我尽管穿着长袖，还是觉得有凉意。11日上午则更冷。塔尔寺在湟中区，离城区25公里，网上很多资料还写作"湟中县"，需要更正。湟中是湟水中游的意思，西宁处在湟水中游河谷。

前一晚在旅行社，工作人员提到茶卡盐湖的油菜花开了，我当时没反应过来，也没在意，7月10日这天看到嫩黄的油菜花时忽然想到，在江南，油菜花盛开是在春天，也就是三四月份。为了拍照，我都没来得及欣赏峡谷里的景色，以后要少拍一些，现场欣赏美景更重要。

从909路公交车下来，沿着不宽的街道，得走很长的路才到塔尔寺，有一种朝圣的感觉，这里没有指示路牌。因为我没吃早饭，就在路边饭店吃了一碗羊肉汤。塔尔寺的售票处（成人70元）离检票口很远，又没有指示牌告知，大门口却挂着5A级景区的牌子。据说女孩子穿七分裤及更短的不能进寺。

我先去人少的、人们不去的地方参观，免得挤在一堆。转经筒外面包的是铜皮，或者木面彩绘，里面是木架子，我看到过破败的。我在塔尔寺爬了两次坡。塔尔寺就像西宁城一样，虽然群山环绕，在莲花山坳中，但面积不小，而且殿宇房舍很多、很密集，真的是一个大寺，好像是我见过的寺庙中最大的一个。我去过九华山两次，印象中那里的单个寺庙都没有这么大。

不过我感觉塔尔寺的很多房舍都是新建的，也是现代风格，古色古香的韵味不浓重，也许是为节约成本吧，毕竟雕梁画栋很费钱。塔尔寺的历史却很长，始建于明嘉靖三十九年，距今有400多年了，得名于寺中大银塔，又叫塔儿寺。于右任等不少名人都曾拜谒过塔尔寺，中华人民共和国成立后也有国家领导来过，于右任还为佛殿匾额留下了漂亮的草书墨宝。

坛城沙画（可理解为沙画唐卡），用彩色细沙堆叠而成，一点点往画好的格子里抖落不同颜色的细沙，你可以理解成描红，通常要花一位喇嘛一个星期的时间。画此沙画不是为了炫耀成绩，做完法事后就要毁掉，表明世间事事皆无所成（佛家讲的"空"），大概是要人们谦虚，当然，也有很强的消极成分。还可以理解为既能辛苦地"拿起"，又能轻松地"放下"。

坛城沙画

　　那位喇嘛还挺好说话的，在我们询问后，允许拍照，不过嘱咐大家小心一点，别弄坏了坛城沙画。我当时想，是呀，如果哪位把手机伸到它上面拍，一不小心手机掉落，局面就糟糕到无法收拾了。

　　我们参观的这个殿里的诵经堂很大，坐一两百个喇嘛没问题，游客们在里面绕行一圈参观，坛城沙画就在这里。塔尔寺的楼宇比中原佛教寺院的楼宇朴素，平顶屋多，就像很普通朴素的农舍或郊区的普通房舍，歇山顶少，飞檐更少，不怎么结合中原佛教寺庙建筑风格和汉族建筑风格，美化方面主要用软装潢，比如幡、彩绘什么的。

　　塔尔寺里两层楼的房舍不少，而中原佛教寺庙里两层楼的房舍比较少见，当代新建的僧寮和寮房（僧舍和客舍）可能是两层的，佛殿有两层甚至更多层的极少见。在昆明官渡古镇的一个小寺庙里，我倒是见过两层楼的观音菩萨殿，游客、香客既可在一楼绕圈瞻仰菩萨像，也可爬到二楼绕圈瞻仰，在二楼主要是近距离瞻仰菩萨头像。那尊多头千手观音像挺大的，它的头像伸到二楼，二楼有一圈楼板围绕着头像，供游客、香客瞻仰，好像是4个大头，上面还有若干小头，手臂挺多，当然，不可能真有1000支手臂。佛家另有解释，即除中央两只手合掌外，左右各有20只手，每只手代表25只，象征千手。

　　塔尔寺的布局也完全不是中原佛教寺院常见、统一的风格，例如大雄宝殿（大雄指勇敢无畏）、东西配殿、山门、钟鼓楼。网上有文章说塔尔寺建筑布局严谨，我只去过一次，尚未看出此点。

有的建筑屋顶是斗拱结构，结合了汉族的殿宇风格。我参观塔尔寺花了两三个小时，应该够了，估计我去的一些偏远的地方，很多人都没有去，例如我爬了两次山，路上很少碰到其他人。现在看到网上攻略也说参观塔尔寺差不多要两三个小时。

离开塔尔寺后，在附近买了一盒牦牛酸奶，10块钱，挺好喝的。寺里不卖任何饮料和食品。909路公交车的发车时间间隔太长，我在车站等了大概20分钟。大家在塔尔寺走了很久，肯定都想有个座位，于是都往前挤，我自然不能免俗，很多年没有这样挤公交车了。站在侧面被挤开了，又从正面进攻，只是发现大家挤的力量很大，我就往后缩了缩，担心自己的小身板被挤伤了，感觉压力小一些后，接着往前挤，如愿坐上了要坐的位子。一位女孩儿把眼镜和自拍杆都挤坏了。

这辆车的车况很差，开一段路就要停下来，让电池冷却一下。车没维护好就开出来了，最后车里居然有一股很浓的煳味，我后来自责没有立即告诉司机，是司机自己感觉到后把车停下来的。遇到这种险情应该及时向司机反映。我联想到网上流传的电动自行车充电时快速自燃、爆炸的视频，还有2023年8月20日左右，一位乘客把电瓶放在背包里带上长途公交车，引发火灾，导致两人死亡、多人受伤的报道。以后碰到这种情况，应立即叫司机停车开门！

一对赶火车的母女很着急，半路上出租车也难叫，像她们这种情况，之前就不能像别人这样等下一班有座的车，而应乘当时一班即将开的车，尽管没有座位，但事还是要分清轻重缓急的。

我后来走到不远处的车站等着，换乘3路车，其他人还在坏车那边等着。进市区后开了几站路，3路公交车报的站名与站牌上的名字不一致，还是我自己发现了，便赶紧在南山路西口站下车。南山山脚下只有写着"丁香园"三个字的牌坊，没有指示上南山寺的牌子，让不少游客对牌坊下的大台阶很疑惑，不知道能不能从这个地方上南山寺。南山脚下还有一伙人在设赌局，一个管理人员都看不到。估计从大台阶也能上南山寺，不过我当时请教了人家，从侧路上山。寺里的两个转经筒很大很重，像磨盘那样难以转动。寺庙里都要升国旗，当然也包括清真寺。

下了南山，这天很早我就开始找宾馆了，在外旅游不能让自己累着。现在看下来，还是找连锁的或看上去比较大的宾馆更实惠，比私人的小宾馆贵不了多少。反过来看，那些私人小宾馆不够进取——他们完全可以服务更好，吸引更多的顾客。比他们大的宾馆能提供更好的设施和服务，收费却比他们贵不了多少，他们为什么不能做得再好一些呢？

西宁人民公园、青海美术馆、湟水河

2023年7月11日上午。水井巷里面饮食店铺和购物场所还是挺多的，而我住的宾馆旁边是古玩市场，这条路是古玩、金银器、玉器、珠宝一条街，也靠近南大街。退房后在附近转了一个街区。等一辆公交车等了很久，到了站牌上的某个站后下车，可能是随意间走到了西宁人民公园。

一进大门，一条大道挺宽也挺长，延伸到人工湖附近，人工湖面积近百亩，公园里绿树成荫。公园里的摩天轮有89米高，比上海锦江乐园①的矮一些。摩天轮的门票是30元，比上海大悦城上的摩天轮便宜多了。湟水河，流到兰州，加入黄河，是黄河支流，水很浑，叫它黄水河似乎也可以。公园里碰到的一位老哥说叫黄水河，于是我一开始就错写为此名，且山东及其他省也有叫黄水河的河流。湟水河的水流并不慢。

以前印象比较深的是群山环抱中的村庄（山村），现在亲眼看到了群山环绕的大城市。济南也是群山环绕，不过老舍写的散文《济南的冬天》告诉我们，那些山都是小山，

鸟瞰西宁人民公园

---

① 上海锦江乐园的"上海大转盘"是我国第一座巨型摩天轮，2002年建成，总高度为108米，转盘直径为98米，在全球名列前茅，运行一周约25分钟。晚上，大转盘点灯后，光华灿烂，很壮观，仿佛天神戴的玉镯。

而西宁周围的山可不算小山，我观察判断，应该有五六百米的样子，当然也有一些矮山，可能 100 米还不到。这些高度是相对高度，西宁处于西北高原地带，这些山的海拔高度是相当可观的。6 月份游历的成都和重庆，以及此后游历的十几个城市中，也有群山环绕的。

西宁市平均海拔为 3137 米（也有说 2261 米），海拔最高点位于湟源县与海南藏族自治州共和县（海南即青海湖之南，不是海南省）的交界处，靠近日月山脉，海拔为 4877 米；海拔最低点位于西宁市城东区、海东市平安区、海东市互助县交界处的小峡纵向桥附近，海拔为 2162 米。全市地势高差为 2715 米。我从上海乘高铁到西安再转乘动车到西宁，即使刚到西宁也无高原反应，后面几天也没有。网上资料说一般的人在西宁都无高原反应，但如果去周边旅游，在海拔 3000 米以上地区可能会有高原反应，主要表现是头晕、头痛、呼吸困难。海拔 3000 米是高原地区的一个分界点，超过这个海拔，气候特点是低氧、低压、高辐射、高寒。

西宁人民公园里种了很多柳树，树枝不倒垂，树叶比较大，我都看不出来是柳树。这里的很多柳树都很粗，有的在根部（地面）分成两支，好像两棵树。为防虫，他们刷的石灰（含杀虫剂）有半人多高，不但比上海的园林部门刷得高（我们学校 2023 年冬刷的也有半人多高），而且上面还刷了一小圈红色的浆，有时还会在红圈圈处钉几根像螺丝钉一样的东西，应该是为了注入防虫剂吧。这里还种了好多小叶杨，青皮（说白皮也行，树皮细滑，不像其他树的树皮），挺拔，树干也很粗。

离开人民公园后我乘车到了新宁广场，旁边是五四大街，当时可能是看到这里街景好看就下车了。按功能讲，这里其实是文化广场，进入广场后先看到青海省图书馆，馆名为江泽民主席所题。按逆时针方向走过去是青海美术馆，再按逆时针方向走，就是青海省文化馆和

唐　卡

青海省博物馆。右边的照片是青海美术馆收藏的唐卡。青海省博物馆已预约满了，没能进去。

乘车往火车站方向去，我买的是接近傍晚车次的火车票，此时还早，在火车站附近提前下车，想实地看看之前在车上看到的湟水河滨的风情。这儿附近不远处就是火车站、公交汽车站和长途汽车站。下车处的东面是一座桥，这座桥到下一座桥之间，湟水河并没有在河床上流，而是从涵洞里流，涵洞的水流很急，这一段的河床则是干的，要到下一座桥之后，水才又流到河床上来，不知为何这样设计。

过桥后我在湟水河的另一侧又走了一段路，有点偏僻了，于是离开河岸，穿过居民区，在附近的饭店吃晚饭。吃得有点早，下午4点钟不到，外面还很亮呢，但稍后我就要去火车站乘车了。在这家饭店我第一次听说了大窑汽水，我问有什么汽水，服务员说了两遍我都没听清是什么名字，不是我熟知的百事等国外品牌，也不是南方常见的品牌。估计服务员觉得我这个人很奇怪，怎么说了两遍"大窑"，我还愣在那里。她于是加了"汽水"两个字——"大窑汽水"。我终于明白了，说："行，就大窑汽水。"后来知道大窑在北方很流行，五六块钱一瓶，挺好喝的。

西宁各家商店里比较常见的特产食品是袋装的牦牛肉。我在西宁看到很多骑楼，看来并不只是东南亚人喜欢造骑楼。上海的金陵路边也有很多骑楼，就是因为之前那里是南洋人集中的地方。

去火车站应从马路另一侧走，一开始看上去好像在车站广场的马路对面走，实际上走到广场处，马路恰好与其连在一起，一点也不绕路。反之，如果一开始走在马路靠近广场这一侧，或者说靠近山的这一侧（北侧），走到广场处就会发现被长长的围栏挡住，得绕挺远的路才能走到广场。在火车站广场与汽车站间的交通枢纽处竖起长长的围栏，不知是何用意，难道不应让它们互联互通吗？

我乘坐D2722次列车前往兰州。西宁到海东（青海湖之东）之间，远山的样子是西北地区独特的山岭风貌，起伏不大，植被少。这里海拔高，冬天气候寒冷，山上植物少，可能只长草和极矮的灌木，所以山地看上去很贫瘠。后来看到的那些树可能是白杨，树干很长的一段都是光秃秃的，没有分杈和树叶，也是为了适应高原气候，长得很挺拔，将来做木料挺好。

海东站到兰州西站之间，山坡上的红土算不算丹霞地貌呢？虽然山贫瘠，但田园风光很漂亮，那么贫瘠的山，仍然有人在山顶建寺庙。

兰州篇

　　西宁火车站的站台不算多，不过地下通道挺长，兰州西站的地下通道同样如此。我最近到过的一些火车站，首先给我的感觉就是大，其次是新和现代化。我们国家的工程确实很大，令人震撼。从兰州西站出来找公交车，85路公交车的仿绿皮火车造型很独特。我把兰州西站的各路公交车线路牌浏览了几遍，最终选择乘31路公交车去西湖公园。说到兰州的西湖公园，我在旅行过程中和查阅中国地图时发现，有一些地名或景点名称即使很独特，在其他地方也会重复出现，更不要说西湖这样普通的名字，福州也有西湖。在乘坐31路车的一路上，兰州的整体风貌映入我的眼帘，建筑漂亮、气派，火车站附近的高楼就挺漂亮。到达西湖公园时（晚上8点多钟了），天仍然亮着，不影响我找宾馆和看到马路对面西湖公园的整体风貌。

上午徜徉于雨中的黄河南岸河滨

　　7月12日上午，过大马路上的天桥去逛西湖公园。开始是下小雨，后来下大了，一整天都在下。公园里有人告诉我：西湖公园没什么好玩的，湖挺小，没必要去找它，公园旁边就是黄河，你应该去河边游玩。他的话令我心中一喜，哇！黄河，还有这么棒的风景，就在附近，我居然毫不知情。谢过指点我的人，赶紧出公园侧门，直奔黄河岸边。兰州就是建在黄河边上的城市。我喜欢这里原生态的河岸，没有用水泥和混凝土浇筑，不过也有其他河段浇筑过混凝土。以前只是坐火车从铁路桥上穿越

亲近一下黄河水

黄河，现在是近距离接触。

不知道是人工引出的还是自然分流的，有一小股黄河水离开主河道，稍微进入陆地一点，但没有进入市区，在稍远的地方又汇入主河道。就这点水流就能推动两部巨大的水车——好像是我见过的最大最结实的水车，可见黄河水流很急，势能很大。水车的车轴是最关键的部件，用原始森林中的千年珍贵古木做成，所以当宝贝似的给它们搭个凉棚，免得晒着、淋着。

虽然刚刚下过大雨，但不用担心泥会沾满鞋，因为这里土地的含沙量很高，土壤很瓷实、平整。我沿着黄河岸边走了一段，有的地方河面宽，有的地方河面窄。在这段黄河岸边，

中山桥（旧称"兰州黄河铁桥"）

我看到好几处地方有排水管。一般而言，排水管都是排污管。兰州黄河铁桥（现名中山桥）是在黄河上造的第一座固定桥（也就是说以前的都是浮桥），光绪年间清朝廷请美国洋行设计、德国洋行承建，花了30多万两白银。桥上的拱不是装饰，拱的两头架在桥墩或岸上，挂在拱上的钢索可以吊起桥身——这是现代的技术；过去不用钢索，而是用钢柱连接桥身。这两种技术对比鲜明地体现在元通黄河桥和中山桥身上，恰好它们又是黄河上的隔壁邻居，在岸上仅隔一个街区。

上海的外白渡桥用的也是后一种技术，因为它也是历史悠久的桥梁，建于1907年，两（桥）孔两拱，拱身比中山桥的更复杂、厚重，为梯形拱。中山桥的拱较简洁，为弧形拱。两者造型相似，但中山桥的规模大得多。

以前造桥的技术不够高，所以中山桥需要四个桥墩，也就是能实现的跨度较小，现在造的桥只要两个桥墩，例如旁边的元通黄河桥。江苏的张（张家港）靖（靖江）皋（如皋）长江大桥，主跨2300米，是全球第一跨。中山桥造得这么低，看来这段黄河不行大船（古代大船本就不像现在的这么多、这么大），元通黄河桥的桥身也不高。

中午开始登黄河北岸的白塔山

相传为纪念去蒙古谒见成吉思汗而在兰州病逝的一位喇嘛，蒙古人在山顶建造了白塔（藏传佛教的塔的造型），此后渐渐地形成了一个寺庙，现在则是规模很大的白塔山公园。过中山桥和天桥后即到白塔山脚下，白塔就在此处山顶。白塔寺公园古色古香的建筑很多。第一次来，觉得白塔寺公园太大，路径又复杂。远看黄河，就是一河的黄泥汤，跟远看湘江不好比，黄浦江则介于两者之间。在山上可看到黄河上的桥不少，市中心的每个街区就有一座大桥跨越黄河，过黄河就像过人行横道。缺水的山需要网络般的喷灌系统确保树木生长，白塔山就使用了喷灌系统。

路遇东风亭，它是一个三角亭，可见斗拱底蹲在粗梁上，每个斗拱伸出四只"手臂"，托举更多的斗拱，最上面的"手臂"再托举细梁，细梁再托举亭帽。我看到斗拱就联想到乐高。斗拱虽好看，但太费建材，也大大增加了屋顶和屋檐的重量，因为斗拱本身也成了屋顶或屋檐的组成部分，进而对梁柱有更高的要求。虽然我不是建筑专业的，但我认为斗拱基本上都可用不同种类的梁代替，再配合当代的钉铆之类的连接方法，屋顶、屋檐会更轻而牢固。而且斗拱见多了也会产生审美疲劳，我有时候就会觉得一些楼宇上的斗拱太繁复甚至累赘，失去了美感。我在山路上还看到一株小树，树皮的色泽像铜皮。

在兰州城内逛

7月13日这天想买去敦煌或者乌鲁木齐的火车票，居然几天之内都只能候补。最近去那里旅游的人这么多吗？我只好买了后天去银川的票。后面几天银川早晚的温度不高，是避暑的较好地方，不过中午也有35度。这几天避暑是成功了，却把我冻得够呛，13日这天兰州仍然下雨下个不停，兰州这两天的最高温度不超过26度。

上午退房后先走到西关转悠转悠。这里有兰州大学第二医院，规模挺大，再往西是西关清真大寺。兰州的清真寺里，游客不能参观礼拜堂，此后游历的几个城市

西关清真大寺，典型的洋葱屋顶、月牙装饰，四个角的塔很高

的清真寺也是如此。在我游历过的地方，佛教寺庙远比其他宗教的寺庙或教堂多。东面的马路是中山路，中山路到黄河南岸连接着中山桥（即兰州黄河铁桥）。

参观完清真寺后，在旁边的公交枢纽站乘车，沿黄河南岸的马路往七里河方向，也就是西面去，这是看了站牌上的站名后选择的方向。在七里河附近下车，穿过大马路，走到七里河河边，沿着它往里走，也就是往南走。兰州保持了黄河岸边的原生态，却把小小的七里河的河岸用水泥混凝土浇筑了，是否因黄河太长而七里河较短呢？还是在市区里都喜欢这样的河岸风格？其实何止兰州，在上海市区，每一条河的河岸都用水泥混凝土浇筑过吧？1999年，我亲眼看到徐汇区康健街道那里的一条河，河水被抽干后，连河床都用水泥混凝土浇筑了。

走到了庆阳路，庆阳路上有一些银行。最近去过的成都、西宁、兰州，有当地省一级的银行和省会银行，例如兰州这里有甘肃银行和兰州银行。

20世纪80年代，兰州市对白衣寺塔进行大修时，在宝塔顶里发现了很多价值连城的宝贝，这些宝贝保存完好，现陈列于庆阳路上的兰州市博物馆（白衣寺原址）内。建造宝塔的年代是明代，这座塔比白塔山上的白塔还高。

我认为，很多地方的博物馆名字前应加"历史"二字。各省的省博物馆可能紧俏，需预约，市馆则不被青睐，参观者不太多，随到随进，无需预约。这里就无需预约，哈尔滨博物馆亦如此，不过天津博物馆、福建博物院也无需预约。

到庆阳路头过一条马路就是东方红广场。万象城也在附近，购物环境挺高档的，就是顾客不多，商场（裙楼）共有七层，面积都不小，这些和长沙的国金中心（IFS）差不多。万象城矮的那一幢塔楼上有浦发银行的标志，附近还有一幢浦发银行大楼。在万象城逛了一阵，从后门离开后在附近吃了晚饭，然后找宾馆。

乘车到雁滩公园了，离万象城不算远。兰州古色古香的建筑很多，甚至一些公司和店铺（更不用说机关事业单位了）的门头也是古色古香的传统风格，而且显得很旧，很有历史感。成都、西宁、兰州和长沙等城市有王府井集团或西单商场（王府井旗下品牌）的分店，上海也可以学学北京的这一做法，西方发达国家不也是这么做的吗？

碑　林

早晨退房后到雁滩公园转转，看到几处地方有人拉胡琴唱曲，曲声高亢，请教了一下，原来唱的是秦腔。西北五省（自治区）都唱秦腔，毕竟这里以前是秦国的地盘——陕西以西或者说函谷关以西。7月14日这天我要去白塔山的左半部，山顶是碑林（去之前我并不知道），现在看照片发现，在半山腰有路连通山的东西两部分，"不识庐山真面目，只缘身在此山中"。北京网友留言说，半山腰有秦腔博物馆，挺好的。

我并不知道从迎宾馆可以上到山顶，只是想进去看看半山腰的亭子和彩虹桥，就从兰州迎宾馆牌坊这里进去了。在迎宾馆转了半圈没找到上山的路，问工作人员，经他们指点，才知道要从宾馆后面上山。走这条路的人不多，我就没碰到几个，跟有的人还聊了一会儿，他们都是从山顶也就是碑林下来的，我由此放心，路没走错。看着脚下的山谷，腿有点发软。山路上非常欠缺指路牌。

碑林到了。康熙、雍正朝的陇上名士巩建丰的帖可成为做学问者的座右铭："精神到处文章老，学问深时意气平。"碑林的院中有张芝的塑像，他是东汉敦煌郡人，"一笔书"创始人，世称"草圣"。虽不喜启功先生书法的笔画风格——笔画太细，大字的风格写得像小楷风格，笔画变化不大，笔锋不明显，但他的书法非常工整。

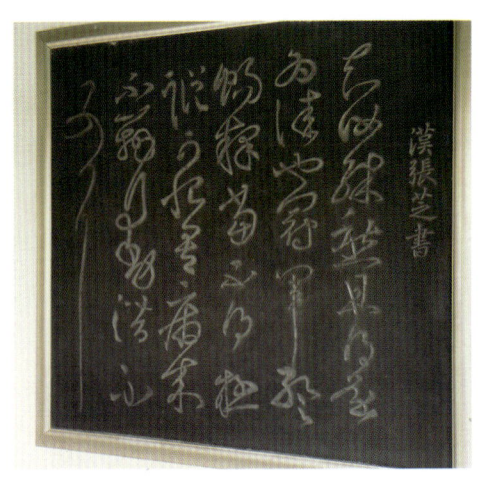

东汉张芝的草书

舒同的草书好有特点呀，写的是毛主席的《清平乐·六盘山》，旁边的行书也很有特色，我很赞赏他的书法艺术——端庄圆润。古代的不少字并非繁体字，左宗棠写的帖就好像当今的书法家写的，不少字和现在的简体字一样。古人，以及梅兰芳所处年代的人，书法不好，都不好意思跟人打招呼，看看梅兰芳的书法，虽不能跟知名书法家的比，但还是相当漂亮的，与当下的不少书法家们的还是可比一比的。现在哪怕是教师，其书法照样可以很难看，不是毛笔写的哦，是用钢笔或水笔写的——已降低要求了。

有一幅碑帖的落款是章炳麟。章炳麟、章太炎是同一个人，太炎是号，因提倡革命救国、排满（即"苏报案"）而陷于囹圄，与《革命军》作者邹容在同一监狱。临近刑满，邹容不幸病死监狱，章太炎出狱后主要做学问（包括吴语研究），育人无数，学生中知名的包括鲁迅、钱玄同、周作人等。王国维的帖是七言诗，里面一个"近"字，可能是工匠刻坏了，不是王国维写得不好。也难为这些工匠了，要把书法家们的墨宝原汁原味地刻到石碑上，可能还要放大或缩小，其实这些工匠也称得上是书法家。古人刻碑也讲究找知名的工匠，那些技艺高超的工匠才更能复现书法家或名人的墨宝。

碑林也在白塔山山脉，在西面的山岭上。离开碑林往东面山岭走，看到环翠苑康养园的牌子，我就走进去看看。观岚听涛牌坊旁边有一座高压线铁塔，可能是旁边商店里的人把铁塔的底部搭成柴房，把很多柴火堆在里面。如果发生火灾，会把铁塔烧塌的。希望有关部门能重视并处理此事！

比较几个山城

重庆是山城，其实西宁和兰州也是山城，周围环山。与西宁相比，兰州更称得上是山城，它是山中有城，城中有山，一些山就在兰州城里，例如白塔山和兰山，很多住宅楼甚至城区（例如兰山西麓上的城区）也建在山坡上。兰州市向山坡要土地，开发市区旁边的山坡，白塔山边上就有不少这种情形。黄河南面东南处也有这种情况，恒大和万科在那里造了许多新住宅楼，站在兰山上看，一大片一大片的楼房在山坡上。

2023年8月上旬去的贵阳也是山城，四面环（大）山，且城中有山——东山、螺蛳山、黔灵山等，一些马路也有明显坡度；11月中下旬去的福州也是山中有城，城中有山。

这几个山城中，重庆又显得更特别，因其市区内多有高坡和低地，高度差还挺大，云端之眼观景平台楼下门前的一条南北向的新华路与西面的五一路之间的街区就是一个大斜坡。这两条马路间的这种高度差挺大的大斜坡马路在重庆很常见，不论是繁华市中心还是偏远一些、落后一些的市区，有些斜坡马路还带很大的拐弯，例如风情古街十八梯旁边（它的上面高坡处）的那条马路。洪崖洞那里更有"城市阳台"，在高处你会觉得是在这个城市的正常平地上，下到低得多的低处，你仍然觉得自己是在正常的平地上，高高低低，交错分布。在重庆的江北区也有这种情况，爬了挺长时间的山（也可在桥下乘电梯上到桥面，也就是山顶处），累得够呛，到了山顶（可以看到左面远处还有更高一点的山头），往前走一段路，咦？怎么又在城市的平地上了？眼前的马路上公交车和行人来来往往，这是江北区的另一片平地。

从碑林处下山，在山路上遇到两位年轻人，请他们帮我拍照，随后跟他们聊了一会儿天。他们在拉萨高原反应很厉害，头疼得受不了，本来要乘火车的，后来换乘飞机赶紧逃离拉萨，不过说拉萨的风景确实令他们感到非常震撼。看来我的想法是对的，现在暂时不去拉萨。他们还帮我证实了一个猜想——我曾站在白塔山上猜想（此山不够高，看不远，所以只能猜想），兰州应该是沿着黄河的一个长条形，被两边的山夹着。一位年轻人说，他在飞机上看到的兰州就是沿着黄河的一个长条形。

如果看到山顶上有特别高大的树，它们往往是假树，实际上是信号塔。我第一次看到这种信号塔是在上海广富林郊野公园。伪装成松树应该是为了战时需要，当然，也可理解为更好地融入周边环境。但是这些"松树"过于高大，不免鹤立鸡群。这些信号塔多为手机信号塔，最早出现在南非的开普敦，当时是1996年。那时，有钱的中国老板们用的是砖头式的"大哥大"。

我从碑林那边往法雨寺这边绕，既是为了看不同的山路，也是为了实现前一天未实现的愿望，看一看法雨寺。现场看了后纠正了我的两个错觉。第一，唱经的不是和尚，而是尼姑们和女居士们。第二，不是她们唱得响（在另一处山坡都能听见），而是用了大音箱。我在雁滩公园那边看到唱秦腔的居民也用了大小音箱。这么做不妥，不应用音箱，会影响别人。

前两天兰州下雨，逛街时把我冻得够呛，7月14日、15日这两天又很热，热得跟西宁一样。哈哈，夏都人民听了是不是挺气愤。西藏我还没去，我去过的地方中（包括东北三省的省会），丽江最凉快，西宁是不好比的。跟当地人交流时发现，重庆人和西宁人虽然说的是汉语字词，但我基本上听不懂，兰州人说的话，我能听懂一小半，成都话自然基本上都能听懂。

到兰州还应爬兰山

上兰山，先要乘公交车到五泉广场。从公交车下来绕七绕八挺费劲地才能到五泉广场，又没有指示牌，而且那里乱糟糟的，不好找，要穿过一个菜场，路上还学了一回雷锋帮助他人。爬山之前我问一些人需要爬多长时间，有的说半个小时，有的说一个多小时，其实我爬到三台阁，也就是山顶，用了两个多小时。以后游历，在这方面要做个有心人，其实平时也应这样，就是做一件较重要的事情前先看一下手表，事情结束了再看一下手表，这样就知道花了多少时间。

在五泉广场那儿，我往左（东）走山路，这就是上兰山的路线，如果往右，就是上另外的山头了。爬这段山路还是挺累的，兰州市区平均海拔1520米，兰山海拔2129.6米，比泰山和黄山都高。我前天（13日）站在白塔山上，估摸兰山的高度是五六百米或七八百米——相对高度。

之所以不同的人说的爬山时间和我自己爬山的时间有较大差异，是因为情况不一样。兰州本地人因对风景熟悉，爬山时就不怎么看风景或拍照，自然爬得快，而我则要停下来欣赏风景、拍照，感悟、思考一些问题，有时还要停下来和别的爬山者聊聊天，用的时间当然就长。我爬兰山时关心时间是因为怕误了下午的火车。兰山上的华夏文化长廊十分艳丽，檐壁上绘有《水浒传》《西游记》等名著连环画，以图配文，还有名言等。文化长廊好像是从二台阁开始才有的，一直延伸到三台阁，很长很长——1.9公里，这可是山路哦。

  终于到三台阁了，它是兰山的制高点，也是整个兰州的最高点。山脊上有公路可供汽车开到这里，从西麓延伸至此。我旁边的一位小朋友说：圣诞树！她爸爸没反应过来。我跟她说，这不是圣诞树，是信号塔，她爸爸才明白小朋友说的是哪一样东西。

  乘索道下山，然后乘车赶火车去。在兰州的后面两天，中午也很热，不过阳光不像西宁的阳光那样毒辣辣的，紫外线没那么强。铁路边，光秃秃的山谷中的一块平地上有绿油油的苞谷，这种绿相对于两边灰蒙蒙的山谷而言尤显珍贵。平坦区域，很多农田周围都种着两排杨树，应该是为了防风防沙。

文化长廊

银川篇

来银川的路上，火车应该经过了黄河上的铁路桥，一路上有的隧道很长，动车在里面穿行了好多分钟。远处青黛色的山并不意味着它的植被很厚，可能是阳光照不到的阴影效果。一路上有大规模的光能发电场，附近还有许多风力发电机。动车只停中卫南站和吴忠站就到终点站银川了，晚上7点钟到银川，外面还很亮。火车进入银川时感觉它的城市建设（主要指楼房）远不如西宁和兰州的城市建设，只像南方的一个县城。不过，晚上站在15楼客房窗口看银川市容，感觉银川的建设还不错，我住宿的酒店在金凤区。

一个下午转悠了许多地方

16日上午一直在写游记，大概十点半退房，吃好午饭后就去旁边的银川国际会展中心，会展中心的对面是宁夏科技馆。我上一次参观科技馆还是2012年在哥伦布，那个科技馆很大，展品挺先进，也挺有趣味。例如俄亥俄州立大学学生研发的时速500多千米的电池动力汽车，该数据是2011年的试验记录。宁夏科技馆不好玩，引起我兴趣的项目很少，更适合小孩子游玩。

我在会展中心东面的车站等车去银川森林公园，好像是宾馆前台小哥建议去的。前一晚睡觉不用开空调，不过银川的中午热得不输上海。在银川森林公园，我看到了青皮杨树和白皮杨树。公园里的工作人员说，（这里的）杨树不是新疆杨就是河北杨。银川的好多路用杨树做行道树。

公园里有一种鸟，飞时"滴哩哩"地叫，停下来时叫声像小孩哭。之前，这种鸟在地上叫，我还以为身后有一个小孩在哭。在兰州抑或是西宁，布谷鸟的叫声也特别难听，江南的布谷鸟的叫声还是比较好听的——"guo-gu-guo-gu"。

银川森林公园不好玩，我转了转就出来了，乘车去火车站。我之前在西宁转了两天都没看到清真寺，7月16日在银川转了大半天也没看到清真寺，挺奇怪的，我还指望在这里看到大的清真寺呢。

银川的街景不算亮丽。银川火车站的外观是莲花造型的，或许还带有伊斯兰风格。我不是来乘火车的，是来看看公交旅游线路的，然后我乘车去宁夏大学附近转了转，仍旧乘车返回火车站，打算在那里找宾馆，旅游专线车站也在那里。

我发现这里马路两旁的房子不多，多用绿化代替。我想城市建设应以建筑为主，毕竟不是公园建设，用这么多宝贵的市区土地种树，也太可惜了吧。有的路段有几排树，后面还有一条小河沟，然后才是居民区，这像是农村土地刚被开发出来后的城镇景象。即使我认为上海的绿化似乎太多了一些，但上海的马路两边也未种这么多树。7月16日我步行和乘车也经过了一些马路，发现只有火车站附近的一些马路像其他大中城市的马路那样，比较繁华热闹，马路两旁就是房舍、店铺什么的，而不是种好几排树。兰州和银川的马路上有很多"礼让行人"的牌子，这值得其他城市学习。

雄伟的贺兰山

不一定要提前买旅游专线的车票，我就是7月17日当天早晨在汽车西站买的。买联票的游客在镇北堡西部影城下车参观，然后再乘另一辆车去贺兰山。我和一部分游客直接去贺兰山国家森林公园。贺兰山脉一直出现在我们的汽车窗口之外。公园里另有小巴士送我们去登山口①。贺兰山有的地方很荒凉，例如登山口之前的山路边。

爬到海拔2145米的标杆处，就已超过兰州兰山的海拔了。从这里去樱桃谷是抄近路，我和许多游客继续爬到世纪塔，然后一部分游客走回头路下山了，剩下的一部分人再爬到兔儿坑，然后走另一条路下山去樱桃谷。在这片区域，兔儿坑是最高点。贺兰山中处处有景，眼睛来不及看，照片来不及拍。这天天气好，大朵大朵的白云也很抢眼，压着远处的山巅，只是太阳晒得很。

从下页的照片看不出，在实地看，这块大石头就高高悬在我们头顶，巨石下的实际坡度不是照片里的小坡度。如果山顶的石头滚下来，我们都来不及逃命，因为滚速很快，

---

① 后来我爬了半天的山，下山后没意识到该执行这个流程的倒叙版了，还是后来碰到的那位高中毕业生熟门熟路，他是银川人，看到小巴（景区小交通）过来了，赶紧叫我过去上车，这是要抢位子的，客满了只能等下一辆。当时我还发蒙，只想到坐长途旅游车。我自从6月下旬去过成都大熊猫繁育研究基地后，去郊区景区只买单程票，为的是不被去时乘的车束缚。

顶端是巨石

巨石又太大，山路上的游客全在它的笼罩下，在贺兰山玩还是有一定风险的。有时看到树根横着长在地面上，可能因为下面有石头。

贺兰山上的许多冰川遗迹表明，这里的一些山是在远古时代从地下或者海洋里拱出来的。寒武纪之前（含），现在的贺兰山区还是浅海环境。其他地方也有这种情况，例如最高的喜马拉雅山。有的海边高耸着山崖也是一种证据，并且是一种发生过程的证据，高高的悬崖下面就是深深的海湾，王勃的佳句"下临无地"用在这里更适合。

可以登世纪塔，其楼梯很窄很陡，年轻人一边爬，一边又叫又笑，他们可能因为被惊吓到了才这样，大概也是一种壮胆行为。我则默默地爬上去，眺望一会儿风景，又默默地下塔。远处的山岭蓝莹莹的，蓝色是厚厚的空气散射与吸收远山反射光线的结果，也可以说，厚厚的空气的散射蓝光覆盖了远山的反射光。现在看当时拍的一些照片都能感受到那时的阳光多么强烈。

之前听下山的人说，到世纪塔后路就被封了，要原路返回。可是我在世纪塔处咨询工作人员得到的答复是没有封路，可按旅游线路图绕一圈。看来还是要多问，兼听则明。爬到兔儿坑后，工作人员指着北面的高峰告诉我，它是贺兰山的最高峰，海拔3500多米。贺兰山山势雄伟，若群马奔腾，总体呈南北走向，是宁夏和内蒙古的界山，而蒙古语称骏马为"贺兰"，故名贺兰山。

接下来下山往樱桃谷去。爬山时家长要提醒小孩子提高警惕，但不要吓唬他们，会把他们吓哭的。贺兰山人行索桥有248米长，100多米高，之前未走到另一个山头，所以也没机会走此吊桥。爬山途中几次看到野山羊，准确的名字可能是岩羊。

海拔 2277 米标记处（到最高处兔儿坑之前）　　人行索桥，逆光照且从下向上拍，显示不出其一道白虹的风采

游玩水洞沟

感觉银川市里也没什么可看的了，本来想买 7 月 18 日上午的火车票去呼和浩特，但只买到 19 日的票，于是又多玩了一天。听说沙湖不怎么好玩，就选择去水洞沟。兰州、银川，以及后面我去的呼和浩特，杨树都很多，这些杨树往往长得一般高。

进水洞沟景区前必须先进水洞沟遗址博物馆，不过里面又闷又热又暗，我赶紧逃出来。之前在里面拍了原始牛头骨、肿骨大角鹿角和鄂尔多斯大角鹿角的化石照片，肿骨指角连成蹼状。2023 年是水洞沟遗址发现 100 周年，它是我国最早发现并经科学发掘的旧石器时代遗址，终结了亚洲"没有旧石器"的说法，开创了东方旧石器时代研究的先河。

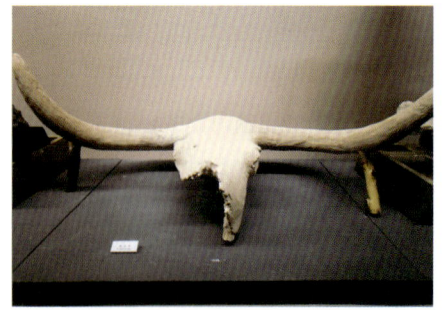

原始牛头骨

明长城灵武段有的地方已经坍塌了，不过本来就是黄土夯筑的。下城墙，去北面的蒙古风情休闲区。有的大树根被遗弃在大自然中慢慢腐化，有的被雕刻成精美的茶台，售价高达几万元、十几万元，而在我去休闲区的路上，那些树根则被当作围栏。在后文提到的红山湖坝北面和蒙古风情休闲区南面之间，这些树根还被埋在土里，露出半截，既作荒地边界提醒，也算自然景观。这也算废物利用，挺有创意。在路上看到拉羊车的小尾寒羊，差不多有毛驴大，叫声也不是"咩咩"声，而是像牛一样"哞哞"的。问人家怎么去红山湖，说要回到城墙另一边（南面，并从台地走下台阶），路就在台阶旁的大石碑附近。

一路就是湿地和长城。走完湿地栈道，爬上高坡（红山湖坝），先不急着去南边的游船码头，往北走一段路，通过古长城遗迹缺口，再下坡走一段路，到有蒙古风情的休闲区看看。其实走古长城外的路也可以到这里，我走的是湿地栈道——风景更好，不过长城外的公路有沙地风景（当时选路线时可能也有些害怕，不敢一个人走沙地环境里的路）。返回红山湖坝顶时我注意到，在刚刚说的缺口处有用树枝搭的围栏，包围着两边的长城遗迹，不让人们触碰遗迹——你拍一拍，他踢一脚，用不了几年，缺口两边的遗迹就会消失。自然的树枝围栏与遗迹搭配倒也挺和谐。

乘游船走了一段水路，湖对岸的游客也可以乘滑索代替这段水路。接着要去大峡谷，向一位女士打听怎么去，她指了一个方向，我走过去时走错了路，她在我身后大喊一声，说是另一条路。感谢这位好心的女士！反向考虑这件事，恰恰说明水洞沟景区的指路牌很欠缺，不止这里，其他地方也是，例如大峡谷入口附近也没有指路牌。

路边长长的小河应该未受污染，这里没有居民也没有单位，未受污染的水就是清澈可爱。大峡谷这个名字言过其实，两边只不过是矮矮的山包，尽管山包的形状很独特，但肯定谈不上大。《月光宝盒》电影剧组在这里取过景。

回到银川市区，下面的照片是银川人民广场。乱停放共享单车和共享电瓶车的人到处都有，在上海也总是看到这种情况，这些人就不能有一点点公德心吗？还有许多人把共享单车横放在人行道上，完全挡住路，普通人通行尚不方便，盲人路过怎么办？这些人以为自己做此类事谁也管不着，你偷偷违法人家也管不着？你一直这样低素质，不仅会破坏社会和谐，还会把这样的状态传递给你的后代，你想过吗？你希望自己的子子孙孙也像你这样一直低素质吗？

7月19日，我乘的是清晨5:34的特快车。当然，它的速度与动车和高铁的速度不可同日而语，下午2点钟才到呼和浩特。车里不卖热饭菜，椅背是垂直的，不少人很久没乘过这种火车了吧。好像是在宁东附近，我看到山坡上有若干坟包和墓碑，难道这是土葬吗？或者只是给回民的政策？不过回民的土葬非常简朴、绿色，与古代汉族繁复甚至奢侈的土葬大不相同。

银川人民广场

呼和浩特篇

2023年7月19日。铁路边的杨树大范围开花了，白色的花，作为江南人，我觉得挺新奇。铁路边没人开发、难以开发的戈壁做光伏发电厂正好，因为光伏发电厂需要大面积的区域。下火车吃好饭后先到大召旅游景区简单看一看，广场上竖立着呼和浩特始建者阿拉坦汗的雕像，非常威严神圣，他是成吉思汗的第十七世孙。呼和浩特于清末民初由归化和绥远两城合并而成，曾叫归绥，归化这个名字太霸气了——是明万历朝取的名。

到大召广场看夜景可能是晚上8点钟到9点钟最热闹。晚上8点钟，太阳落山了，但外面还亮着，灯光效果也能显示出来，广场周边的楼宇灯火辉煌。广场边上还有一个无量寺，明朝时期的三米高银佛、龙雕和壁画是其最珍贵的历史文物。广场上有不少圈子，圈子少则聚集几十人，多则几百人，广场舞圈子居多，大音箱播放的音乐和歌声此起彼伏，广大人民好开心呀。还有各种售卖圈子、售卖地摊。晚上9点钟后渐渐地就有圈子散了。广场周边的几条小街道就是商业街，有饭店、装饰品和纪念品店等。

壮观的昭君墓、途中经历及其他景点概述

7月20日上午，前往昭君博物院，公交车往南开，经过大黑河。昭君博物院占地面积数百亩，馆、宫、楼宇众多，且昭君博物院内，不同的展馆，其展品属于不同的领域，因而叫博物院当之无愧，把昭君博物院内的展览场所称某某馆也实至名归，包括匈奴历史博物馆、中国古代和亲文化馆等若干场馆。

匈奴历史博物馆在博物院门口，我不想进去了。在外游历，不得不有所取舍，在这个地方花很多时间，意味着在别的地方盘桓的时间就少了。我当时是这样想的：拜谒昭君墓是最主要的事，哪怕是衣冠冢，至于博物馆里有什么，看不看并非那么重要。昭君墓又叫青冢，每年"凉秋九月，塞外草衰"，唯有"青冢拥黛"。昭君墓建于西汉朝，

高33米，底部面积约20亩，比成都的惠陵高大得多，为汉代最大的陵墓之一，但它不允许游客进去绕圈瞻仰。

听说有位先生在昭君墓前落泪，说是不应让一位女性承担如此重的国家责任，男人都哪去了？！我认为大可不必这样想。王昭君很伟大，很好地完成了家国重任，但你不可因此忘了古往今来无数好男儿肩负着家国命运，抛头颅洒热血，他们完成得也很出色。在国家、民族危急之际，是不讲男儿、女子的，国家兴亡匹夫有责，远嫁异族甚至牺牲生命，为国家献身，好女子自己也不肯让须眉。乐府诗里北魏的花木兰、唐朝的文成公主、南宋的梁红玉、晚清的秋瑾……她们也不比王昭君逊色。

回市区的路上，我特地在一个地方下车，因前一天查到大盛魁就在那里。它是清朝的晋商大号，在归化风头无两，蒙古王爷也是大盛魁的老朋友和利益相关者。电视剧《驼道》讲述了大盛魁的故事，是一部好剧，丁勇岱主演的。可是这天在这里问了两个人，他们都不知道大盛魁，

昭君博物院最北端的昭君墓，雕像是呼韩邪单于和昭君阏氏并马骑行

路上人本就稀少，找不到更多的人问路。

一位大爷在人行道上向路边经停的公交车招手，他走得很慢，公交车司机没等他，开走了。我就在他附近，他看着我，我问："要帮忙吗？"他点点头。我走过去搀着他，扶他走下人行道，陪他慢慢走过非机动车道，再扶他走上公交车站台。他一边走一边骂那个司机。高龄老人就像小小孩一样，下人行道到非机动车道上和走上公交站台对他们而言都是极艰难的事，下来时控制不了平衡可能会摔倒，上站台时腿没有那个力量。如果这天没有我帮忙，这位大爷有得磨蹭呢，大概公交车司机也正是看出这一点所以不等他。

要怪司机吗？他的车里有其他乘客，得等你多久？要说大爷不应该骂司机嘛，司机做得又不够地道，你可以下车帮忙嘛，扶大爷过来，扶大爷上车。换成雷锋同志，他肯定会这样做，而且会做得更好，例如把大爷背上车。

再乘车往市区去，下车后路过青城公园。呼和浩特也叫青城（呼和是青色的意思，浩特指城郭，呼和浩特是古名"库库和屯"的另一种译法），是因为在大青山脚下吧，另一种说法是，明朝时的归化城是青砖砌成，远远望去一片青色。吃好午饭后乘车去将

军衙署稍稍参观了一下。

在呼和浩特,之前在西宁,也看到很多骑楼。呼和浩特当地的银行有蒙商银行、内蒙古银行和鄂尔多斯银行。呼和浩特和银川,好像还有兰州,路口都有志愿者拿着小红旗协助指挥交通。尤其在银川,我看到很多年轻人,估计是中学生(可能在完成暑期实践活动),站在大太阳下没有任何防护,协助指挥交通,我看着有点心疼。

美丽的敕勒川草原

在将军衙署附近的公交车站惊喜地看到敕勒川草原专线(居然有公交车去草原!我以为草原都是远离大城市的,得乘长途旅游车前往)时,已经是下午4点多钟了,犹豫了一会儿,决定还是乘车前往,毕竟还没见过草原呢。上车时请教了司机,他说草原那边没有宾馆,只能在那边稍微看一看,可以往里(草原深处)稍微走一段山路,然后赶在晚上9点钟之前,乘92路公交车回市区。马路上忽然起沙尘了,铺天盖地的。专线车站牌上的车站数比较少,实际上敕勒川草原离市区有20多公里,专线车途经呼和浩特东站。下大雨时幸好我在车上,下车时已是小雨了。

现场看到敕勒川草原,没有我想象中的那么大,也没有北朝民歌"天似穹庐笼盖四野"(鲜卑民歌被翻译成汉语)描绘得那么大。不过绝不能说北朝民歌夸张了,因为古代的敕勒川就相当于当今的呼和浩特地区,即古称河套地区的前套平原,也叫敕勒川平原或土默川平原。现在的敕勒川草原当然比古代的敕勒川平原小多了,就是一个城市草原,位于呼和浩特市的东北部,在新城区。而且它还是人工干预下修复的草原,在呼和浩特市开发、修复敕勒川草原前,这里沙砾遍地,风沙很大,影响了当地居民的生活和生产。左边照片里的雕像是三娘子雕像,三娘子是阿拉坦汗的妻子,实际负责建设呼和浩特城的人。

匈奴人很爱大青山,我看到了也很喜欢。返程路上,这一条公路非常漂亮,给我的感觉是规格很高,两边的郊野

万亩敕勒川草原的一隅

整洁、美丽。路旁基本上都是大片草地或树林，偶尔也会看到草地深处的村庄，也可能是旅游基地或庄园，而大青山始终在公路一侧的远方陪伴着我。

我在比较繁华的地方下车，找到锦辰商务酒店，打开房门后居然直接就是两级台阶下到卧室！台阶就在门框处，我当然不知道，一脚踏个半空，赶紧调整姿势，没想到再踏一脚还是半空，幸好上天保佑，没让我摔倒。这个酒店，我算服了！有这样古怪、结构危险的房间，其前台服务员居然不提醒房客！这不是他们应该做的事吗？各领域的工作人员，要对得起自己的工作和薪酬，把工作做到位、像样一些。

因为晚上要写游记，就没有乘车去附近的如意河看灯光秀。呼和浩特的公交车里有汉语和蒙语双语报站名，西藏也有类似做法。虽然呼和浩特的宾馆提供蚊香，但其实没有蚊子咬我，之前在银川的三天，我也只有一天被蚊子咬过。

尾 声

2023年7月21日早晨，我一面往呼和浩特东站去，一面再看看路上的风景，前一天乘敕勒川草原专线时，就觉得这段路挺漂亮。这里是新城区，一路上，北侧有市政府大楼（规模不比上海市政府的小）、内蒙古博物院、人民剧场，它们的北面还有内蒙古艺术剧院，马路南侧有内蒙古美术馆。内蒙古美术馆里展览的画画得很好，上午我在这里盘桓了一段时间。

算上我此后游历的城市，我发现它们开发新城区后，就把省政府、市政府、博物馆、图书馆、艺术馆等搬过去，并新建医院和学校等单位，为新区增添人气与活力，提升新区的竞争力和吸引投资的潜力，例如呼和浩特这里，以及哈尔滨的江北和上海的浦东。

呼和浩特有的马路以杨树为行道树，几乎长得一般高，树干笔直，像哨兵一样站立，是那么的整齐。这里的杨树不像上海的法国梧桐，上海马路边的梧桐树干长得疙疙瘩瘩的，很难看，可能是因为尾气吃得太多。

前一天乘公交时看到呼和浩特东站就在马路边，以为几分钟就能走到，结果我起码走了20分钟才走到检票口，而且里面的进口指示牌还不清晰。我坐上了前往大同的火车后，沿途看到的草原不比前一天看到的敕勒川草原小。大青山名副其实，确实是青绿色的，山坡平缓。有时沿路虽看不到乔木、灌木，但很多山头、山坡都被青草覆盖，显出温柔的姿态，牧民在山上放羊、放牛。

大同篇

7月21日，我到了大同，这一个月里我第一次到副省级以下的城市。下火车后在附近的小饭店吃晚饭，一碗纯羊杂加两个素包子，29元。第一次吃羊杂，第一口觉得还可以，后面就觉得不怎么好吃了。下过大雨后的马路上一片汪洋，我被小饭店老板误导，在火车站附近绕了一大圈才找到宾馆（大同红旗大饭店），这也让我看到车站附近的城建有待完善。

最近一个月里，我先后到成都和重庆，隔了11天又到西宁、兰州、银川和呼和浩特，这几个城市中，银川的城市建设差不少，刚刚在大同火车站附近转了一圈，发现城建也不好。火车站是城市的窗口，大同应把火车站周边建设好，弄整洁一点。

大同红旗大饭店门面挺大的，楼也不小，大堂看上去也挺豪华，但问下来大床房只要178元。过去，宾馆叫饭店，例如上海的浦江饭店（以前叫礼查饭店，始建于1846年）、和平饭店（以前叫华懋饭店）、国际饭店、远东饭店，现在一般叫酒店或宾馆，所以刚看到大同红旗大饭店时，我还不确定是不是真的只供应大餐。房间挺大，尤其是有较好的洗衣条件，台盆又深又大，底部的塞子比较固定，洗衣服时不会老封住台盆使水漏不下去。肥皂也很大，我用起来很顺手，还有挂浴帘的长杆子，我把洗完的湿衣服挂在上面，很方便。

第二天早晨向前台服务员请教旅游信息，她说了几种一日游路线及价格，我以为贵，便没叫她联系旅行社。后来我去附近的小餐馆吃早饭，就是前一天吃晚饭的那家店，一边吃一边跟老板聊前一天找宾馆的事，又聊到想去周边旅游的事，由于不了解行情，还抱怨说跟团费太贵。旁桌的一位小伙子（后来知道他姓张）小心翼翼地问我，愿不愿跟他们拼车，他们包了两辆出租车去悬空寺、应县木塔和云冈石窟一日游，现在还多出一个座位，只要我出100元。我说好呀，赶快吃好回宾馆收拾、退房，他们已在宾馆门口等我了。他们是一位男士和四位女士。虽然小张他们是正经人家，不过后来我想，以后遇到这种邀请，我不应接受，因为不知道对方是什么人，可能会出现危险情况[①]。

[①] 在泰国、缅甸、美国等国家，有些游客也许就是遇到类似的情况，才会被绑架甚至人间蒸发。

悬空寺和应县木塔

在大同,像悬空寺—应县木塔—云冈石窟三景点一日游的跟团价在 300 多元的话,不要嫌贵,因为这里的门票很贵,悬空寺的门票加登临票要 115 元,云冈石窟的基础门票就要 120 元。悬空寺限流,现场买票要排长队,也许还买不到,应提前在网上买好。入场排的队更长,应早点去,例如 6:10 就从市区出发。

开到悬空寺的路挺远的,有时山路会被雾笼罩。地里基本上种苞谷,偶尔也看到种向日葵的。这里的苞谷已抽穗了,有的已长到半人多高。路边是大片大片的苞谷地,却几乎看不到村庄,应该是机械化作业,否则农民种不了这么多地。南方是人多田少,北方是地多人少。不过清末民初英法传教士写的上海话书籍却告诉我们,江南一些农民的地挺多的。

到了悬空寺景点,先排队买票。小张用了点小手段帮我买到了门票,他们已预先在网上买好票了,然后我们赶紧跑去悬空寺下排队。小张看上去挺有经验的,估计他读过网上的攻略。旁边的导游也是这么做的,吩咐他带的游客赶紧往悬空寺跑,去排队。我们排了很久的队,大概一个小时,这里排队的人可比售票处排队的人多多了。队伍蜿蜒,像条长龙盘旋在山腰上,幸好头顶都有遮阳棚,给悬空寺管理部门点赞。后来我从悬空寺往下看,排队游客所在的遮阳棚就像蜿蜒的大管道,"大管道"里贴了不少恒山的风景照,挺漂亮,争取以后来爬恒山。

终于能登临悬空寺了。有恐高症的人在整个悬空寺的参观线路上都挺害怕,小张就是如此。在 152.5 平方米可依托的平台上,建造的房间有三四十间。我喜欢看斗拱,现在斗拱就在我头顶处,伸手可及,不过为了保护文物,我并没有摸它们。悬空寺在大同的浑源县,建于北魏后期,有 1500 多年的历史,所在的山峰叫翠屏峰,在恒山中。悬空寺原名玄空阁,其殿宇可能是最小的寺庙殿宇,微型殿宇,主要靠深插(水平插入)峭壁的若干梁承重,供奉儒释道三教。这么小的道场,还要供奉三教,三教也相安无事。上海有一出滑稽戏,说释迦牟尼与孔子从

像浮雕一样的悬空寺

来不在一个殿堂里,因为他们有小小的过节。从全国来看,可能是普遍情况——儒释圣人不供在一个寺庙里,不过这里却是反例。

司机接着送我们去应县,应县是朔州市下面的一个县。木塔比我想象中的大得多,有五层,暗层有四层。两层以上不开放,因此成为无数燕子的安乐窝,我们能看到它们在塔的高处飞进飞出。木塔高 67 米多,底层直径长 30 米多一点,这么高大的木塔确实少见,砖塔都很难达到,它的历史大约有 1000 年,被吉尼斯世界纪录认证为世界上最高的木塔。塔基平台离地面挺高,周边无栏杆,也无警示,对游客而言很危险,一不当心就会摔下去,头破血流。类似的情况,别的景点也有,希望这些管理部门能注意这种情况。

应县木塔内供奉着两颗释迦牟尼佛牙舍利,其珍贵不言而喻。

从悬空寺往应县开,一路上都是大片的平原(大山脚下的平原可能就是高原),其实是晋北高原,它与内蒙古高原连在一起,我前一天正是从呼和浩特由西北向东南来到大同的。从大同市区往悬空寺来的一路上,要么是大片的苞谷地,要么是大片的草原。江南也有大片的农田(水田),但江南农田的大与北方农地(旱地)的大是没法比的。这两个星期我经过了五个北方城市,在郊外常常只见农地不见人,甚至连村庄也看不到。在江、浙、沪、皖、赣、湘,农田旁边就有村庄。我只在呼和浩特和银川的郊外,偶尔能看到一两个农民在地里干活。大概是受大

应县木塔

规模机械化耕种的影响,北方人少地多,适合机械化耕种,过去的劣势变成了现在的优势。

这一个月在外地游历,如果只能用一个词概括我的感受,那就是"自豪",为我们广袤博大的疆土自豪。在古代,如果从一两个甚至几个国家的角度看,他们之间有战争和争夺,是为了获得更多的土地。但在现代,我们国家是 56 个民族的大家庭,从这样一个宏大的角度看,现在如此广袤的国土,实质上是各民族共同开拓获得的总和,而不是通过战争获得的。而且战争只是历史发展过程中的一个表现,用近现代中国人的眼光看,那些都是内战。在历史的起源,土地不会凭空成为有用的资源,是中华各民族的先祖开拓荒地获得的。

云冈石窟

通过这一个月的游历,以前只是在书上看到的很多地名,现在我亲身经过它们了。公路边的一些村把自身打造成旅游景点,有牌坊,有围墙,里面的房舍不是农民住的农舍,而是景点房舍。

石窟就在大同的云冈区。进云冈石窟大门后我看到当年倡议、主持凿石窟雕佛像的昙曜和尚的塑像,当然还要感谢北魏文成皇帝,没有皇家出钱支持,哪来规模宏大、令世人惊叹的石窟珍品。跟小张走得有点急,公园前园(前园占了更大的面积)的几个大殿中的佛像我都没来得及好好瞻仰。

进入主景区了。为了对佛表示尊敬,我进寺庙大殿从不对着佛像拍照,云冈石窟是一个例外,它也不是寺庙,无寺庙的宝相庄严,但我只在允许拍摄的区域拍照,且不使用闪光灯拍摄。顺便说一下,甘肃天水的麦积山石窟是四大石窟中的一个,可能有的人想不起来。我是党员,无神论者,所以进寺庙也不拜佛,只是瞻仰佛像。佛像身上的很多小孔是古代石匠搭脚手架时凿的。一尊佛像的眼珠已没了,是用煤石做的,只留下了两个黑洞,但整体上不影响观瞻。

不要因为有的佛像没有前面的大就不进去参观,也许窟里别有洞天,例如背景雕刻得非常丰富,立体感极强!雕刻工匠们真了不起,也很有耐心!石窟里有很强的照明灯,这些灯光也会损害佛像,所以管理者不应禁止游客照相,而应禁止游客开闪光灯。还有一些可恶的导游用激光笔对着佛像照来照去,反倒没人管,因为旁边没有保安。所以在重要雕像的窟里安排保安巡视,防止游客破坏文物,是很有必要的。

忽然想到,当年工匠雕琢佛

仰视云冈石窟佛像

像和石窟以及上色时，照明也是一个难题呀。入口处附近，重要的窟都建了门头甚至大殿。此处最古老的石窟（北魏朝时开凿的）距今已有1500年，它们与悬空寺一样，都是南北朝时的文物。我怀疑窟里部分背景色彩是当代人重新描的，1000多年过去了，色彩不可能还这么鲜艳。许多地方的摩崖石刻的红漆不就是今人定期重新描的吗？

下图是云冈石窟的标志性佛像，其实它没有之前讲的有高大门头石窟里的佛像大。我拍的这张照片，与我小时候看到的书中的照片应该有差别，因为石像又经过几十年的风化了。这里是砂岩，开凿、雕刻起来相对容易（相对于云冈石窟，河南的很多山石质地坚硬），但也容易损坏。附近是云冈石窟博物馆，一些快要完全损毁的雕像、浮雕（露天的）会被取下来放到这里。半山坡的很多小石窟和佛像都是后来民间人士在这里开凿、雕刻的，自北魏从平城（今大同）迁都洛阳后，皇家支持在云冈开凿、雕刻佛像的活动就结束了。北魏是北朝时期一个实力比较强大的鲜卑政权，也是北朝第一个王朝，后被前秦苻坚所灭。

我们从大同市区到悬空寺，到应县，再到云冈石窟，车程有220多公里。第二天写游记写到很晚才退房，差不多中午才出门，所以7月23日下午只游览了城墙。

云冈石窟的标志性佛像

高大壮观、建造精良的新城墙

碰到一位老哥热心指点我在何处上城墙和参观善化寺（俗称南寺）、华严寺。善化寺始建于唐朝，里面的佛像只能在正面瞻仰，不能绕到背后去，因为佛像紧贴着后墙——与南方的许多佛殿不同。善化寺就在永泰门的马路对面。

整个永泰门就是南门，但它又分正门、东门和西门，规模很大，其他三个方向的城门也类似。永泰门的城楼非常复杂，估计除了古代的京城城墙，很少有城墙这么复杂——古人没那么多钱、物资和建设力量呀。23日这天，我看到大同城墙后认为，这里的不少

永泰西门附近（城墙外），进西门后，善化寺就在附近

城楼基本上是装饰性的，古人不可能造这么多城楼。现在我不这么认为了，不是现代人有钱就造这么多城楼作为点缀，放在古代，这些城楼和大同城墙的各个方面、各个处所都是战争的需要，都是防御的需要，是前人在千百年战争中挥洒血与泪乃至牺牲无数生命后总结的经验教训。

城墙和护城河都是动迁大量民宅后新造、新开挖的。刚刚说的那些城楼是主城楼（例如永泰门内城楼）与城墙拐角城楼（角楼）间若干规模稍小的城楼，例如永泰门与西南角楼间、永泰门与东南角楼间、东南角楼与和阳门内城楼间的若干城楼，它们有一个名字叫马面。这些城楼及其城墙基突出于主墙一部分，就像人可将手伸得更长一样，驻守在这些城楼里的士兵可在垛口更方便地射杀、砸死城墙脚下攻城的敌人。在突出部分的城墙上观察角度也更好，可方便地观察城墙脚下的敌人，而在主城墙上，需把头伸出垛口方能观察墙脚处敌人的动静，但是你把头伸出去，敌人一箭射来，不就玩完了吗？敌人的神箭手就等着你把头伸出来呢。

在城墙上建这么多楼和房舍，放在古代，应该是为了让守军有栖身休息处，守城军卒有换岗，不能总让他们露宿城墙上，尤其是寒冬炎夏、雪雨大风交加时，城楼和房舍还可储存兵械和物资。大同市建新城墙时是认真复古的，一丝不苟。登城墙的坡道，宽的一边供人走，窄的一边可能供跑马或推上卸下器械物品——兵器、滚木礌石、食物等。

瓮城，敌人冲进来，（埋伏在）城墙上的守军就可瓮中捉鳖，把敌人射死、砸死。南门最外部的城墙是月城——半月形，又临水，故得名。西安城墙也是这样的结构。南

门永泰门真的很复杂，在高空俯瞰永泰门，它本身就像一座小城，里面也有不少房舍，东门和阳门相对简单很多。就是因为复杂的瓮城，多尔衮攻大同九月不下。如果有足够的兵力驻守，复杂的瓮城、月城还有各个城楼，确实会给敌人造成很大麻烦。有的情况中，人们也把瓮城叫月城，两者合二为一。

永泰门月城，月城都这么大，可见永泰门的规模

我总共只步行了城墙长度的 1/4，从永泰门到阳门，而且在永泰门这边就盘桓了一半左右的时间——它实在太复杂了。我想起来，北京故宫的城墙，有的城楼处也挺复杂。

大同城墙是 2016 年造好的，不过很多城楼看上去很旧，似乎已经造了好多年了，有些瓦片尤显陈旧。看到几位工人在城墙上一城楼墙角敲砸外梁柱，我不确定他们在干什么，问他们："你们在敲柱子干什么？"我一个外地人，还挺多管闲事的。一位工人笑了，回答我："我们要换新的，不是砸房子。"

关于城墙的思考

据说造这座城墙花了 200 多亿元，动迁了很多居民和商户。不过大同的煤炭业终会渐渐衰落，确实需要发展新的产业，旅游业就是一个选择，中东一些石油出口国不也采用类似策略嘛。大同城墙遗址陈列馆（在西城墙南段）的工作人员说，大同城墙修复花了 50 亿元，从 2009 年开始至 2016 年完成，平均一年花了 6 亿元。两个数据可能都是正确的，第一个数据还包括动迁费等其他开支，第二个数据仅指城墙修复成本。这个例子告诉我们，兼听则明，不要听到一个数据就完全相信，也不要听到另一个数据，觉得似乎更可靠、权威，就否定之前听到的数据或其他数据，要不急不躁，开动脑筋，理性分析，正确对待和使用来自不同渠道的数据与信息。

古代护城河挖得不太宽，工程量太大了，敌人平架云梯或别的什么工具就能过河了，不过还要考虑城上箭如雨下、滚木礌石交加的极大阻碍。其实大同城墙护城河已经挺宽了，我在现场能感受到，肯定比大多数农村朋友家门口的河宽。

回望南城门，远处伸出挺长的是南城门的墙，不是主体城墙，但它就是这么长、这么复杂，护城河都要为它拐四个弯。主城墙高 14 米，上部宽 14 米，下部宽 18 米，上下形成一个极小的坡度，使城墙更牢固、稳定，在炮火轰击、地震等险情中不容易坍塌。城墙总长 7.2 公里，有人说走一圈要两个小时，但像我这样慢慢晃悠，东瞧瞧西看看，拍拍照，感悟感悟，思考思考的，两个小时肯定不够。

西安城墙厚度在 15 米到 20 米，但高度只有 12 米。西安城墙周长近 14 公里，在城墙上步行一圈要三四个小时。西安明城墙是国内保存最完整、规模最大的古城墙。西安古城也比这里大，繁华的东大街、解放路、小雁塔、鼓楼等都在西安古城内。平遥古城墙也很完整。南京城墙虽不完整，但还留有几个雄伟的城门，中华门就很有名气，它的瓮城建在主城门里面，与别的城墙正好相反。虽然梁思成当年反对拆城墙，但北京还是把它拆了，这里说的城墙是紫禁城之外的城墙，不是故宫宫墙。四天后我在北京看到了巍峨的前门楼子，两边没有城墙，孤零零的。

东南角城墙上有雁塔，仰拍时看到云在雁塔上面漂移，感觉它好像要倾倒了。到此处我已经把南城墙的东面半段走完了。拍雁塔时，有一个年轻母亲和她的孩子也在那里拍照，他们明明知道我在等他们走了再拍，仍旧磨磨唧唧了很长时间。

在外旅游如果懂得谦让、照顾他人就更好了，这也是给孩子做一个好榜样呀。在外旅游更不要跟别人吵架，包括跟宾馆、饭店的服务员，旅游本是开心的事，岂能因吵架破坏了兴致和心情。遇到麻烦和不顺利的事应多忍让，忍一时风平浪静，包括在火车和飞机上碰到霸座的人，也不一定要跟他们计较。他们霸座已说明他们不是善类，何必与他们一般见识呢？只要自己有座位坐就行，坐哪里不是坐，不要斤斤计较。

在这儿看到一个女人爬到城垛上，好像在摆拍，旁边有一个男人等着。他们是不是疯了？全球各地这种情况不少，有的甚至在摩天大楼楼顶和悬崖峭壁边上还这样做，真不怕死。

看着城墙，我想造城墙的砖得以亿计吧，大同真是大手笔，佩服，全国少见。墙体内也像古代那样用夯土吗？长城和一些城墙的遗址就是用的夯土，抑或也垒大石块、混凝土块，或者部分浇灌钢筋混凝土？从河北正定的西城门城墙可以看到，里面仍然是砖，西城门处是古城。

上海能不能也给老城厢造一座雄伟的城墙？大同没我们有钱都造了，我们也可以考虑此事嘛。老城厢地区现在不正在改造吗，如果造城墙的话，那些地名、路名就不再只有名字而有实物对应了，大小东门、老西门、大小南门、外马路……我的认识是，大同并不靠城墙内较小的地方发展现代城市经济，因为在老城四周，城区建设早已成形且蓬勃发展，所以只把老城作为旅游休闲区域发展，造城墙不但不影响大同的整体城建和发展，反而给旅游业添加浓墨重彩，也是老城恢复活力、兴旺发达的强劲支撑。这样的思路也适用于上海老城厢，甚至更适用,因为在地理和经济等方面,老城厢早就不是上海的中心了,造城墙后即使在交通方面也不会对上海有较大的负面影响。

右图是东门的一部分,这里是瓮城。法华寺的山门很艳丽,就在东门内城门附近。在这里乘38路公交车由东向西穿过古城,经过华严寺。华严寺的围墙好长呀,规模好像很大。

7月23日晚,我住在非繁华地段的一家普通宾馆里,设施较差,房价要170元,不算贵,可21日住的红旗大饭店才178元,设施好多了,这又怎么说呢?既然和档次高的宾馆设差不多的价格,那么私人宾馆、小宾馆就应该使自己的设施和服务基本上达到高档次宾馆的水平。未做到主要还是因为经营理念不对,想着能省则省,未把顾客的利益放在第一位。这样做生意,怎么竞争得过大宾馆和档次高的宾馆?

东门瓮城

第二天晌午在附近吃早午饭,饭店挺大的,却舍不得开空调,我要热死了,服务员却说她们没觉得热。她们不在吃饭时当然不热,跟她们要把扇子也没有。2023年夏,我去过的好几个北方城市的饭店往往都不舍得开空调。

在古城内逛

说是古城,其实又是新城,城墙是2009—2016年造的,城内许多商用房舍(基本上都是三层以下的,符合古城风貌)也是,钟楼和四牌楼也是当代人造的,但善化寺、法华寺、九龙壁、华严寺等又是古迹。从西门清远门进古城,仅看西北角的乾楼就可知,大同市造这座新城(墙)不吝工本,不仅乾楼雄伟漂亮,乾楼脚下的房舍也很讲究,假如放在古代,这些应该是驻军房舍,存放兵器、器械什么的。只是不能像紫禁城和皇城那样给墙体涂红漆,城楼一般也不能用鎏金,以免搞成金碧辉煌的样子。沈阳故宫就是红墙黄瓦。刚刚说的皇城,其城墙是古北京的第三道城墙,第二道城墙是内城墙,例如前门正阳门就是内城墙的城门,第一道城墙是外城城墙,第四道城墙是紫禁城(宫城)的城墙。清远门比东门和阳门更简单,没有瓮城和月城,但也很巍峨。

华严寺离西门不远,门票是50元。寺庙门票这么贵的比较少见,绝大多数佛教寺庙不收门票。它的山门(朝东)、钟楼和鼓楼都很大,山门比少林寺的还大,钟鼓楼也比一般寺庙的大，不过毕竟在市区，土地金贵，钟鼓楼紧贴着围墙，没有山里的寺庙大气。

古城的中心，四个牌坊标明了四条街的名字以及四个城门的方向，街名和对应城门的名字一致，和阳街、永泰街、清远街、武定街分别对应的是东门和阳门、南门永泰门、西门清远门和北门武定门。上海老南市区（现已撤销）的四牌楼也在老城厢，也曾有四个牌楼。

华严寺往东方向的九龙壁和法华寺都不收门票，法华寺更大气，连扫码和输入个人信息的手续都免了——重要的是要有人来，何必给游客、香客增添麻烦？我在法华寺后部看到一个很大的诵经堂，布置得富丽堂皇，漂亮极了。我真想拍一张照，但还是忍住了。法华寺的面积不比华严寺的小，看上去门面比它小，其实进深很深。大殿里，佛像几乎也都贴着后墙，不能绕到后面瞻仰。有两部佛经的名字分别也是《华严经》和《法华经》，名气可比这两个寺庙的大多了，《华严经》好几大本，浩帙鸿篇，有一版字数为140多万字。

离开法华寺，从东门出古城。木门是内城门，所以不厚，不过木板很长，可能是由森林里的大树锯成的。我又热又困，隔着皮鞋脚都被晒得疼，连续晒了很多天的太阳了，所以吃好午饭赶紧去火车站，宁可在车站等着。旅游其实也挺辛苦的。

点　评

这一段时间从西宁到大同，在这五个北方城市，除了兰州有蚊子，以及在银川有一晚被蚊子咬过，在其他城市均未碰到蚊子。可能许多北方城市的居民没有被蚊子咬的感受吧，作为江南人，我很羡慕。我在大同的这三天，吃饭时好几家饭店都没开空调，不管是小餐馆还是中等规模的饭店，只有今天中午去的一家饭店开着空调。让顾客汗流浃背，大同怎么打造精品旅游城市？夏天和冬天，公交车的车票是两元，可是我在这里乘公交车时极少碰到开着空调的，里面又闷又热。大同南站候车大厅里倒是开着空调，值得点赞。

在公交车站，车牌上公交车的行进方向往往是向左的，就像古代书籍的排版那样，跟其他城市的设置相反，容易给初到大同的人造成误解。大同公交管理部门还把不同的车牌放在公交车站的两头，刚到大同的人以及本地居民如果不熟悉该车站各路公交车的情况，就要（反复）两头跑，看公交车途经的车站信息。我想，没必要用这种方法分流各路公交车的停靠位置吧。

大同公交还有一个问题，公交车站的隔板，就是那种有大块玻璃、贴着大幅广告的隔板，几乎紧贴着马路，而且两边还有铁栏杆，乘客下车后容易挤成一堆，腾挪不开，紧贴着顾客身体的就是公交车，这样很危险的。如此明显的潜在危险，需要一位只待了三天的游客提醒吗？（游览的当天是2023年7月24日。）

北京篇

尽管故宫、国家博物馆、天安门广场、清华大学、北京大学等场所需要提前预约，行旅匆匆的游客或临时想游览的游客可能不能如愿，但北京可以游览的地方太多了。尽管北京现代感不如上海，但在旅游资源方面起码有两点优势：一是面积大，二是古迹、文化场所非常多。所以即使去不了那些热门景点也不必遗憾，可以与别的游客有不一样的旅游体验。

下火车后我选择乘 438 路公交车往清华大学西门、圆明园南门方向去。一路上，我经过了很多所听说过的大学，北京理工大学、北京航空航天大学、中国地质大学、中国矿业大学、北京语言大学……在学院路上就看到了一所又一所大学，北京的大学怎么能不多呢，所以说北京是名副其实的大学城，它的大学数量在全国城市中是最多的。还看到中建 22 局，又途经清华东路、北京林业大学、人民大学清华园（以工字厅为主体的一组清代园林）、北京大学、清华大学。天都快黑了，还有很多人在北京大学和清华大学门口排队拍照。

我不应该预备把下车站选在圆明园南门（如果提前几站下车就好了，比如清华园那里就挺繁华的）。车到了圆明园南门，我发现两边并不繁华，吃饭、找宾馆应该成问题，而且那时已经是晚上七点多钟，圆明园也关门了，只好随车继续前行，下一站更不繁华，无奈只好到西苑下车，在那里吃饭。

在西苑吃饭可以，但旁边没有宾馆，只好到公交车站乘车返回。发现西苑公交车站比大同的公交车站更过分，三个车牌隔得很远，我无法把所有的公交车信息都看一遍。真不应该用这种方法分流公交车的停靠位置，就是本地人也并不熟悉各路公交车的途经站点信息，他们也需要查看站牌。每两个车牌的间距有 10 米，这让乘客怎么查看？公交车停靠站点位置的分流，应该让司机们自行调节。

换一个思路，其实我不需要查各路公交车的经停站信息，应该踏踏实实等 438 路公交车返回我想去的大学区找宾馆。因为没有这样做，导致胡乱乘车，乘到万泉河路、地震局、苏州街这些地方（仍属于海淀区，我乘了几趟车，转来转去，好像都在海淀区，可见这个区很大），为找宾馆走了不少路。一路上看到一些饭店装修成大户人家宅院的样子，服务员穿着清朝的差服。这个不正确，大户人家不一定是达官显贵之家，就算是高官之宅，家丁、家仆也不可能穿官家的差服呀——毕竟他们不是衙门里的差人。

北京的宾馆房价比之前数城的贵挺多。漫心酒店的客房价要 800 元以上，桔子酒店起码也要 500 多元，后来找的是季枫酒店，450 元，如果放到西北城市和呼和浩特、大同，都够我住两晚甚至更多了。

昨晚就看到旁边有一家清真寺，25 日早晨四点多钟，清真寺就传出唱经的声音（没有佛教唱经的声音好听，有点凄凉），声音很响，用音箱了吧，不过持续时间只有一分钟，估计是阿訇召集信徒们进经堂诵经。早晨开窗看了看后面清真寺的样子，跟在呼和浩特看到的清真大寺一样，楼宇也是古代中原风格，红墙绿瓦的宫殿式样，屋顶上有一个月亮造型。

烈日下徒步游圆明园

第二天乘车去圆明园，下车后途经北大那座漂亮的大门。进清华、北大参观都要提前几天预约，不少人在北大门口留影（2023—2024 学年的寒假，不少大学向市民开放，哈工大甚至无需预约，清北也放宽了条件）。圆明园东南入口就是绮春园（圆明园中的一个小园）宫门，门票 10 元，园中宫殿遗址门票 15 元，这个价格是合理的。

福海是圆明园中最大的湖，可供清廷皇室在这里安排赛龙舟。圆明园说有 5200 多亩，其实有不少地方并没有收回，例如被 101 中学（在圆明园南部）占用的面积就不小，东北角还有一片地方被占用，南面也有很大一块土地并不归圆明园，所以当前圆明园的实际面积可能也就跟上海交大闵行校区差不多大，可能还没有闵行校区大，因为后者的面积在 4600 亩以上。

经过一块石碑，碑上写的是"鸿慈永祜"，大致是伟大而慈爱的父皇的圣容将永存的意思。可惜圆明园里这个规模最大的宫殿被英法强盗烧毁了，本来是存放康熙、雍正、乾隆、嘉庆、道光皇帝圣像的。这里的断壁残垣都是英法强盗烧毁圆明园的罪证。当时，法国作家雨果得知英法联

英法侵略军烧毁宫殿后的残存石块

军洗劫圆明园后,他大骂英法这两个强盗火烧圆明园是损毁人类文明结晶的行为。

圆明园是在咸丰帝时被烧毁的,他当时已逃离北京,听说此事后口吐鲜血,后来不到一年就死了。他想为道光雪耻,结果自己也蒙受了很大的耻辱。后来就是慈禧与"鬼子六"联手,灭掉了大意的托孤大臣们,独断朝纲。"鬼子六"是咸丰的六弟,因办洋务,与洋人们沆瀣一气,得此绰号。

两次鸦片战争和 1900 年的八国联军入侵,每次敌寇的兵力只有一万多到两万多人,北京的守城兵力有十几万,中国人有四万万人。不只是武器不如人,更是因为当时的中国恰如一盘散沙。三元里抗英这种自发行为只是个别现象,很多老百姓根本不关心,认为这是皇帝跟洋人的战争,与我何干?朝廷不爱百姓,百姓自然也不爱朝廷。那时,很多中国人还没有真正的国家理念和民族理念。

回到前一个话题。就算前述此殿未被英法强盗烧毁,里面的清帝画像要么在辛亥革命后被革命党烧毁,要么在"文革"期间被烧毁,肯定难逃一劫。就像阿房宫被烧毁一样,历朝历代,各个政权的都城被敌对方攻占后,对方只要没有定都于此的想法,一般都会烧毁宫殿乃至整个都城,洛阳就是一个例子。蒙古大军所到之处,也是这样的景象。西方国家在古代也是如此。

这么做的主要目的就是斩草除根,连锅端,不让敌对方在此都城或城市东山再起。另外,也显示了古人的野蛮,为了打击敌方,他们不惜毁掉物质文明和精神文明的宝贵财富。这是古人留给我们的教训。

我从东南门绮春园的宫门进园,绕了一个挺大的圈子,绕到西北角,再绕到西南门出来,只有东部的一小半地方没有逛到。估计步行绕这么大圈子的游客,占的比例应该挺低。坐大电瓶车或骑双人、四人自行车要轻松得多,不过有一些蜻蜓点水的味道。我这样步行也被晒得够呛,从健康的角度考虑,不应该这样做。

离开圆明园后瞎转悠了一气

圆明园的景色谈不上很好,不过它有厚重的历史,又有特殊意义。看公交车站的北京地图才知道,颐和园的昆明湖比圆明园的福海大得多。这两个园靠得很近,相互是对方的西南和东北角。圆明园兴建于 1709 年,颐和园兴建于 1750 年,原名清漪园,两者无隶属关系。两园在 1860 年都焚毁于英法强盗之手,不过颐和园于 1888 年得以重建,并改名为此名。此二园离清华和北大也很近,差不多紧挨着,都在海淀区。

我扫视了一下汽车站牌,只有到动物园的一路车让我比较感兴趣,我就乘车去北京动物园，想看看北京动物园跟上海的有多大区别。在公交车上和一位大姐聊天，她是从南京来的，她也嫌这里的宾馆贵，说住一晚要500多元。她还说想去看看天安门，还是小时候戴着红领巾来过天安门，现在想再看看，但需要预约，因此没能如愿进去，说广场那里用围栏拦起来了。她恨恨地说："下次再也不来了。"

北京动物园离火车北站不远，这里有东北虎和孟加拉虎，可是没有上海动物园里更珍贵的华南虎。同样是在大太阳下闲逛，我又热又倦，腿也酸了，所以转了一会儿就出来找宾馆。研究了一下站台上的若干车牌，最后选定乘27路公交车到西钓鱼台站，87路公交车也到那里，在电视台附近。

下车后先吃晚饭（其实应先把宾馆定下来），然后我找到了玉都饭店，楼挺气派，有了之前关于红旗大饭店的经验，今天远远看到这个名字就想到它可能就是酒店，走近一看窗户形状就更确定了。他们给了我一个特价房，350元，这在北京应该很便宜了吧，房间里的设施挺好。

附近有中国核科技信息与经济研究院、中央电视台电视塔（可以到塔上部的大球中参观，塔下还有一个小水族馆——听宾馆服务员说的，这个配置让我想到东方明珠和旁边的海洋馆，是不是谁模仿了谁？），还有北京市经济管理学校、解放军空军总医院。

前面提到过北京的公交站牌离得太远，不过北京公交部门有一个做法值得借鉴，就是刷卡或扫码的人不必在上车时就支付，可在下车时到后门支付，这给乘客带来了很大方便，也是对乘客的信任。另外这样也可避免上车时乘客拥堵在前门，导致关不了门，停站时间延长，效率降低。特别对用手机扫码支付者而言，这是一个很好的措施，他们不必在上车时慌慌忙忙把支付码调出来（有安全隐患），可以先找位子坐好，下车前再把支付码调出来到后门扫码。

之前在附近马路溜达时发现两个问题：一是10号线地铁口居然没有地铁标志，二是公交车站旁边的人行地道口也没有公交车站指示标志。联想到这两个多星期去过的其他几个北方城市，我认为在交通设施标记方面，它们比上海差不少。

以前从上海乘火车到北京要一天一夜，后来有了夕发朝至的特快车，现在乘高铁从上海到北京只要四五个小时。本节的标题是"离开圆明园后瞎转悠了一气"，而本篇开头又说北京有太多的地方值得游览，是不是有点矛盾，矛盾在什么地方呢？其实是我没规划好，应该向当地人多请教，或者上网查查攻略，看看北京地图，就可以安排在烈日炎炎的天气去一些室内场所参观。

王府井大街和东长安街

第二天早晨乘车去王府井。王府井大街是最近几年改造完成的，2010年我来的时候，后街还不怎么样。这两条马路两边可能不许建高层，更别说超高层了。这两天北京很热，要不是为了按期回上海，我不会转道这里。像长安街这么宽的马路，上海也有不少。电影《朗读者》最后闪现的纽约街景，大楼也是四四方方的，涂料墙面，还不像这里的玻璃幕墙，那里的楼宇比东长安街上的高一些，彼此挨得很近，惊鸿一瞥，我震撼于它的美丽。电影《金手指》中的一段香港大厦的镜头也很惊艳，玻璃幕墙尽显奢华之气。

走完王府井大街（高楼不多，跟南京东路比较像），向西拐弯，走到王府井西街（这里并不繁华），西街有很多建筑很破落，就是普通的民房，我认为是可以拆迁的，没有保留价值。后来我走到东长安街并过街，沿街向西走，途经生态环境部；又途经公安部，公安部大楼规模非常大，长度又长，进深又很深；它的西边是国家博物馆。这几年，参观国家博物馆、天安门广场、故宫博物院都要提前几天预约。来北京游玩的人太多，想逛这些热门景点不得不提前预约，更何况

东长安街

现在是暑假。实际上，去上海旅游的人也很多，外滩、南京路那里的人比王府井大街上的人还多。

望故宫（紫禁城）宫墙兴叹

既然天安门广场进不去，走地道回到东长安街另一边，红色的皇城城墙就剩下南面这一段了，分立天安门左右侧。沿一条小马路走到东华门，绕着故宫（古代的紫禁城，古代北京核心中的核心，相当于皇家小区，皇城起为紫禁城服务的作用）宫墙走，走到午门。

雄伟的午门是南门，是故宫正门，所以也是最复杂、宏大的。为什么古代要推出午

门斩首？这么重要的门，为何把这种不好的事放在这里做呢？应该是因为午门前最热闹，要推到菜市口斩首示众，并不是在午门旁斩首。出了午门就是皇城。刚刚说过，皇城是为紫禁城提供生活服务的，所以有菜市场之类的场所，当然，也起拱卫作用，八旗兵就驻扎在皇城内八个方位。紫禁城没有秦朝、唐朝时的皇宫大。

天安门也在南边中间位置。只有南面有外城及城墙，朝廷钱粮不够，建不了其他三个方位的外城。外城正门是永定门，也在南边中间位置。内城正门是正阳门（大前门），皇城正门是天安门（再早叫承天门），紫禁城（故宫）正门是午门。四道城墙，构成古代北京的四环，"古第四环"不完整，只有南面有。

故宫午门（南门）

天安门在午门的外面。从永定门是能看到午门的，前提是中间所有的门都是打开的。东华门、午门、西华门、神武门（原称玄武门，为避玄烨的讳而改名，北门）是故宫四个正方向的城门。如果以前不拆这些城墙，现在看上去该是多么雄伟壮观呀！为方便交通，顶多再开几个城门就是了。与大同城墙相比，故宫城墙在红墙和黄色的琉璃瓦方面更胜一筹，目测比大同城墙矮一些。北京已经不像我之前看到的所有北方城市，绿化工人为树干刷了白石灰后，不再在上面刷一圈红色的了。

各地热门景点都不应搞网上预约一刀切

不能进故宫，就绕着它走半圈，拍拍照；不能步行进天安门广场，就在西华门乘旅游车，在车上拍拍照。我绕着故宫走了半圈，又乘旅游车转了一段距离，感觉故宫没我想象中的大。其实故宫也不大。旅游车车票是20元，其实路程并不长，我在西华门上的车，而从故宫博物院大门到前门的路程，也要收20元。在这辆车来之前，另外一辆旅游车的乘务员居然要价50元（收费还不一样）。我没上，其他游客也没上。这不是宰客吗？乘出租车转一圈也没这么贵呀。

在车上看到，天安门前也没多少人嘛，广场上和大会堂前也没多少人，为何如此严格限流呢？我认为售票处应该留一些名额给当天现场排队（买票）的人，悬空寺那么狭窄、逼仄、脆弱，其管理者不也这样做了吗？游客不可能完全规划好自己的游玩地点和时间，往往有较大的随机性，给现场排队（买票）的游客留相当数量的名额完全是应该的，也体现了公平，这样才能更好地满足游客的需求。更何况应该灵活调节，既然这天人流量小，就可适当放开。

许多省博物馆等热门景点也应采用类似策略，想（外地）游客所想，不要搞一刀切的网上预约。在旅游旺季，甚至可以考虑腾出本地人的一些名额，让给外地游客啊——在预约和现场排队环节，可通过身份证（号）识别实现，安排不同的排队（购票）通道和窗口。外地游客来一趟不容易，本地人谦让一些也是待客之道，像哈尔滨和天水那样宠爱外地游客，才能擦亮本省和本市的旅游品牌。从长远看，从整体看，这对本地人而言当然是有益的。

回到北京这边的话题。实际上无论故宫入口处还是天安门广场入口处，聚集的人并不是很多，故宫和广场这么大，即使让这些人都进去也算不了什么，就像小溪流入大河而已。这一天可是暑假里的旅游高峰期啊，人流量都不过如此，干嘛搞这些限流措施？怀念2010年来到天安门广场和人民大会堂墙外可以随便走的感觉。后来看葛优和徐帆主演的电影《大撒把》，才知道过去老百姓是可以上天安门城楼的。

在前门楼子下的车。好雄伟的城楼！不过只剩城楼及其下面的城墙基，两边没有城墙。小时候常看到大前门香烟壳子上的前门图片。该烟由英美烟草公司于1916年推出，后来主要由上海卷烟厂生产。在我小的时候，大前门香烟算是比较好的烟，我知道的蹩脚的烟是飞马牌，没钱的人买了自己抽的。比较好的烟还有牡丹和凤凰。这些香烟品牌都是上海卷烟厂众多品牌中的一小部分。

城门前，也就是城门外，是前门大街，差不多就是一条美食街，挺长的，比一般的美食街豪华一些，房子都不高。前门大街到头，与之垂直的马路对面就是丰台区（在南边），我马上觉得马路南边的城市建设水准降了一个大台阶，可见北京的城市建设还有很大的发展空间。这个感觉有点像2010年时我绕到王府井后面（东面）的观感。北京想要成为精品旅游城市，还有很多工作要做，例如增加马路边的各种标志牌。感觉附近没什么可看的了，我就进了地铁站，准备去颐和园，毕竟此时还早。

北京篇

我这天乘旅游车经过（未预约，只能乘车走马观花，不能步行进入）时，人民大会堂前和附近游客很少，完全没有人满为患的情况

前门楼子

颐和园景致好于当下的圆明园

在地铁站，一对母女教会我如何用支付宝开通当地公共汽车、地铁乘车码，此后方便多了。唉，宅在象牙塔里的我与社会脱节了啊。后来我还知道，可以用支付宝开通医保卡功能，另外，支付宝也能显示身份证。

颐和园的面积也不小，有3000多亩呢。地图显示，昆明湖占了颐和园的大部分面积，比圆明园中最大的湖福海大多了。前人对昆明湖的评价是：虽为人造，宛如天开。既然叫昆明湖，应该是模仿昆明的昆明湖吧，也就是滇池，也有说模仿西湖的。虽无昆明的昆明湖大，但颐和园的昆明湖在公园湖泊中肯定是佼佼者。

颐和园的风景比圆明园的好看多了，但圆明园原来的风景可能也很美，甚至比颐和园的更美，这更让人痛恨英法强盗了。

桥这么高，这么陡，我不想走回头路下去再往上取景拍照了。看到美景要抓拍，尤其在人多的路上，否则其他游人走过来就不好取景了；也不要想着回头再拍，因为我们往往不想走回头路。

很陡的拱桥

昆明湖、万寿山和佛香阁

  昆明湖边大柳树很多，真的很粗哦！许多大柳树烂得很厉害，树干有一半都烂掉了，还有很大的树洞，所以要用水泥堵上，既防蛀、防腐又起支撑作用。园林工人们做得还挺逼真，不仔细看、摸一摸、用指关节敲一敲的话，还看不出是用水泥封住的。孔府那边用砖墙式的方式堵住大树洞，好难看呀，真是相形见绌。那么多大柳树，颐和园管理者都未挂上铭牌，更未标明它们的树龄。

  昆明湖的波浪也不小，因为此时风很大。西山在园外不远处，日照西山的美，让我旁边的外国年轻游客也折服了，照片拍个不停。在这里说日落西山真恰如其分。好的景区，在不同地点（从不同角度）看到的景色也不一样，所谓移步换景，昆明湖就是这样，另一个昆明湖（滇池）也是如此。

在北京找宾馆不太顺心

  在这一个多月里我去过的八个城市中，北京的旅游友好性有待加强，特别是在找宾馆的便利性方面，而且宾馆房价也偏贵。坐在公交车上是看到了一两个宾馆，可是公交车又往前开了很长一段路，北京公交站之间的距离往往挺长，这时我纠结，要不要下车返回走很长一段路找那个宾馆呢？马路当中隔的围栏也连绵不断，很长一段距离没有过马路的人行横道线，也看不到过街地道，所以即使看到马路对面有宾馆也不容易过去。坐在公交车上看，常常车开了很长距离，也看不到宾馆，所以按每公里马路边的宾馆数比较，北京的宾馆并不多。还有，我这两天自己经历的以及看到别人经历的，就是如果在晚上，例如七八点以后，想找宾馆的话，往往会遇到没有房间的情况。到北京的游客太多了，所以宾馆资源就显得相对欠缺。

银川是第二个旅游友好性不够高的城市，主要也是在宾馆资源方面，而大同是第三个旅游友好性稍差的城市，主要是门票贵。我最满意的，是我这一阶段去的第一个城市——成都。成都的宾馆房价比其他几个城市的贵，但比北京的便宜多了。我对重庆的旅游便利性也不是很满意。我的直观感受是，北京跟银川很像（八天前我去过银川，所以拿它们进行比较），就像一个大号的银川，在城市建设方面还有很多工作可做，不能让人只看到很宽的马路和马路边茂密的树林，却看不到烟火气。如果想把郊区建设得像市区一样，那就更要加油了，有很多开发工作待完成。

就因为7月26日下午补游了颐和园（大概18:00才离开颐和园），这导致我经历了这二十多天旅途中最艰难的一个寻找宾馆的夜晚，许多宾馆客满。那晚我乘车去了很多地方，北京公交站距又特别长，每每看到路边有酒店，但下一站离它很远，我不敢下车，担心下车回头走老半天，结果还是客满。最后甚至在郊区①，好几家宾馆也客满了，好不容易才找到房间。

我也建议大家不要在海淀的大学区找宾馆，估计效果不会好，一则我在车上没怎么看到路边有宾馆，二则僧多粥少，要住宿的人多，有开会的学者、家长、参观者等，而宾馆并不是那么多。

所以在最近游历过的8个城市中，我把北京排在最后，这里说的是满意度排名。一个好的旅游城市不能要求游客都在网上预订宾馆，像我就是走到哪就在哪找宾馆。这晚碰到这么多客满情况，只能说明北京宾馆资源不足，起码在旺季严重不足。

不过我之前这么多年一直宅在上海，几乎每天两点一线，不需要用流量，便未购买流量套餐，这导致我未养成用（移动）网络预订的习惯，找宾馆时都想不到用APP搜索附近的宾馆，这也是我这次旅游时找宾馆不方便的一个重要原因。此后我渐渐跟上了时代潮流。

---

① 公交车在荒无人烟的郊外开了很长时间，一开始的马路也类似城际公路了。往郊区的公交车线路名跟市区的无区别，也是纯数字名，导致我误上此车。上海在这方面做得比北京好，郊区线、长途线一目了然，例如命名为松梅线、徐闵线。

以后碰到上述情况可以乘出租车到之前住过的宾馆看看。后来我常常在宾馆前台拿一张名片，碰到在别的地方找宾馆不顺利时就打电话预订。

许多宾馆亟待加强管理、提高服务水平

26 日晚 11 点多，有一家子入住 7 天优选宾馆。他们大概开了两个房间，所以打开房门搭话，小孩儿在走廊上又蹦又跳，那个小孩儿的声音很刺耳，大人说话的声音也很响。我后来开门请他们声音小一点，他们稍微好一些，直到 12 点多他们才真正消停了。第二天早晨五点多钟，又是这家子打开房门说话，声音大得不得了。

素质低的人，你跟他们打招呼也没用，因为他们根本就意识不到自己在影响别人，他们心中只有他们自己，真正达到旁若无人的境界。这绝不是个别现象，我这次在外旅游碰到过好几次！还是说这同一家宾馆（7 天优选）同一天早晨的情况吧。四点多钟时有人退房，没把房门关好，门锁一直嘀嘀地报警，我被吵醒，打开房门，走过去把门锁上才算了事。我先打电话问前台服务员走廊里的长鸣报警声是怎么回事，然后才这么做的，否则也不敢贸然这么做。六点多钟时又有一家子要离开宾馆，也在走廊上大声说话。

宾馆管理人员都在干什么？结合后来在天津津门里如家的遭遇，我意识到，以后碰到这种情况不要犹豫等待，立即打电话给前台就行。

各地的宾馆有没有提高服务水平的意愿？有了意愿，提高的措施有没有效果？那些硬件太差的，例如卫生间的设施很差，毛巾很旧了也不换，用完毛巾手上腻腻的，卧室小到令人感到局促，这些宾馆都是不入流的，就不去谈它们了。如果硬件设施已经达到一定的标准，那接下来主要就是改善"软环境"。

我在近期一个月的游历过程中，在不同的宾馆，多次碰到其他客人在走廊和房间里大声喧哗，影响别的客人睡觉，却没有服务员劝止的情况。实际上，尤其晚上，很多宾馆只有大堂里有一两个前台服务员，其他楼层根本就没有服务员，所以他们根本就不知道其他楼层的情况。

我过去住过的一家宾馆，每一层楼都有一个服务员专候着，客人有什么需求，随时都能找到服务员。在这样的宾馆，就不可能出现某些客人大声喧哗影响别的客人却没人管的情况。就像高铁的静音车厢，为什么能保持安静呀，一个重要措施就是专门有列车员提醒那些声音很大的乘客。

宾馆要选好门锁，有的门锁需要用力关才能关上，这就导致客人关门的声音很响，影响他人。当然也有不少客人莫名其妙地喜欢用大力，明明门锁很顺滑，轻轻一关就关

上了,他们(深夜时分)也要用大力关。还有,要把电梯的铃声去掉。

有的外部噪声是无法避免的,有的却是可以想办法避免的。例如一个月前我在重庆沙坪坝住过的汉庭酒店,楼前马路上有一个窨井盖,汽车经过时会发出巨大的声音,这就是可以解决的问题。可以用一个更合适的窨井盖替换,就不会发出这么大的声音影响客人睡眠。不过我估计这家宾馆的管理者不会想到这一点。

速游园博园

第二天在宾馆附近的车站看到站牌上园博园的站名,打算去那里稍微转转,再赶下午的火车。我住的宾馆在长辛店镇,附近有同在丰台区的宛平县城和卢沟桥。宛平是老北京城的卫城,卢沟桥跨卢沟河(永定河),故得名。抗日纪念馆也在那里。2023年7月27日这天是抗美援朝战争胜利70周年纪念日!深沉缅怀千千万万烈士和英雄,他们用生命和鲜血为我们后人换来稳固的江山,没有他们就没有今日之中国!

园博园3号门,是超大的一个门,它的力学结构值得玩味。园博园有7500多亩!有6个大门、69个园,例如苏州园、台湾园。第一次游历这么大面积的单位。因为时间不够,就花40块钱乘游览车,车上就我一位乘客,整个园里也没见几位游客。春秋天时逛园博园更好,现在逛园博园太热,争取下次再去。里面的一个园博塔也不小。永定河穿过园博园,卢沟桥就在附近。

园博园3号门

逛一圈20多分钟,游览车把我送到2号门,司机告诉我,步行到地铁站只要10分钟,比在3号门等公交车(我原来的想法)靠谱。看看这位工作人员多专业、多热心。其实公交车站并不在3号门对面，还要倒走一段路。北京的公交车站设置在这方面让我不满意，老是不把公交车站设在关键点，要让乘客走一长段路才到，天津也有这种情况。

北京的每辆公交车都配一个管理员，我觉得多余了，浪费人力和财力。他们跟王府井大街上穿黑色制服的人一样，基本上都是外地人，所以向王府井大街上穿黑色制服者请教，他们可能一问三不知。跟上海一样，北京也有双层公交车和长龙公交车（两节的，用形似手风琴箱的设备连接），不过这里的长龙公交车跟银川的名字一样，叫BRT，就是快速公交的意思。六七年前国内就有了，当时上海也在延安路上建快速公交系统。

高铁返程路上

从园博园往地铁站走，一路渺无人烟。在北京郊区/周边，这很常见。这段路边倒还有许多建好的商品房和竖着连成一片的大广告牌。乘地铁到北京南站，发现还真像网上说的那样，考虑了自然采光的通透性，就不能兼顾夏天遮阳的要求，大太阳照进来，把候车大厅变得像大烘箱。7月27日是多云，但大厅里也挺热，撑起太阳伞也没用，因为晒进来的热量已留在室内。"贵阳篇"开头讲的上海的做法更好一些，其他城市的高铁站也有这么做的。

太湖挺大，高铁穿过了它的一片又一片水域，也用了几分钟。不过太湖很浅，基本上只有一两米深。跟北美的五大湖比起来，太湖又很小了。我到过五大湖中最小的一个，伊利湖，站在湖边觉得它像一片海。

G15次列车很厉害，我看到它长时间达到350公里/小时的速度，有时还达到351公里/小时，上个月我看到高铁车速347公里/小时就已经激动了。当G15次列车以每小时340多公里的速度在地面上飞驰时，我就在想，《封神演义》里的那些神仙可能也就是用这样的速度在天上飞奔吧。类似无人机送货也是神仙方能做到的吧，深圳在使用该技术，我国偏远地区也在使用。火箭、卫星、空间站技术，神仙们也自叹不如吧。飞机、海底深潜、地铁、一万米地下深油井等也不比神仙们做的差吧，甚至更强。这些都是我们中国拥有甚至领先的技术。一些佛经里常有这样一句话，幸得生在中国，这句话既适用于汉唐宋元明清（佛教于东汉传入中国），也适用于当今的中国。

每小时340多公里的速度有多快呢？就是高铁经过一些火车站时（不停靠的站），我根本来不及看清车站上的站牌名，快到有点不可思议。它从苏州北站开到上海虹桥花了18分钟。G15次列车只停靠大站，济南、南京南、苏州北，再加上两头的北京南和上海虹桥，每一个城市的建设都很好，在铁路的两边，高楼大厦林立，城市又新又美又气派又现代感十足。提前两天回到上海，缓冲、休息两天，7月30日就要跟团去山东了。7月8日—27日，我花了20天时间，从上海一个大斜线到西宁（在西安中转），然后一路向东到北京，游历过六个北方城市，再一路向南回到上海，走了一个超大的直角三角形，共花费约一万元。吃了一点小小的苦，不过不算什么。

　　乘火车时，坐在过道边座位上的大多数乘客，不管男女，都喜欢四仰八叉把脚伸到过道上，或者跷起二郎腿把脚和鞋伸到过道上，影响别人走路。火车上，还有的人坐在座位上，把两腿分得很开，膝盖支到别人的空间里；或者把手臂往两边扶手上一放，好像两个扶手都应归他们用似的。旁边没人时你把胳臂放在扶手上没关系，有人时，两边的扶手既不是给你放的，也不是给别人放的，是用于分隔空间的。地铁里类似的难看腔调也多得是，公共场合很能揭示一个人的素养。

山东篇（曲阜、泰安和济南）

这是我第二次参加学校组织的四年一次的疗养活动。上次（2019 年，那年我一口气出了 4 本教材和 1 本专著）去了长白山、二道白河，看到了美丽的天池和一段不宽的鸭绿江，曾站在大桥的中朝边界上。

这次的选择还有张家界、武夷山、安徽金寨（将军县之一），我选择微山湖、孔庙、泰山、济南这条线路。高铁有不同的型号和配置，前面我夸 G15 次列车达到 351 公里/小时，而我们今天坐的 G106 次列车，最快也就 303 公里/小时。我猜测，G 后面的数字越小，高铁的型号越高端，速度越快。

之前游历 8 个城市，再加上 7 月 30 日来山东，我看到，无论北方还是南方，西部还是东部，不少农田里都有墓碑，有的墓碑还比较集中，地里还有其他建筑，相关部门要管一管。不过我也看到有些地方把大量的墓穴和墓碑建在山坡上，这还是可以接受的，因那些小山包一直也无人开发。在这方面，沪苏做得比较好。

红荷湿地是微山湖的一部分，以广种荷花闻名。微山湖是大运河的一段——大运河借用了微山湖。微山湖相当开阔，水质也不错，虽靠近枣庄，但属济宁管辖，曲阜也是。从枣庄火车站到泰安宝盛酒店的途中看到的邹城市也属济宁管辖，没想到一个县级市的市容如此气派，高速公路边上高楼林立，我还以为是一个地级市呢。

在曲阜拜谒孔庙、孔府和孔林

7 月 31 日，拜谒"三孔"——孔庙、孔府和孔林。这儿，古柏是常见之树。曲阜的孔庙是全国各地仿建的范本。经历代扩建，当前的孔庙面积有 300 多亩（相当于国内一所小型大学的面积，上海立信会计金融学院松江校区约占 500 亩，上海大学宝山校区东区也是约有 500 亩），是全国最大的孔庙/文庙。

明成化年间制的大碑在"文革"期间被拽倒,断为两半,这里绝大多数的碑都是如此损坏的。

曲阜虽是济宁下辖的一个县级市,但名气比济宁的还响当当。曲阜在周时是鲁国的国都。鲁国的第一个国君是周公旦,周武王姬发的弟弟。齐国的第一个国君是姜尚,春秋首霸齐桓公就是姜小白,公子小白。齐国后半期(战国时期)归了田家(后代田姓的祖先,田本是这个外来家族的封地名,经济实力优则仕,篡夺了齐国政权),周天子也册封了田氏,姜氏沦为庶人。

孔庙的大成殿、故宫的太和殿和岱庙的天贶殿是古代规格最高的三大殿,重檐,九间。大成殿显得太旧了(福州的大成殿也很旧),它的规模比太和殿的小一些。大成殿和其他一些殿里的梁是明朝时的,油漆已脱落得差不多了,裸露的木头也显得很旧。

孔庙里不许用音箱,连导游也不能用"小蜜蜂",只能租孔庙的无线讲解器,游客们戴着耳机听,所以孔庙里就比较安静、肃穆。希望其他景区的管理者也学学孔庙的做法,不要搞得像菜市场,吵得要命!尤其文化景区管理者更要注意此点,有点文化人的样子,包括寺庙,寺庙应该是安静祥和的场所。

孔府是孔子的后代居住的地方,有 200 多亩。不是有孔府家酒这个品牌嘛。孔林不仅安葬着孔子,还有他的后代,有 3800 多亩,比多数大学的校园都大,也是历朝历代渐渐增扩的。我们 7 月 31 日这天去拜谒时,还有孔家后代在此举办入殡仪式。当前,孔子的后代已至第 80 代了,孔子的族谱是全球最大、最完整的族谱,从这一侧面也可见历朝历代对孔子家族的尊崇和保护。右上图是约 700 岁的槐树。还有五柏抱槐,非同种,干、根却长在一起,象征胸怀博大、相亲相爱、中华民族同根同源。

约 700 岁的槐树

孔林里约 2000 岁的圆柏,柏树树皮很有美感和沧桑感,此柏比晋祠里 3000 多岁的圆柏还粗大

泰 山

第三天，上泰山了。泰山海拔 1500 多米，处黄河下游平原地区，其实它的相对高度是比较高的。旅游车把我们送到中天门，12 根龙柱代表 12 位封禅于泰山的帝王。导游说爬泰山就是在一个山谷里爬，两边的景色基本上没有变化，也不是特别好看（后来同事说风景挺好的），我就不想爬上去了，在中天门乘索道上去。听导游说，这里的缆车是奥地利的产品。听上去，景区的缆车要么是德国产品，要么是日本的，基本上都是进口的嘛。到南天门，山就笼罩在云雾里了，山上的风挺大，山风吹着好冷呀，长袖衬衫都挡不住。

前一天下过雨，石阶的一边挺滑，要抓住铁栏杆下山。南天门下的一段台阶很陡，不管上山还是下山，觉得都挺危险的，应贴边走，扶好铁栏杆。站在天街牌坊处，真的像在天上呢，在这里拍《西游记》《封神榜》挺好。南天门以上（包括天街）的旅馆房价要七八百元，1200 元的也有。

前两天泰安下过大雨，8 月 1 日这天泰山上不仅瀑布壮观，整个山顶也时不时被云雾缭绕，别有一番风情。游客也处在云雾中，有时隔六七米就看不清了，只是不知自己已像仙家腾云驾雾了，这本是儿时幻想。上玉皇顶的山路较南天门之下的山路平缓得多。摩崖上那些凸显的字是比较有价值的，所以后人继续给它们描红漆。玉皇顶上是几间房子组成的院子。从玉皇顶下来，左边是五岳独尊的石碑。

天街牌坊

等下山的缆车，等了大约 40 分钟。上下山缆车的票价都是 100 元，好贵呀。下缆车后就在中天门附近。中天门又叫二天门，南天门又叫三天门，一天门又叫红门。集体游览泰山不尽兴，有的地方没时间看，下次自己再去一趟。

皮影戏、岱庙、泰山后山及玉泉寺

本来我觉得"装逼"是一个粗词，不想用它的，但现在发现用它描述旅游中某些人的言行风格却很恰当——总是嫌饭菜不好，嫌宾馆不好，嫌景点不好，显得自己好像见过各种大世面。

2023 年 8 月 2 日的行程开始了。泰山皮影戏（场馆就在岱庙附近）比云冈石窟的更精细一些，但还有不少缺点，大师如果来表演也许能弥补这些缺点。

宋朝时的岱庙有 800 多间房，后被战火和近代动乱损毁，现在只有 100 多间。天贶殿里的壁画很大，很漂亮。这里的九间殿果然比福州的七间大成殿显得长。这里有 800 多岁的银杏树，高 28.5 米。出岱庙后，司机送我们去泰山后山。

重檐九间的天贶殿，数走廊上的檐柱间隔，一间隔对应一间房子

后山还在泰安境内，不过泰山跨泰安、济南和莱芜（现在莱芜归济南管辖），所以在后山再越过一座山就到济南了。爬泰山的正规道路在泰安。后山一路上有很多农民在屋前种了不少造型很漂亮的松树和其他什么树出售，就像在曲阜的马路边，有不少个体户和企业在房前塑了不少孔子像出售。

玉泉寺到了。院内有好大的两棵银杏树！总共有四株古银杏，皆唐人种植，距今1300年，最大的一株高38米，胸围7.4米，荫地半亩（见右上图）。树的叶子也很大，9月，银杏叶变成黄色的，有很多飘落地上，煞是好看。树干上许许多多亮亮的东西是游客们插入树皮的分币，这些游客坏不坏？导游说，他在日照还看到过3500岁的银杏树，比这两棵粗多了。

到后山游玩是我争取来的，车开了一小半路程，有人想取消游玩这个景点，回宾馆，我不同意，这是工会安排好的活动嘛。集体旅游容易有这种矛盾，上次在吉林，也有人说情愿回宾馆打牌，不想去某个景点了。

还是玉泉寺的那株大银杏树（见右下图），对比一下树与人。大雄宝殿那边有一棵一亩松，荫地面积更大。很多人可能没有相关的概念，一亩田的面积已经挺大了。

在泰安，不少建筑和组织用泰山命名而不用泰安，因为前者的名气更大。就像安徽把徽州改称黄山市一样，徽州现在是黄山市的一个区名。

玉泉寺高大的银杏树

站在银杏树前，衬托出树干何其粗壮

济南半天行程

第五天,到济南了。那幢又高又漂亮的大厦是绿地集团开发的。绿地集团也在全国布局,我在南京等南方城市也看到过它开发的地产,大厦的规模都挺大,也很漂亮,不过在地处更北的北方城市没看到过,所以说绿地集团的开发规模比不上万达的。

到趵突泉公园了。三眼泉水,泉的小篆体字就是根据趵突泉的形状创制的。泉城为什么有这么多泉?说一个比喻就是,马路底下的自来水管裂了,咕嘟咕嘟往外冒水。实际原理是济南四面环山,包括泰山,济南城就成了一个盆地,水往济南城地下聚集。地下水的天然通道中有些地方有向上的裂缝,水就上涌成泉。形成对比的是,井水不上涌。

趵突泉公园里还有易安居士李清照的纪念馆。济南还有另外一位名人,也是北宋末南宋初的人,他就是辛弃疾,字幼安,既是著名的爱国词人、诗人,更是于万军中擒获叛将的将才,也是比同时代贫穷的陆游富得多的小财主。他的名字源于祖父对霍去病的敬仰,他的抗金志向也起源于祖父,可惜由于出身于被金国占领的北方,来到南宋后长期未被委以军权,几乎都在文官职位上,空有一腔恢复山河的抱负。

吃完饭后去济南西站。旁边的大楼挺漂亮的,附近还有省科技馆、省大剧院,反正都是挺漂亮的大楼。以前为保护济南的地下泉水通道,一直限制建高楼,城建发展慢,所以被戏称为大号的"县城",很多高楼都是近些年造的。

趵突泉

贵阳篇

本来计划 8 月上旬去东北避暑，但东北和华北水情严重。过了几天我忽然想到，不一定往南去就热呀，不是说昆明是春城嘛。思维僵化了，对，去那边。看地图，查墨迹天气，广东、海南和福建比上海热，浙江、江西和湖南也热，湖北就不用说了，中国版图上其他纬度处于中部的省也不必说了。查下来，贵州和云南是凉爽的。到西藏会有高原反应，这几年不会去，7 月到了西宁都没去西藏，我觉得需要有非常充足的时间，在过渡城市住一阵后再去西藏。看了电影《喜马拉雅》，感动于一家两代人几十年克服艰难困苦，为国家坚守西藏边陲 3600 多平方公里国土的故事，打算退休后去玉麦乡，看看能不能为当地作点贡献。

定下来了，一路向西南去贵阳、昆明和丽江，再返回上海。南美洲国家厄瓜多尔的首都基多离赤道只有 24 公里，应该很热吧？可它位于安第斯山脉 2800 多米的海拔处，是全球第二高的首都，四季如春。所以即使在北半球也不能说越往南一定越热。

路上的记述

2023 年 8 月 8 日 13:00，怪不得虹桥火车站候车大厅里这么热，抬头一看，发现它和北京南站一样，屋顶也是玻璃的，只是比北京南站的解决措施好一点，不是在地面撑起一把把遮阳伞，而是在玻璃屋顶的下面拉起遮阳布。但坐在这里还是很热呀！我疑惑到底有没有开空调？开的是几度？

高铁过了临平（2021 年由杭州余杭区临平街道改设临平区）很快就到了杭州东站，杭州东站与虹桥火车站的规模差不多大，有 28 个站台。过了杭州东站很快向南经过钱塘江。诸暨和金华之间有很多山，虽然不大，但层层叠叠，很好看。金华站的一堵墙上写着骆宾王、陈亮（南宋名人）、宋濂（朱元璋时期的大臣）、李渔（清朝著名文学家）、陈望道……这些都是金华（古称婺州）人。

  金华靠近浙西。过了金华，衢州没停（铁路站点中，浙江的最西面是江山市），就到江西上饶了。现在高铁已普遍低端化运营，各小站都停，只是停的时间比普通火车的短一些。大概北方的风比南方的大吧，我在北方的铁路附近常常看到发电风车，今天到此时，一路上还没看到，只在金华的山上看到很多光伏发电板。

  邻座的一些小孩非常吵，家长也不管，小孩子在外面不好的表现是平时在家里被人纵容出来的，好像现在的很多家长对小孩儿没有较多约束。以前很多上海家长平时就给小孩儿讲很多规矩，每次带孩子外出前，尤其走亲访友前，会给孩子把重要的言行规范再复习一遍，并用警告语气提醒孩子们不可在外人面前违反规范、丢人现眼。所以很多上海小孩儿在外面总是规规矩矩、文文静静，碰到某些场景还要看看家长的眼色，再以合适的言行应对，例如能不能接受食物和礼物。

  这次倒霉，坐在临近厕所的地方，很多人用完厕所竟不关门，需要装闭门器的地方却不装。

  鹰潭北站和新余北站都挺简单的，鹰潭北站附近的城市建设没有上饶的漂亮。两市中间是南昌，其实到南昌是往北绕了一个弯。南昌也有很多山。先过赣江，再到南昌西站，南昌西站就漂亮多了。鹰潭和南昌之间，以及南昌西面，农舍基本上是楼房，五层楼都有，跟江浙差不多，只是没有后者的漂亮。在这方面，南方省市比北方省市强。2023 年，江西省的国内生产总值在全国排第 14 名。

  南昌周边农村的景色还是挺好的，有山有水，水中有渚，有的地方就和江南的水乡一样，田边有水，水边有田舍。辛弃疾闲居江西上饶的山庄时写的词说："醉里吴音相媚好，白发谁家翁媪？"吴音就是吴国的方言，上饶曾是吴国领土。辛弃疾并非贪图享受，他从戎无门，又多次被别人构陷弹劾，所以在农村为自己的家庭建了一座落脚的山庄。

  过了萍乡就要到长沙了。过了萍乡北站后，钻的隧道愈发多起来。前面是许多站的北站，接下来就是若干南站，长沙南、娄底南、新化南，这也显示了火车一路向西南的前进方向。我在卫生间想要感应龙头出水，但常常不出水，别人在卫生间好像能用水呀。后来请教列车员，她说要把手放到墙上的感应孔处。原来如此，跟其他地方的感应龙头不一样。

一出火车站，我茫然无措

  现在每到一个城市，我就用旅游友好性和便利性衡量它。晚上在贵阳北站下车后（未乘地铁，认为乘公共汽车能看到路边有没有合适的宾馆，但此时此地这样做是失误），我就感觉不好，在地下通道走了很久，终于走上地面。在成都也是这样，不容易找到走上路面的楼梯或电梯。以后尽量不要乘挺晚才到站的车次。

走上地面，可是看不到路面的指示牌，照明挺差，公交车站处一段段围栏挡住去路，不知道怎么走出这迷宫，已无公交车运营，要不是看到一个大概是为宾馆拉生意的女人从一扇掩着的栅栏门进来，我都不知道怎么走出去，暗暗感谢她。要不是她无意中为我指路，难道要我爬栏杆出此"迷宫"或走回头路，再走到西广场吗？

走出公交车停车场后仍然很麻烦，因为只看到机动车道，从长长的马路地下通道走到另一边，更萧瑟，就是荒野之地，幸好我是男的，如果是女士，看到路边三三两两有几个人聚在一起，一般会恐慌。再绕着公路和小山坡走到北站广场那边（在广场的马路对面），没有通道可以走到北广场。看到马路对面不远处的几幢楼上有酒店的霓虹灯招牌，却走不过去，因为是公路，当中有围栏。再说穿公路和跨围栏本来就是违规、危险的事，所以我没这么做。哪有人行天桥？哪有人行地道？

沿着公路这边盲目走了许久终于等到身后开来的一辆出租车。其他外地游客如果也像我这样，是夜里十点多钟到贵阳北站的，就乘地铁到市区去吧，或者打听清楚从地下通道的哪个出口上到地面有宾馆。贵阳北站应在地下通道设置清晰的指路牌，避免其他旅客有与我同样的遭遇——感觉非常不好。

老东门城墙公园

第二天早晨要去市中心，走到路口的地下通道，管理部门对地下通道又指示不清。贵阳也有大十字和小十字，都属于老城区中心。本来要去大十字的，坐在公交车上看到一个奇特的建筑就提前下车了，这里是中山东路。

这个有特色的建筑就是用一小段城墙做成的景区。城墙上面虽然小，但两位老哥居然在上面把风筝放得高高的。和当地的一位小兄弟聊天，他也承认北站的设计有问题，不要说外地人，本地人在那里可能都不知道怎么走。城墙前面是文昌阁，万历年间建的，建在武胜门也就是东门的月城上，祭祀魁星、阁星和关帝。

印象中，当中还有瓮城，比大同城墙的小多了。月城像南京的中华门里面一样，被改造成公园，不熟悉城墙构造的游客可能意识不到它们在古代的战争防御功能，只感觉到它就是一个普通园林。而大同复建的城墙就比较纯粹地保留了古代战争防御的风貌，让游客能清晰直观地感受，只在城墙墙头某些区域设置了旅游休闲、表演区。由于城墙很大，这些区域占比很小，不影响大同城墙展示古代城墙战争防御体系的整体面貌。

再前面是东山寺。老城区中心附近有一座小山也不容易呀。爬上东山可俯瞰贵阳，但那个塔不能登。

阳明祠、东山和贵阳广场

从文昌阁走去东山，路上经过阳明祠。阳明祠在东山路和螺蛳山路处（铜陵也有螺蛳山），尹道真祠只占阳明祠里面的一小部分，称双祠。尹道真是东汉文学家，师从许慎（《说文解字》作者），他把文化和知识带给南方人，所以世人赞誉他"南天破大荒"。

阳明祠里的蚊子很多，我穿着长袖衬衫和长裤也不堪其扰，管理人员要么点蚊香，要么想办法把蚊子灭掉一些嘛。这里跟很多地方不一样，黑漆柱，黑漆门窗。

这是颜体吧？圆润可爱。古文中的"也""欤"这些句尾语气词和助词也起后世的标点作用，古人看到它们犹如现当代人看到标点，起断句作用。了解这一点有助我们读懂没有标点的古文。古文几乎都没有标点，不像中学语文书里的古文那样——教材编辑们添加了现代标点。王阳明是兼具"三不朽"的圣人，阳明先生的文章和关于阳明心学的书或文章还是值得看一些的。

其实从阳明祠出来后继续沿上坡路走（路当中有隔离栏），走一段路，可横穿马路到东山，可祠内工作人员却给我指错了路，让我走了不少回头路，再走地道穿马路。建议全国各景点督促、加强工作人员的学习，把相关工作做到位。我的游历体验表明，这些工作人员的工作素养有待加强，常常一问三不知。景点工作人员不能只起维持秩序的作用。

王守仁的佳作《象祠记》

贵阳也是一座山城，道路管理部门方便了车辆行驶却苦了行人，常常要走很长的路才能找到地道或人行横道线，还是要多建一些地道或天桥。

东山寺塔是东山的最高处。老城周围的一系列山统称贵山，东山在云岩区。在观景平台只能看到贵阳的一半，新城区观山湖区是看不到的，被山挡着呢。古色古香的塔边有一座高高的信号塔，有点煞风景。从观景平台护栏往下看，像悬崖，腿有点发软。下山后看到，观景平台下就是高高的垂直墙体，自然像悬崖似的。

贵阳话和成都、重庆话挺像的，我请贵阳人帮我拍照，拍完后他还客气地问我："要得不？"我问好路后感谢贵阳人，他客气地说"不得(dei)"。

西宁称夏都，贵阳也是避暑佳地，不过两者都一样，到了中午尤其太阳高照时还是热得要命，尽管最近很多天里贵阳的最高温度只有 30 度。晚上确实凉快，我前一天晚上睡觉都不用开空调，而且还得盖一些东西。

怕晚了找不到宾馆，下了东山就开始找，乘车无意间到了贵阳广场附近的一条马路。走过一条人不多的小路，穿过一处偏僻的地方，来到豁然开朗的贵阳广场（人民广场，20 世纪前半叶这里还是竹林寨）及其周边——有点桃花源记的味道。

右面照片里，当中的楼是贵州民族文化宫和贵州省民族博物馆。浦发银行也开到这里来了。广场中的大型雕塑是芦笙造型，四支芦笙，旁边未见雕塑说明，所以不少本地人也不知道这是什么雕塑。附近是名校贵阳一中旧址，该校于 2009 年搬迁，原地块与贵阳广场合并。广场旁边像白虹一样的是跨南明河大桥的吊索支架，有两道白虹，有附近高层住宅楼的一大半高度。

贵阳广场与贵州民族文化宫

甲秀楼和仙人洞

我从中山东路老东门旧址附近的宾馆走到甲秀楼景区，在南明河边跟当地的一位老哥聊了一会儿天，他为我的游览提供了一些指导。甲秀楼及周边的建筑群是万历年间建的，与南明的孙可望（张献忠义子）和朱由榔也有密切的关系。甲秀楼下面是母亲河，也就是南明河、护城河，过去贵阳人民饮水取自其中，它是花溪的下游。南明河的水环境治理工程成绩显著。宾馆前台服务员说晚上去甲秀楼更好看，但晚上既看不清周边的

甲秀楼建筑群

环境，更进不了甲秀楼建筑群，只能在外面看灯光秀。在夏天，它的参观时间是 9:00—18:00。

小时候学会这首歌："青青的花溪水，绕村向东流……"花溪和乌江也是贵州的水名，只是此花溪非彼花溪吧。乌江有水电站，所以老城区有乌江电力大楼，就在甲秀楼附近。

从甲秀楼建筑群出来，人们想沿着护城河走到马路上，路很远，还得原路返回。在附近乘车到水口寺下，附近山上的景点叫仙人洞。山路又旧又脏，应该很久没人打扫了。我怕被蛇咬，撑起伞遮住头，走在路当中，远离两边的草木。前一天去阳明祠和东山寺的路上，街道也很破旧。其实马路两边的房子旧一点也没关系，把马路整修好，打扫干净，也会给市民和游客焕然一新的感觉。毕竟将那么多房子整修或拆迁、重建是超大工程，不是想做就能做的。

具体到某些单位，又何尝不是如此。樟树种得那么密，有的地方每隔 3 米就种一株（不符合绿化科学规范），春天掉落大量种子，长时间未及时清扫，人踩上去，车轮压上去，黑色液体把路面搞得一塌糊涂，每年如此。落叶满地也不及时清扫，清扫工作远不如附近马路的清扫工作。每年反倒很多次把大量人力物力财力投在草坪上，包括一些大楼后面人迹罕至的草地上，割草、吹草时发出巨大的噪声。几年里整体换草坪就换了几次。如果把这些人力物力放到清扫单位道路上，岂不是更立竿见影？

回到原来的话题。走到半山腰的道观，才知道之前走的山路为何又脏又旧，因为这里几乎没人上来，而且我走的是一条偏僻的山路，整个路上就我一人。另有一条路通到这里，还可行车。

仙人洞就是八仙洞，爬上去挺费劲，得手脚并用，很陡。其实没什么风景，怪不得王阳明时代就"客到稀"。同行的爬山人看到陡坡边的蛇了，说挺大。道观墙上的金玉良言，"心灵变得纯洁而睿智"，说得多好呀！要少思，特别要把鸡毛蒜皮扔在脑后，才能腾空大脑，让它多休息，使它思考时更敏锐、快速、正确。

沿仙人洞路下山，从仙人洞路一直走到王家桥，很长的一段路，充分体现了山城特色，周边环境也是。不但没看到一家像样的餐馆，连公交车站也没看到，旅游环境要改善。有的公交车站的站牌很不明显，又与马路平行竖立，远看自然看不到。在王家桥站乘车，到贵阳客车站下车，旁边有旅游服务中心，当时应该跟团去黄果树瀑布，虽然社会考察是我的重要目的，但到了贵阳应利用机会。吃好午饭后步行去黔灵山公园。

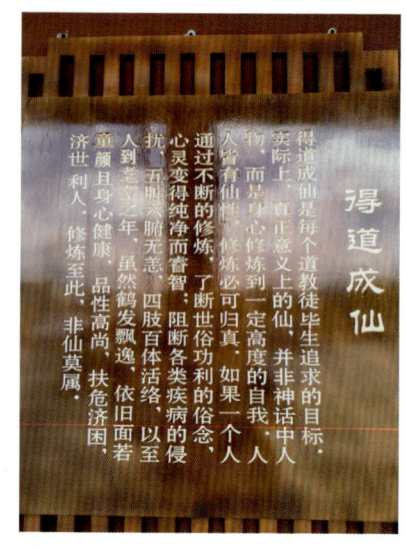

道观墙上的金玉良言

黔灵山公园

进园没多长时间就出来了，可能当时也厌倦爬山了，进园前又走了很长的路，步行进园很不方便（早知如此就应回头走一点路，复乘公交车了，可外地人怎知这一点，以为只是一站路，走走就行了），这也增加了我的厌倦情绪。而且公园里面吵得很，两处地方用大音箱播放现场唱歌的声音，其他地方还有播跳舞的乐曲。虽然公园里好多地方都有牌子提醒人们保持低音量，牵手文明，还大自然一个安静的环境，但公园里还是一片吵闹声，也没人管。

公园大门附近人山人海，尽管是星期四。我忽然没了继续逛此公园的兴趣，就出来了，幸好门票只要2元5角。想想也没必要千篇一律地到一个地方就是爬山看寺庙，当时打雷，也不能爬山。下次去贵阳再好好游玩黔灵山公园吧。

黔灵山公园门口的商店也用喇叭播放叫卖声。为什么人们就喜欢如此吵吵闹闹呢？

各地都是，"菜市场"几乎无处不在！睿智的城市管理者应该制止这种现象。前两天我乘坐的 G1329 次列车上，从上海到贵阳的 9 个小时（许多小站都停，而且最快速度只有 304 公里 / 小时，高铁低配型号，所以时间特别长）里，有一家的三个孩子吵得要命，家长从不叫他们低声点，也没有列车员过来制止，到最后那种尖锐的说话声都把我的头吵大了，不过要到终点站了，我也懒得说他们。还有一家的大孩子也挺吵，家长也不制止。2024 年 1 月 26 日，百度首页右侧的"百度热搜"里有这样一则文章标题："女子火车上吧唧嘴三小时，大爷崩溃。"

难得晚上逛街

白天贵阳实在很热，在外面玩总是一身汗，这也减弱了我的游玩兴趣，再加上这两天贵阳在不少方面给我留下不好的印象，因此我决定去丽江。先用墨迹 APP 查丽江的天气，其最高温度比贵阳的低三四度，很好。可是没有直达火车，要在昆明转车，查昆明天气，也低三四度，抢购了第二天下午去昆明的高铁票。

之前基本上都是进了宾馆就不出门，今天时间早，可以看看夜景了。国家开发银行在我住的酒店附近。在贵阳两天了，今天第一次看到门关着的饭店，这意味着他们开着空调，不过空调的力度并不强，聊胜于无吧。贵阳人是不是对他们这儿的天气太自信？白天这么热，居然极少看到餐馆开空调。离开贵阳的那天，也未看到开空调的饭馆。

看到一个大屏幕可以模拟三维效果，2023 年 12 月在长沙的蔡锷中路解放西路路口也看到过这种大屏幕。

国家开发银行

坐在 1 路环线旅游车上层车厢，很多出租车在我眼前排着队，我才发现，原来各家出租车公司的出租车的车顶或车身广告屏幕是由无线网同步的——广告、宣传语是同步的。1 路车的上层车厢既无电子屏幕，也未装喇叭，这不合理，乘客往往都不知道到哪一站了。

2 路车也是环线车。贵阳公交车里有一个设置，不少城市没有，比如北京就没有，就是大屏幕报下一站时显示再下一站的名字，这能方便很多乘客。在贵阳，没有大屏幕的车里，小屏幕老是显示没什么价值的信息，起码对乘客没什么价值，有些是显示给驾驶员看的岗位规定，但驾驶员在开车，他能抬头看这些信息吗？乘客想看到站信息却老是看不到。

其实贵阳挺繁华的，就是很多地方较凌乱，没管理、治理好，包括仙人洞路到王家桥的那一长段街区。

贵阳老城区的酒店很多，这是成为精品旅游城市的硬条件，不过我之前讲过，它的马路设计有问题，不少马路的人行横道线太少，要走很长的路才能找到地道或者天桥。车辆（包括电瓶车）行驶方便了，也快捷了，可是行人不方便呀，到底谁比谁重要？

观山湖区豪华气派的金融街

豪华气派的金融街

新城区我不想去，在我印象中，各个城市的新城区就是生活便利性较差、烟火气较淡的代名词，包括我引以为豪的上海，例如浦东。没计划到新城区，却误乘车到观山湖区了，途中穿过很长的隧道，还要经过一座大桥。美的地产是美的在这里的大手笔投资，旁边是东西向的美的大道，附近还有美的的其他地产。一些大城市的新城区和金融区建设面貌告诉我们，即使北京、上海这些一线城市也不能骄傲。

这一条繁华（黔灵山路也挺繁华，不少建筑高大气派）的金融街向北延伸至恒大中心就结束了，马路上的高架路应该是近年造的，我觉得它破了这条街的风水，哪有在金融街或繁华的马路上造高架的？我乘观2路在观山湖区绕了一小圈（此环线只是该区的一小圈），感觉这个区挺大。新城区不像老城区，这里基本上一马平川。新城区也比老城整洁多了。上图中那幢很高的楼是贵阳城投的地产。

去贵阳北站的路途让我再次陷入困境

在观山湖区乘车返回市中心，吃过午饭后稍微逛了逛就准备乘车去贵阳北站。云岩广场附近的站牌上写着62路和264路到"贵阳北站南"，等了十多分钟，等得很着急，终于乘上62路了。在贵阳北站南公交车站下车前，请教司机如何去北站，他说沿着人行道走。

上午我在去观山湖区的路上就看到了这个车站，但看不到附近有火车站的影子，就预计到这儿的情况和呼和浩特东站的情况相似，要走很远的路才能到。这里不仅离火车站很远，而且走完公交车站附近的一段人行道后根本没有步行通道前往火车站，只有机动车道，连非机动车道都没有，更没有为行人写的指示牌。

公交车驾驶员没有提醒我，更要质疑的是，公交公司为何在此绝地设"贵阳北站（南）站"？你们的公交车要钻隧道或过桥到观山湖区去，不能把乘客送到火车站，就不要设此站嘛。你们不设此站，自然有别的线路公交车完成这一任务。走在机动车道旁边太危险，但是没办法，我总得去火车站呀。

我一个外地游客，下公交车后遇到这种前不着村后不着店的境况只能豁出去了，冒着被身后开来的汽车撞上的风险，顶着大太阳往前走。不能打伞，我刚刚说过，完全没有步行道，我只能在机动车道外一条羊肠小道上走，都不能称为道，就是狭窄得仅容两只脚的边缘，紧贴着右手边的高坡壁，同时也是贴着左手边的机动车道边缘走。

写此书时我忽然想到，当时路过往停车场的路，我是不是往停车场走更正确？毕竟在火车站停车场停好车的人往往也要去火车站。而且那段路好像宽一些，如果是地下停车场，我还不用晒太阳。

走过这一段艰难之路，到了类似高架路的路段，走过去就是火车站。高架路么，当然只供机动车行驶，但我有什么办法呢？难道飞过去？此时还有一个人也在这段路上行走，不过她跟我是反方向的。

这次贵阳给我留下了一些不好的印象，不过我并不是整体否定它。前言简略阐述了我游历全国和写此书的宗旨，不只是为了游玩，也不是一路唱赞歌、报喜不报忧，我想如实反映祖国大地上的情况。我也认可贵阳美好的方面，例如不少贵阳人对待外地人挺礼貌热情，贵阳还有不少地方（例如一些展馆）值得我下次去参观。

昆明篇

从贵阳到昆明的路上，高铁常常在钻隧道，有的隧道要开行十几分钟才能钻出来，不过高铁的速度也慢，只有每小时七十几公里，可能是爬坡的缘故，更重要的原因后文将提及。8月11日这天，G71次列车最快的速度只有每小时两百九十几公里。从上海到贵阳的路上，没看到用于风力发电的风车，但到昆明境内看到不少。三四层的农舍（住宅楼）也不少呢。高铁在高高的山冈上开行，群山和高速公路在脚下。这里的农民种水稻和玉米，云南境内其他地方亦如此，其他农作物看不清。进云南境内后发现有些土是红色的。

高铁晚点了，17:49到的昆明南站。吸取在贵阳北站的教训，打算直接乘地铁去市中心。我以为在地铁路线图（向工作人员借的，也可以用自助购票机查）上查到的春晓街地铁站（在市级行政中心和体育场中间）可能是烟火气比较浓的地方（可惜只是我的猜测），出站后发现并不是那么回事，有点像在新城区（后来知道了，呈贡原来是一个县，怪不得有的地方像新城区，而呈贡广场那边又是老城区）。哪有宾馆？哪有烟火气？之前经历了那么多麻烦，尤其刚到一个城市时遇到的麻烦，使我反省：去从未去过的地方前，一点"功课"不做是不恰当的，这会导致到了目的地后就像没头苍蝇。贵阳和北京给我的教训就很深。

出春晓街地铁站后发现这里并没有宾馆，就想骑共享单车找找，但发现这里共享电瓶车倒是很多，可是我过去很少骑电瓶车，不敢造次。后来在公交车站看到共享单车了，可是它的使用方式是刷卡，也就是基本上只供本地和常住居民使用，游客无法用支付宝和微信支付使用。这里的共享单车是有固定桩的，杭州提供技术（太原、南昌等200多个城市也采用了杭州提供的技术），在上海赶上来之前，杭州曾经是全国规模最大的共享单车城市。杭州和上海采用的是两条不同的技术发展途径。

等275路公交车大概等了20多分钟，在公交车上看到龙城广场站附近有不少宾馆，果断下车，不再去计划中的呈贡站。下车后发现了如家，以前住过如家，体验不错，而且它是连锁店,质量有保证,连锁酒店就像饮食行业的肯德基和麦当劳一样。如家的大床房才200块钱,不收押金,住得又舒服又实惠。现在不收押金的宾馆越来越多了。卧室的墙上和淋浴处的墙上各钉着一根晾衣服的杆子(如果衣架再多一些就更好了,例如提供六个或八个),怪不得人家的名字叫"如家"。

斗南花市、官渡古镇、世博园

宾馆前台服务员说,外地人到昆明都要去斗南花市,我倒看不出这是一个必要。花市规模很大,有好几个挺大的馆。这里也是一个休闲场所,一进大门就看到旁边有很多餐馆,还有游艺馆。人流量挺大的,不少女人甚至男人都买了一个花环戴在头上。

稍微转了转就从斗南花市出来,可能是在它的北门乘一辆小公交车(C6z,差点没看到它来而错过,因为没想到有这么小的公交车)到螺蛳湾商贸城站,在那里等C143路,等了50分钟也没等到(想看看能不能乘它到滇池风景区),只好放弃了。早就该放弃了!以后不能这么傻。昆明公交公司需要检查一下相关工作,公交车的间隔时间怎么可能那么长。

改乘A31路到官渡古镇。此官渡非河北的官渡,昆明还有官渡区,我看官渡古镇的主体就是小吃街。一堵墙上有永胜瓷雕塑,永胜是地名,永胜(瓷)在云南是知名品牌。官渡古镇里有两个小寺,一个是妙湛寺,另一个是法定寺。不知为何,我老是在寺庙里徘徊挺长时间。有人在寺庙大殿里大声说话,有人抽着烟进寺庙……前几天在贵阳东山观景台下的回廊里和另外一座山上,都看到有人抽烟——进山入林后是不能抽烟的。素质低是一方面,管理欠缺是另一方面。官渡古镇里也是一片吵闹声,市民们用音箱播放演唱、演奏声和舞曲。

昆明这几天的最高温度只有二十六七度,但在中午和傍晚还是觉得挺热,当然,比贵阳好一些(最高温度低三四度呢),这里的饭店不开空调勉强说得过去。从古镇出来后,乘A12路去世界园艺博览园,途中有人上来说,在大太阳下等A12等了半个小时。

在世博园门口问保安要不要买票,他们指了指火把节售票处(我就是因为看到火把节三个字才请教他们),说要买票。我说我不要看火把节,要不要买票呢?他们还是说要买票,说买了票才能进园。其实不用买票,我觉得他们在骗我,我后来没买票,从另外一个通道进园了。也有不少人在火把节售票处买票。火把节主办方播放的音乐响得要命。

世博园的中国馆离1号大门较近。现在它里面的很多厅都被用于举办婚宴,照片里是水晶宫及树的造型。因为是世博园,像中国馆这样的室内场所极少,几乎都是某某园,

中国馆里水晶宫风格的小宴会厅

一般大致有街心花园那么大，有的更大一些。各媒体、各单位总把街心花园叫口袋公园，实在难听，与口袋有何关系？就算是翻译词汇，也应叫袖珍公园。

我可能只逛了整个园的一小部分，国外的园我一个也没看。这些园就是集中展示各地经典风景和特色的，类似"锦绣中华"之类的缩微风景，但又比后者的尺寸大不少。圆明园可能也有类似的风格。山东园的石牌坊是拼装起来的吧？那么安全性就值得大家注意。岱庙正阳门前的牌坊也是这样的风格。北京内城南门也叫正阳门，就是大前门，正表示正中，阳表示墙舍或山的南面，山南水北谓之阳。我傍晚六点多钟出园时，还有人刚进园。接着我乘地铁去市中心。

地铁五一路站和东风广场及其周边是昆明的市中心地段。这里的宾馆房价在300元以上是正常的——2023年夏天，贵阳成为西南地区的热门旅游城市，宾馆房价也涨到了400元以上。在昆明也看到恒隆和大悦城。

美丽的滇池（昆明湖）

滇池在昆明市内，站牌上跟滇池有关的站名和路名，大多在滇池附近。8月13日在呈贡乘公交换地铁5号线，在迎海路站下，沿迎海路向里走，先看滇池较小的水域，也就是所谓的外滩。问路时要会综合判断不同的人提供的信息，正确选择。我未偏信，而是基于之前获得的信息沿迎海路走，这样的路线是正确的，不应在地铁站旁边乘公交去滇池公园。沿"外滩"可以走到或骑行到滇池公园。滇池国家旅游度假区很大，有管委会，有会议中心，与上海的佘山国家旅游度假区的规模相当。

往堤岸边看，可以看到滇池水质还不够好，仍然有很多蓝藻，就是绿色的那种物质。水面上用了很多电动水车是为了增氧，尽可能破坏蓝藻的厌氧生长环境——和在鱼塘用喷水设备的手段类似，但目的不同。不过这些电动水车也挺煞风景的，但是没有办法。

保护水质最重要的手段就是减少向其排放。若干年前，昆明市为改善滇池水质花了很多精力和金钱，那时，滇池水质已差到无以复加了。

我想找一辆共享单车往滇池公园方向骑，在那里可以看到更大水域的滇池。可惜没有共享自行车，我只好硬着头皮骑共享电动车，慢慢地也就适应了，骑慢一点就行。

湖边的山是西山，滇池公园有索道上西山山顶。盘龙江、宝象河等向昆明湖注水，平均湖深5米。湖边有许多粗大的桉树，公园里还有挺粗大的法国梧桐，有一棵大梧桐在树干很低处（人都可以爬上去）分出很多粗树杈，形状奇特，以前从没见过这样的。

滇池

法国殖民者在南亚的势力范围是越南，当时他们的势力是不是也延伸到昆明来了？镇南关大捷后，腐败的清廷仍旧拱手让出了藩属国越南。英国殖民者在南亚的势力范围是印度和缅甸。晚清朝廷失去了东南西北四方四角的所有拱卫属国和地区，所以当今中国的周边在全球范围内是最复杂凶险的区域之一。要不是当今的中国足够强大，要不是中国的外交政策友善、灵活，我们的周边不知道要燃起多少战火。中国人应有居安思危的意识，在增强国力尤其是国防实力的道路上永不懈怠。

战国、西汉时，滇池比现在的大不少，水位也高不少，再加上古人不像我们见过很多世面，他们称它为海也不为过。滇池的面积为330平方公里，湖上可以行大船。现在滇池的水面海拔是1800多米，和黄山的最高峰玉屏峰差不多高。同一片水域，站在公园的不同地点拍，效果就不一样，移步换景。

昆明话与成都、重庆、贵阳话还是有些像，例如说"要得"，但又与后者有一些区别，昆明话更硬一点。整体上，昆明的市政建设水平不如贵阳的市政建设水平，也就是说，高楼大厦还不够高大上，在我游历过的省会城市中，其水平偏低。

来时乘地铁，去市中心时乘公交车。我在滇池公园出口处等106路等了半个小时。滇池路很长，导致乘车的时间也很长，马路当中的隔离带上种着很粗的棕榈树，很好看。106线路上有一站叫弥勒寺站，以前没听说过有专门供奉弥勒佛的寺庙。我下车后去找弥勒寺，住在附近的人告诉我，都拆掉好多年了。用旧地名做站名或当前的地名固然有纪念意义，但也有类似上述的副作用，上海老南市区也有这种情况，尤其老城厢地区。于是我换车往市中心去，在第一人民医院马路对面下车。

市中心与广福路上

云南省第一人民医院规模很大。我在这附近吃了烧腊饭，广东美食，原来烧鹅饭、烧鸭饭、叉烧饭等就是烧腊饭。东风广场和五一路附近的人民英雄纪念碑都属市中心。纪念碑不比天安门广场的矮多少吧？现场看很高的（雨花台的纪念碑也很高）。附近有许多汉人在跳锅庄，尽管穿着藏族服装，但并非藏民。在上海没看到锅庄舞，在外地看到过好几次。我猜想，他们跳得那么积极是为了弘扬锅庄文化，他们说只是为了锻炼身体，大太阳下面跳，观众躲在树荫下看。锅庄，动作美，服装美，舞曲美，比大多数广场舞更胜一筹。

接着到附近的云南美术馆看了看。我在最近一两个月的游历中进过两三个美术馆，总觉得现在的画家把人物画得很丑，把一些风景也画得莫名其妙的，难道这就是印象派风格吗？在美术馆前面的路上（五一路国防路口）等98路车等了半个多小时，联想到之前的好几次经历，看来在昆明等公交车在半小时以上是常态，昆明人这么能忍受吗？

说到国防路，我发现昆明的部队单位挺多的，比一般的城市多，作为一个游客，我在两天内就看到了好多部队大院，昆明毕竟是西南重要城市。8月13日晚，我住在昆明铁路局招待所。

第二天乘车去博物馆，闭馆了，参观不了。云南省大剧院在博物馆隔壁。这儿是广福路，广福路也很长，又宽又长。这儿也是前天来的官渡古镇附近。走到马路对面，看见云南文学艺术馆在官渡古镇隔壁，我不确定他们是否也闭馆，走到大门处，年轻的保安很客气地问："老师，请问您有什么事？"当我得知这天闭馆时，便谢过他离开了。有多少单位的保安能像这位保安一样彬彬有礼？全国范围，类似的这些馆每周一都闭馆。亚洲体育城离官渡古镇有两站路，面积挺大，就是有一些凌乱，甚至还有洗车店。时间差不多了，我便乘车去火车站。

再见，昆明

昆明站在北京路的尽头（不在郊区），属于官渡区。官渡区挺大的，前面去的博物馆，还有附近的官渡古镇等都在官渡区。昆明站只有9个站台，候车大厅里空调都没开，很热，不过商业服务倒挺全面的。北京路也是一条比较重要的路，有一段在盘龙区。昆明的旅游友好性和便利性还是挺强的，宾馆也比较多，整体上，宾馆房价比贵阳的低一个档次。这些都使它能成为一个较好的旅游城市。不过在昆明市辖范围，包括郊区，值得游玩、参观的地方不是很多,基本上两天就可以转过来了,我前一天傍晚就买好 8 月 14 日的火车票了。

列车长用广播说,前几天雨多,因此减速行驶,D8766 有时像绿皮火车那么慢。一路上的隧道也很多,有几个隧道还挺长,火车在里面开了十几分钟。有的农舍精致漂亮,充分体现了当地特色,与苏南和安徽的民居一样,以白色为基调,白墙黑瓦。

在火车开行的途中有不少非常漂亮、令人惊叹的美景,常常是惊鸿一瞥,我根本来不及拍照。这些绝佳美景常出现在两个隧道之间的山谷里,可能是一汪碧绿晶莹的小湖,也可能是一个漂亮的山谷,它们是深藏在大自然宝库里的宝贝。从昆明到丽江的途中,我还看到深深山脚下一大片城市的景象,也非常漂亮。因为山很高大,那一片平原就更显得大而可贵,比在泰山上看泰安还觉得面积大。像我这样傻傻盯着窗外看风景的人应该不多,大多数人要么(大声)玩手机,要么大声聊天,要么睡觉。

云南农民还是节约土地的,造在山坡上的墓碑基本上都很小,也有大的,甚至还有彩绘的小型门楼。其实一二代子孙会去祭拜,第三代及其后基本上就不会去了,百年后这些墓碑也就破败甚至无踪迹了。我将来不需要墓碑及任何类似、相关的东西,好好写一些书,它们就是我的墓碑。

现在有不少人退休后,如果有一定水平的话,就热心地建自媒体,例如在喜马拉雅做主播,传承方言,传播文化,分享见解,也有拍摄短视频的,这些都挺有意义,乃退而不休。比总想着吃吃喝喝、无所事事混日子、到国外大采购的退休老人强。

从车窗往外看,丽江晚上八点钟天才黑,七点一刻时还斜阳西照。后来在丽江发现,8 月中旬,早晨六点天还没亮,快七点时才亮。一路经过祥云、楚雄、大理、鹤庆,不过中间两个地方不停,祥云前面的禄丰和南华也没停,另外还有一个叫云南驿站的站。昆明市中心还有叫祥云老街的地方,靠近金碧广场,正义坊及其周边也是休闲场所(在五一路附近),还有庆云街。我在祥云站还看到一个挺奇怪的名字,叫"普者黑",电子站牌上写着普者黑到大理(的列车),应该也是云南的一个地名。后来查资料得知,它是文山州的一个 5A 级景区,喀斯特地貌。

丽江篇

前几天在贵阳，我就抵制住了诱惑，没有去黄果树景区（跟团费328元，包括门票和午餐费，不算贵），像丽江这样以旅游为主的城市，本来我不一定来，但当时东北水情还没消除，所以就来丽江了。我以游历、考察为主，所以有上述想法，不过稍欠变通。

除了单位组织的疗养，尽管这两个月我已走过了10个城市，在来丽江的路上，我还是挺忐忑的。这样一个旅游城市，我到得这么晚，宾馆还有没有房间（当时尚未养成预订习惯）？如果未预订宾馆的话，还是要争取乘到站早的车次。出火车站（火车站较小，出站很方便，一点也没有那些大站乘客造成的各种不便，尤其是贵阳北站）后问了问旁边的财祖度假酒店，最低房价都要900多元。于是返回火车站广场，乘旅游公交车到古城停车场下。

过马路后看到的第一家是永昌客栈。本来没打算住客栈，听名字觉得似乎不太正规，可能没有宾馆、酒店那样的服务，进去后发现设施还可以，还价后只要200元，房间也很大，住宿体验良好。我还价时，以高铁上60元快餐到后来只卖30元为喻，说现在夜已经挺深了，再有住客来的概率也不大了，把老板逗乐了。他说："你还挺会说话的。"然后愉快地接受了我的还价。他还告诉我，有的客人不会说话，还价时态度生硬、无礼，他很生气，宁可不做这笔生意也不答应客人的要求，即使游客的同伴打圆场，愿意加价，他也拒绝了。这些客栈高悬彩灯，风格与宾馆、酒店的不一样，有一点复古的感觉。

丽江古城

第二天早晨走到大水车，在丽江古城的入口。古城干道和无数支路两边都是客栈（我基本上没耐心和时间走那些支路），看来到丽江住宿肯定不成问题。一家饭店的早饭价格偏贵，豆浆要15元，粥要10元，小笼包15元。古城核心——大研古镇的面积有3.7

平方公里，基本上被免密码无线网络覆盖。

在丽江古城，除了卖乐器的，例如卖鼓的店铺，可以用音箱播放音乐，且营业员要和着音乐打鼓，其他店都不用音箱叫卖或播放音乐，店铺营业员也不站在门口叫卖。总体而言，相对其他景区，丽江古城还是比较宁静的，可与孔庙风景区媲美。不过丽江又允许市区内汽车鸣笛，一些素质较低的司机见前面的车稍慢一点就按喇叭，深更半夜的也按喇叭。建议丽江改一改规矩。

古城的客栈

不来丽江不知道这里有一位纳西族奇人王丕震，他被誉为"中国的巴尔扎克"，在生命的最后18年，创作了127部历史小说，上至唐尧，下至当代，共2700多万字（作一个对比，二月河的《康熙大帝》《雍正皇帝》《乾隆皇帝》共约500万字）。他生于书香世家，家学渊源，从小耳濡目染，更重要的是他的天赋，其记忆力、想象力和创作能力超群。

王丕震写作时的"拼命三郎"精神也令人钦佩，他的创作速度是平均每天四五千字，每52天完成一部小说。120万字的《天京恨》书稿遗失，未出版；《秦始皇》书稿在邮寄过程中丢失，王丕震在38天内凭记忆重写。老一辈作家常常有这种情况，未留底稿，例如郭宝昌的《大宅门》书稿四写四毁，还有作家的书稿被窃。我在这里徘徊良久。有意思的是，中年王丕震是在创业（办养鸡场）不成功后才开始写作的，以前也只是普通职员。他的励志故事给了我不少启发和鼓励。纪念馆里王丕震完整的一套书是丽江市政府出资再版的，这也是丽江的骄傲。在传承文化方面，政府应舍得投资。

王丕震出版的部分书籍

古城太大，无数的老房子鳞次栉比，只好随意走走了。丽江古城包括三个古镇，还有束河古镇和白沙古镇，在丽江市的古城区。前面讲过，大研古镇是丽江古城的核心，有时也称大研古城或简称古

大研古镇的常见街景，街道中间是山上长长的清水沟渠

城，所以讲古城往往指大研古城。古城建在山上，所以常常要爬一段台阶才能看到高处的漂亮房子。古城的海拔是 2400 米，丽江的最低海拔处在石鼓（长江第一湾，值得去看一看，附近有虎跳峡），为 1850 多米，也有黄山那么高。山城泉水很丰富，房舍间明暗水渠相连。古城里有红二方面军过丽江时的指挥部。

这几天丽江的最高温度又比昆明的低一两度，所以中午即便太阳照射下，也没有昆明那么热，更没有贵阳那么热。

再游古城

下山离开古城后乘车到丽江主街。这条主街叫七星街，没有高楼（在丽江没看到高楼，更无超高层），基本上都是三四层的楼，走过整条街居然找不到厕所，后来还是在后街看到厕所。感觉丽江挺小，没什么可看的了，吃饭时便买了回上海的票。丽江旁边有大山，正如泰安旁边有泰山，不过在丽江看玉龙雪山似乎还没有在泰安看泰山那么高，可能和玉龙雪山离得远也有关系，泰安毕竟就在泰山脚下。

因为车票紧张，只能买到 16 日晚上的票，所以 16 日只好重游古城，也就是说，游丽江一天就够了（除了雪山，城内主要就是古城）。今天走另外一条路线。不要一直在同一水平面走，可以爬爬台阶，走到古城的高处。上面的游客很少，不免冷清，而且店也少，于是又走下来了。

在滇西北革命根据地暨边纵七支队纪念馆看到许多枪：勃朗宁、左轮和驳壳枪。电视剧《潜伏》里，翠萍选用驳壳枪暗杀敌人，因为驳壳枪威力大。还有捷克轻机枪和中正步枪，估计捷克枪管上的把手是便于拎着跑的——连续射击后枪管非常烫，无法肩扛或手握，隔温的木把手正好可以拎着转移。马克沁重机枪后面的小钢板是机枪手坐的，电视剧《我的团长我的团》里，迷龙两手拽着枪管屁股处的两个把手（控制枪管）就像拽着小钢炮。汤普森卡宾枪比 M1 重得多，因为其铁部件多，弹匣大得多。

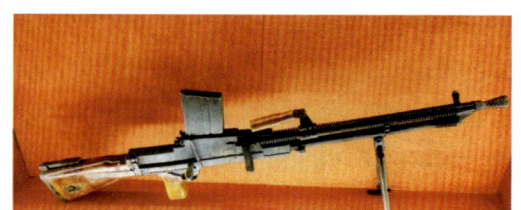

捷克式轻机枪

旅游时我不喜欢购物，这两个月我走过了 14 个城市，除了每次回上海时买一些当地的食品带回去送人，只买了 10 块钱的一把绢扇和 10 块钱的一串珠串，这两样东西在别的地方会卖 20 块。昆明、丽江的米粉和过桥米线并不比上海的更好吃，可能我本来就不喜欢吃，感觉没什么味儿而且又很烫。不过今天在丽江古城吃的云南饵丝和丽江粑粑（江苏也有这种叫法）还可以。

　　我以前没住过民宿，也不知道其他地方民宿的情况，但我觉得丽江古城里的客栈非常精致，我想，它们类似民宿或者就是吧。问过房价了，要四五百元，比山下市区的贵一些。这些客栈不一定是房东经营的，可能是租给别人经营。

　　在全国范围，丽江是一个动植物资源非常丰富的地区。在白龙广场，少数民族同胞因热爱而在大太阳下跳（转圈）舞，就是好多人围成一个大圆圈，类似围着篝火跳的那种。木王府门票 40 元，狮子山和万古塔门票 35 元，这样的景点票价得降一半。

古城的客栈

　　古城有徐霞客纪念馆。徐霞客和丽江有着很深的渊源，与木氏土司还有着真挚的友情与合作。徐霞客不只是旅游、探险，他还写游记，记录地理、风情、物产、气候等，还论证了长江的源头（其实是上游）是金沙江，否定了此前的源头之说，即《禹贡》的"岷山导江"。徐霞客的研究方法很有科学精神，他比较长江和黄河，长江水量大得多，它的水源不可能是较短的岷江，然后再在云南通过足勘目验，确定了金沙江是长江的水源，并撰《溯江纪源》论证。他还提出"江源唯远"的确定源头的原则，对后世很有启示。1976—1978 年，长江流域规划办公室考察确定了长江正源为沱沱河。

　　顺便说一下，徐霞客的《游雁宕山日记》表明，他的旅游和探险真的非常危险，现在不要说我们普通人，就是资深驴友也顶不住，徐霞客居然去了三次。

尾　声

　　快要结束丽江之旅、西南城市之旅了，过一会儿就去火车站乘车返回上海，须在昆明换车。夜车（普通火车，买不到卧铺票）加凌晨等一个多小时地铁才运行，乘到昆明南站换乘高铁，再碰到这种情况应乘飞机，处事要灵活。

　　在丽江市中心提前一个小时二十分钟去火车站是不够的（所以后来我在其他城市都提前两小时），因为有的路上只有 104 路那种没有固定间隔时间的车，而且往火车站方向的一段路很堵，在那边等车是心焦的。路上往火车站方向的出租车基本上都有客，所以要准备乘私人的车，他们要 40 元其实不贵，都是这个价，如果能降到 30 元，更不要犹豫了，因为火车站离市中心挺远，出租车打表的话可能还贵一些。从等车的地方远眺玉龙雪山，发现它挺高的，毕竟比丽江市区的海拔高三千一二百米呢。

哈尔滨篇

从西南三市回来的第一天早晨就被快递员撞了，受了点皮外伤。换作过去的人，根本不当回事，自己清洗、包扎一下就行了，很多现代人很当回事呢，包括我，一定要去医院。

电瓶车的速度很快，比摩托车慢不了多少，行驶时还悄无声息，被撞前完全没有心理准备避让，更危险。政府应强制电瓶车企业执行规定，也就是电瓶车速度限制规定，从根上，在机械性能和驱动马力等方面限制电瓶车的最快速度，确保电瓶车使用者无法改装，或者即使非法改装也无法突破限定的最快速度。现在的法律规定和技术措施在一定程度上是不是摆设？生产企业只是简单地用技术措施限定最快速度，而使用者可以请改装人员轻松地去掉这一限制，从而驾驶起来风驰电掣，几乎就是一部小摩托车。许多企业是不是仍在为改装留后门和伪装限速设置？包括那些头部企业。管理部门有没有严格检查？

一方面养伤，一方面仍在等东北和华北恢复常态——水灾过后总要有一段恢复期，也再观察一下，那边的水情会不会反复，不想被堵在路上。过了若干天后终于启程先去最远的东北省会哈尔滨，计划再一路南下返回上海。

各火车站都应该在地下通道的多处放置走到地面的指示牌，为何如此廉价的投入和简单的措施都不愿做好呢？哈尔滨西站东广场旁边有不少宾馆，还有不少餐馆，晚上10点多也开着。我就住在这里，这次是预订好的。

黑龙江大学

第二天我误把公交车站牌上的哈尔滨理工大学当成哈尔滨工程大学，到了那边还不让进去参观。在哈尔滨和黑龙江省，排名靠前的大学是哈尔滨工业大学、哈尔滨工程大学、哈尔滨医科大学和东北林业大学。门卫建议我去黑龙江大学参观，说他们那边让进（其实不一定如此，也有门卫拦检）。之前我在公交车上也看到了黑龙江大学，便返回走到黑龙江大学。我走的是后门，还好，顺利进去了，算是对我走很长的路的奖赏。游历时背一个不大的包，另一个好处是，门卫不认为我是游客。当下不少大学恢复对校外人员开放，刷身份证即可入校参观。

黑龙江大学是综合性大学，文理工兼具，在哈尔滨和黑龙江排名第六。很少有学校设博物馆（哈工大和复旦也有），不过黑大博物馆和图书馆共用一幢大楼。他们的图书馆、体育馆都比较小，还没有我们学校的大。暑假里，博物馆不像平常一样正常开放，只能在1楼大厅看看，我知道了著名红色特工阎宝航的儿子阎明复（部级干部）是他们的

从教学楼也能看到上海老中苏友好大厦的影子，都有俄罗斯元素

校友，电视剧《英雄无名》讲述了阎宝航的故事。黑龙江大学的前身是哈尔滨外国语学院。

黑龙江大学里的大柳树挺多。黑大的校园邮局和文创中心只是几间普通的平房，却装扮得很有特色。找了一辆共享单车在校园里骑着转悠，顺便歇歇脚，花了4块5毛钱，可见黑大校园也不小。共享单车往往有一个通病，就是车龙头太活，刹车也太灵敏，我还要用右手撑着伞，一下子就刹住，让我有点措手不及。大概9:30后开始参观的，花了约两个小时才离开黑大。

黑龙江省博物馆改变了我前一阵对展馆的忽视

在黑龙江大学附近吃好午饭后，乘车到黑龙江省博物馆。黑龙江省博物馆是一幢两层楼的建筑，以前是莫斯科商场——清末民初，东三省（那时的范围更大一些，称东四省）是俄国/苏联的势力范围，甚至是占领地，后被日本侵占。中华人民共和国成立后，毛主席和周总理等国家领导去莫斯科要回了东三省的完全主权。中国在外蒙古地区的主权在国民党执政时期已完全丢失，后来蒙古国加入联合国，又是社会主义国家，无法要回，当代一些不明真相的国人指责政府是没有道理的。现在（我参观时）黑龙江省正在松花江北建新的博物馆，库存的很多展品未来将放在新馆里，老馆里的展品基本上仍保留。

距今约 9000 年,新石器时代的玉璧、玉匕、玉环、玉玦(有缺口的玉环,一般作耳饰)等,这些应该是黑龙江省博的镇馆之宝吧,把中国的有关文化和历史往前推了 1000 年。锛是一面被磨锋利的器具,镞是箭头。有一个树叶形的石器,不是自然的石器,也不是磨出来的,是多次压制出来的工具,远古人真厉害!

博物馆里好热,有的人受不了,稍微转了转就出来了,其实,博物馆里可以用空调,并且可以把温度调低一些。下午 2 点多才到这里,本来 8 月 24 日这天参观不了的,要提前预约。我没想到这么热门,也没想到这天下午就要来这里,是在公交车站看到这个站名才来的。后来运气好,进去了。就像后来在长沙碰到的一位老哥说的,人要活络,本来办不到的事也能办到。之前对博物馆这些室内场所不怎么感兴趣,这一次改变观念了,今后要积极参观。

一个房间里陈列的是近代的物件,不太值钱。刷了桐油的油布伞,我小时候接触过,很敦实,很重,竹骨厚布,不容易坏。著名油画《毛主席去安源》里,主席拿的就是油布伞。该画印数达 9 亿张,被誉为"世界上印数最多的油画",1968 年又发行了该画的邮票。戥子是装在长黑盒子里的那个小小的玩意儿,就是微型秤,主要用于称金银和珍贵药材。我猜想,中间那个高高的管子是烟丝托,容器里的水尽管在下面封住托口,但不能接触烟丝,否则烟丝就不能燃烧了,所以水不要放太多。我小时候听到过老人吸水烟的声音,咕嘟咕嘟的,烟被水过滤了一下。

原来,鼓风箱也可以给灶鼓风,我以前以为只是给炉子鼓风的。

看到的右下图的成年东北虎长 3 米。标本展品在 1928 年就达 6 万多件,现在基本

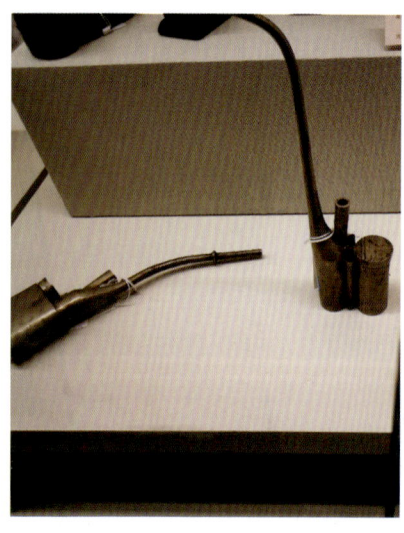

铜水烟壶

东北虎皮标本

上都保存在黑龙江省博物馆的仓库里。苏联人功不可没。再择要介绍一下我看到的其他几件展品。环颈雉俗称野鸡。狼与狗的重要区别是，狼两耳直竖，尾不上翘，许多狗的尾巴常常是上翘的，德牧的耳朵是直竖的。狼的体型比许多品种的狗的体型都大。虽然俗话说，狐狸的尾巴长不了，其实狐狸的尾巴挺长的。

后面两个展厅里的（文物）展品也很珍贵呀！做标本就是把皮和毛完整地剥下来，把内脏拿掉，在皮里塞进填充物，再用防腐药水处理。臼齿就是磨牙，一颗磨牙就这么大，想象一下，猛犸得有多大！和一些恐龙差不多了。古野牛的体型也真大呀！

这里有不少外国的文物，铁器时代和青铜时代的，包括北美出土文物，哈哈。大家应该不会理解我为何"哈哈"，因为我想到我们的很多宝贝被西洋和东洋人抢走、骗走了，公然放在他们的博物馆展出，现在在黑龙江省博物馆看到外国的文物，我当然要愉快地"哈哈"喽。

左上角处是猛犸白齿，右面是猛犸象门齿

黑龙江省博有这么多珍贵的动植物标本，还是20世纪初制作的，还有不少古化石，再加上古代和近代的文物，我认为这才是博物馆应该有的，这样的博物馆名副其实。你不说自己是历史博物馆，就不能只有反映历史的文物，得有自然类展品，也要有艺术类展品等。

现在多数省（自治区、直辖市）的设置是这样的：有自然博物馆、美术馆和/或艺术馆、科技馆等，相对而言，它们的规模小一些，然后还有一个很大的博物馆（院）。根据博物馆的展品判断，其实它们就是历史博物馆，展品基本上都是历史文物，那就应该叫历史博物馆嘛。把历史一词去掉，能涵盖其他馆的功能吗？显然不能。如果能，那为何又另建自然博物馆和美术馆等场馆呢？建议在全国多数博物馆前都加上历史这个定语，因为它们基本上就是历史博物馆。

市中心红博广场及周边

省博门口就是红博广场，哈尔滨市少年宫（以前是犹太人的活动场所）与省博隔着广场遥遥相对。出博物馆后进肯德基（20 世纪 20 年代是中东铁路管理局局长的官邸，帐篷式楼顶阁楼，木檐口，这是苏联人的住宅，再次显示了苏联在东北的势力）买了一个甜筒，吃完后觉得不舒服，体质不强健的人，即使天再热，也要尽量少吃雪糕之类的。

夏天的哈尔滨就像春秋天的上海，又像夏天的兰州和丽江，早晨出门觉得凉飕飕的，不过中午和下午的太阳一晒也热得厉害。昆明的凉爽比不上哈尔滨的，西宁的太阳又太毒（早晨挺凉爽），紫外线太强，因为海拔高。

哈尔滨把漂亮的老楼、老洋房留下来一些，不怎么漂亮的就拆掉建高楼。万达真厉害，我在这两个多月到过的 10 多个城市好像都看到万达广场和万达影城了。浦发银行也厉害，都开到哈尔滨来了。

红军街是 1949 年纪念苏联红军解放东北而改为此名的。尽管提到东北早期的中共革命力量，多数人都会想到抗联，但东北也曾有四支中共红军，只不过存在的时间不长。

哈尔滨马路的行人友好性很强，行人过马路很方便，不像在北京和贵阳老是要钻地道。哈尔滨的司机也常常礼让行人，值得点赞。走路的人和坐车的人，不存在谁比谁更重要。黑龙江省人大常委会也在红军街上，红博广场则在红军街的头上，这里是南岗区。明天清晨如果还这么早出宾馆遛弯的话，一定要加一件外套，太冷了，再冻一个早晨就要感冒了。

哈尔滨的市政建设挺好，超高层建筑我还没看到，整体风貌挺好，就是一些大楼、街道设施和马路有点陈旧了，大楼外墙甚至都剥落了，也不修缮一下，例如市少年宫。哈尔滨的俄罗斯风格的建筑很多，但俄罗斯人比较少，20 世纪 60 年代前后（1958 年中苏交恶），苏联人和犹太人基本上都离开了。

哈尔滨工业大学

在红博广场乘车到哈尔滨工业大学（以下简称"哈工大"）。哈工大的主楼，看建筑风格，好像是苏联人建的。哈工大是 20 世纪 20 年代建校的。正门对着的中轴线地下有一段马路的隧道。这两天他们的新生就入校了，我们学校要到下个月中旬才开学。据说他们今年录取的新生人数约 3000 人，在中国不算多。到底是 985 高校，一进校园，就觉得校容校貌比前一天参观的黑龙江大学高一档次。哈工大在航空航天方面很有建树，西北工业大学也是这方面的牛校，为我国的国防科技作了不少贡献。校园里大榆树和大柳树特别多。

经过他们的未来技术学院和问天书院，了解到该学院并没有自身特定的专业，讲的是学科交叉，班主任是院士，很厉害吧。被录取的学生也很厉害，高考分数都很高的。

想起我读本科时就读的西安交大教改班，不知后来对它有无改革，当时的教改班在培养方面并无明显特色和优势。我们的兄弟班少年班亦如此，大一、大二时常在一个阶梯教室上大课——高数、物理等基础课。这两个班最大的特色是，学生是来自全国的学霸，教改班是两个班，都是保送生，少年班的学生是参加全国特别招考考进来的。教改班的专业选择是二选一，少年班的选择多一些。周鸿祎就是西安交大教改班的，比我早几届，他的自传中有关于教改班经历的详述，很有趣。他那时的教改班体制和我就读时的差不多。

少年班始于 1978 年。当时在李政道的建议下，十所高校招收少年大学生，后大多停招。当时最有名的少年班学生就是"神童宁铂"，不过结局不太理想。当前仅有中国科学技术大学、西安交通大学和东南大学仍设少年班。电影《少年班》讲的就是西安交大少年班的故事。2024 年，西安交大录取 247 名少年大学生，均为初中应届毕业生，8 年后可获硕士学位。与我上学时相比，西安交大少年班有很大改革，估计教改班的改革也不会小。科大是"少年班鼻祖"，不过现在招生人数仅有 40 多，东南大学招生人数约为 10。清华、北大和西湖大学也在变相招录少年大学生。

回到哈工大的话题。这是电机大楼，紧挨着西直大街路边的主楼。哈工大欢迎外人进校参观，或许因为这几天是新生报到日，还有几辆校车载着参观者参观博物馆、航天馆，以及绕着校园兜一圈，值得点赞！图书馆还没有我们学校的大，但校园好像比我们

哈工大的电机大楼

的大一些，不过肯定比不上上海交大，也没有西安交大的校园大。哈工大还有一个科技园，另外还有一个校区在工程大（哈军工）附近，还有威海和深圳分校。哈工大禁止共享单车进校，我8月25日这天全靠走。从哈工大后门（西北门）出去，后面乱糟糟的，像小县城，没啥可看的，便找到公交车站。

多次在公交车站牌上看到阿拉伯广场，于是乘120路车前往。一位乘客说那边没什么好玩的，我看沿途也没什么地方值得下车，就坚持到那里。下车后惊奇地看到有一个大清真寺，但大门锁着，我不死心，便绕着它走，绕到后面，后门是可以进去的。寺里两座塔的高度应该都有十七八层楼高。我觉得这个清真寺就像哈尔滨的缩影——其实房子挺好，只是没有收拾干净、整齐，也没有好好修缮，例如把脏污、破损的墙面重新粉刷，把一些不合适的、不必要的脏乱设施拆掉。

盘桓的时间不长，然后乘某路车到终点站。没啥可看的，这里没有大城市气象，我又等别的车。这路车的站牌在我等的地方，车却停在前面二十几米处，我和另一位乘客完全不知道，傻等了老半天，后来我无意中发现了前面停着的车。那位乘客指点我到经纬街下，可以逛中央大街，并可以走到松花江边，看防洪塔。下车的地方挺繁华，雕塑、大楼都挺漂亮的，色彩艳丽。

中央大街和松花江

中央大街南起经纬街，北到松花江，游人如织，是哈尔滨网红景点。这里是商业街，而外滩是金融街，如果仅仅比较楼的话，比外滩的还是差一些。不过这里有浓厚的俄罗斯风格，色彩很绚丽，外滩大楼不宜用这样绚丽的色彩。这里有几家卖俄罗斯商品的店。看到广告知道，蟹在这里也很受欢迎。

松花江和黄浦江差不多宽吧。江面的这些汽艇能把水喷得很远，他们用汽艇打水仗。哈尔滨人真会玩，我在外滩、北外滩和南外滩没看到黄浦江上有人玩汽艇，也许政府不允许——江面上货船、游船、大船、小船还是挺多的。松花江边的林荫大道，其风格也迥异于外滩大道和黄浦江对岸的滨江大道。这里的大道像公园里的林荫大道，而三段外滩大道和浦东滨江大道路边的高大乔木较少，侧重体现江边大道的开阔视野，便于游客欣赏江景、对岸风景和身体另一侧的漂亮建筑，或者是具有百年历史的万国建筑群，或者是新建的豪华气派的高层、超高层大厦。在松花江边看到唱歌和演奏乐器的人，没有跳广场舞的人。

索菲亚教堂

之前在防洪纪念塔处看到附近的如家，本来打算逛好滨江大道就去那里住宿，但因为不想走回头路，便没有去那里找房间，而是乘车去市中心。这是一个错误的决定，因为还在旅游旺季的尾声，下车后找宾馆极不顺利（仅次于北京那晚的经历），骑车兜了很久才找到，不过房间设施极差。之前坐车经过地段街时看到市博物馆，打算第二天参观。

从住宿处出来去市博物馆，先经过索菲亚广场。重建于 1932 年的索菲亚教堂高 53 米，拜占庭风格，是远东最大的东正教教堂。既然 20 世纪 90 年代都已修缮过，为何现在不能把内部斑驳的墙面整修得干净漂亮些呢？希望哈尔滨的有关管理者去外滩看看浦发银行总部大楼的内景，同样是旧楼，后者被拾掇得多么整洁、漂亮。

索菲亚教堂之名是为纪念沙俄皇后（东罗马末代公主）

哈尔滨博物馆也很有魅力

市博物馆搬到地段街的时间不长，周边有省重点中学市一中和第一医院，哈尔滨在中学名后面都加一个"校"字，也就是第一中学校。既然博物馆大楼正门不能进，为何不在柳树街路口竖一个标志牌提醒呢？进馆后发现跟省博物馆一样，很多房间里挺热的。

我发现不少油画就像搭积木一样，只是简单堆砌颜料，我感觉不到它们的艺术性，油画有不少风格，我不喜欢这种风格的。

这里有一些城堡主柜，上部是著名贵族雕像，中部的狮身人面像象征权力。八音盒代表欧洲18世纪最精湛的工艺（八音盒也是在18世纪与钟表分离，原为瑞士钟的组成部分），颠覆了我对玩具八音盒的印象。大型圆盘式八音盒可以投币点播音乐，类似点唱机，"唱片"为黄铜质，甚至可换"片"。有的八音盒内部甚至有皮鼓和银铃这样的配器。外国收藏公司与哈尔滨市政府合作，长期在此展览这些藏品。

源自福建的瓷器工艺品——建盏，工艺特殊，典型的如兔毫（古人和当代的老人把汗毛称为毫毛是恰当的），非常精美。有宋代文物，也有现代作品，也是合作展览。现代制作的建盏也不便宜，数百、数千、上万元，甚至更贵——仅一只茶盏，展室有售。合作展览、借展是一种挺好的方式，可增强文物、展品的传播度，增强博物馆、展馆的影响，参观者可大大受益。哈尔滨博物馆做得很好，点赞！

上海博物馆也擅长这方面的操作，例如在2024年向四川大规模借用三星堆、金沙遗址珍贵展品，向意大利借用珍贵展品。连上海松江区博物馆都向北方历史名城大规模借用铜镜展品。小博物馆自有展品少，品类也较少，借展、合作展览是一个有效的弥补

庞大精美的八音盒

方法。不过需要获得经费支持，可考虑收取低价门票，如 5 元、10 元，弥补经费缺口。

这里也有不少翡翠展品。翡指红色、紫色，翠指绿色。翡翠、祖母绿、钻石、红宝石是四大宝石。翡翠原石基本上出自缅甸，但一般认为翡翠代表中国的宝石。好莱坞的哥伦比亚电影公司拍的老电影《桂河大桥》里，英国战俘军官脖子上就挂着玉石饰件。西方人并不像东方人一样喜欢玉石饰件，英国军官戴玉石，也算是入乡随俗，以前缅甸和印度都是英国殖民地，有英国驻军。

铜版画就是在铜片上雕刻印刷模板，可以大大增加使用次数也就是印刷次数，也可以增强雕刻细腻度，当然，雕刻难度也很大。如果还不理解，大家可以联想一下木雕印刷是怎么回事。哈尔滨博物馆馆藏的 16 幅乾隆平西图，是当代中国艺术家们经过诸多努力恢复的铜版作品。古代画家观察很仔细，透视效果精准，人物大小比例很恰当——我特地用类似场景的照片与之对比过。这幅大型铜版肖像画，我不说的话，大家可能以为是照片吧。西方画家的写实水平很高。

铜版肖像画

在市博物馆盘桓了六个小时，腿都走酸了。幸好前面买了一小盒驴打滚，否则在馆里肚子更饿。驴打滚相当于豆面卷夹豆沙，而豆面卷太干，吃起来不得劲。电影《开国将帅授衔 1955》里，毛主席给毛岸英讲为什么有驴打滚这个名字，就是在制作的最后一道工序时撒黄豆面，就像老北京郊外的野驴撒欢打滚时扬起的黄土。驴打滚是东北、老北京和天津卫的名吃。

披毛犀头骨化石

这头披毛犀真大呀，头骨都这么大。简介牌子就应该紧贴着展品放，方便拍照，不过"请勿触摸"这样的牌子却不应贴着展品放，影响拍照。这么珍贵的化石，应加玻璃罩。

这里原来是市委大院（现在搬到江北去了），楼挺气派，规模也大，现在是市博物馆。不过哈尔滨的不少市民都不知道市博物馆。另外，哈尔滨市博物馆到底是小馆，有的文物不成系列，例如秦代的茧形（简介牌写成"型"了）罐旁边就是唐代的文官俑，不搭配呀。当代漆器有好几个小展室，不少工作人员正在工作室里制作漆器。

在博物馆附近的站牌上看到太阳岛和冰雪大世界站名，乘车前往那里找宾馆，预备第二天逛太阳岛。公交车经大桥过松花江，幸得美女指点，在江北下车后找到了宾馆。8月27日，因哈尔滨举行马拉松比赛，太阳岛闭园，但为什么我们在网上（预约页面）没看到这个通告？这不是让很多人白跑一趟嘛。太阳岛是松花江中靠近江北岸的一个小岛，也有人说它不好玩，不收门票，但需要预约。它的附近就是冰雪大世界。

东北农业大学

玩不成太阳岛，就乘地铁去东北农业大学。农大在哈尔滨和黑龙江省排名第五。南门前的木材街又长又乱，像个菜市场，送子女来上学的家长看到这一情景，大概会很失落。校园里，南面的楼很多都是20世纪80年代建的，显得很旧。图书馆很小，与"双一流"不相称。

农大也禁共享单车！不过我像发现宝贝一样发现一辆美团共享单车，应该是漏网之鱼，混进农大的。如果没有这辆车，我就不能尽兴参观农大。路上碰到的一个人很羡慕，问我在哪里找到的。校园当中的一块绿地建设得很精致。北面的楼是新建的，漂亮一些，例如工程学院大楼，马克思主义学院、文理学院、经管学院和公共管理与法学院共用的大楼也挺漂亮，规模比南部的主楼还高还大。感觉农大的面积可以装得下两个我们学校的校园。

艺术学院的外墙面也破损不堪（还有几幢楼也有此情况，例如工程学院大楼高处的墙面很斑驳，也没修缮一下），大楼造型也很普通，毫无艺术气息。我们学校和上大的艺术楼也只有现代派气息，另外就是规模大，不过我觉得艺术学院大楼更应体现典雅之美，退而求其次，起码得显得很漂亮。设计艺术学院大楼必须十分用心，不管是请来的设计师还是学院管理者和学校管理者，都不可按一般的标准等闲视之，否则怎能体现艺术学院的内涵和水准？像我们学校和上大这样的艺术学院大楼，仅仅体现现代气息，是远远不够的。

到底是农大，好几次看到拖拉机开过。农大的教工楼还挺漂亮的，这儿是东门旁边。校园里绿化、树林挺漂亮，有公交车，还有驾校。跟农大的一位老师聊天聊了好久，他

文理、经管等学院共用的大楼，北围墙旁边的绿地挺大

说他们学校有3000多亩（约是我校的两倍，我前面的感觉是正确的），目前在校生有3万多人（和我校差不多）。

　　这次共享单车花费9块5毛钱，骑行路程很长了，也说明农大校园比黑大的大不少。估计整个校园里就我一个人在骑共享单车，反正我没看见别人在骑共享单车，尤显这辆共享单车来之不易。大学为何要禁共享单车呢？广大师生难道没有意见？其他大学允许使用共享单车也没出现明显的混乱情况嘛，只要加强管理就可以，不能因噎废食、一禁了之，这不是管理之道，管理之道强调以人为本，"一刀切"常常是不得已而为之的选择。来不及去工程大参观了（还有东北林大呢，也是211大学，不过已不易了，哈尔滨和黑龙江排名前六的大学，我已比较仔细地参观了三所），得赶去西站。

长春篇

几个北方城市的路灯又大又漂亮，可能受北京的路灯风格影响，是欧洲古典灯饰风格；相对而言，上海的路灯就单调一些，不过也现代派一些。

作为游客，我不喜欢大马路，不但过马路麻烦，而且路边往往没有餐馆和商店之类的，大热天还要被太阳晒。最好是逛逛小马路，步行街更好。我在长春火车站附近乘 G1 路公交车，一直乘到嘉兴街、洋浦花园（很远的路，沿途经过长春卷烟厂和装甲兵士官学院），也没看到可以游玩的合适地方，又乘它原路返回，看到孔子文化园就下车了，又是未做"功课"和请教当地人的结果。

没有乘客上下车，G1 路公交车司机就不停站、开门，如果只有下车的没有上车的，他就只开后门，诸如此类。联想到各个城市的各路公交车，那些司机每到一站必停，必把两扇门都打开，也不管有没有乘客上下车。我很看不上这种装模作样的遵守规矩——应该是公交公司严格要求他们这样做的。人是有灵性的生物，不是机器——一定要机械地遵循某种不合理的规则，耽搁时间又浪费能源。

人民大街命名变迁，清真寺、南湖、水文化园

孔子文化园这天闭馆，因此，我乘车去了伪满皇宫博物院。对游客而言，星期一就是黑色星期一，因为全国几乎所有的博物馆、纪念馆、科技馆、美术馆、艺术馆、旧址等都闭馆，不过伪满皇宫博物院居然没有闭馆，但它的门票很贵，要 70 元。日伪时期，长春是日本侵略者在东北的行政中心、文化中心和经济中心，关东军司令部、宪兵司令部、伪政府机关等都在长春，人民大街路边就有好几处它们的旧（大）楼和大院。这也说明，那个时候人民大街就是长春的中心。

1907 年，长春火车站建成，此路被命名为长春大街。1922 年，日本侵略者按日本

命名习惯将此路改名为中央通,即南北向街道;1933 年,此路延伸到现在的胜利公园以南,此段称大同大街。1945 年,苏联红军解放东北后进入长春,把中央通和大同大街合称斯大林大街。1946 年,国民党把北段称中山大街,南段称中正大街。1949 年改名为斯大林大街,1996 年改名为人民大街。

日本侵占东北后,尽管哈尔滨、沈阳和大连都比长春更大、更成熟、更繁华,但由于交通方便,例如长春沟通南满铁路和中东铁路,同时在地理方面,又处在东北中心,出于私心,日本侵略者也不想把东北大城送给溥仪做首都,他们想自己享用,所以日本侵略者把当时还是 13 万人口的小城长春作为统治中心。日本侵略者把长春称为新京,与东京对应。

长通路上的清真寺(寺附近还有沙俄领事馆旧址,也闭馆,都在离伪满皇宫博物院不远的地方)是道光、同治时期的建筑。中国现存古清真寺多为元明清时期的,以中式建筑为主,因为伊斯兰教以传播教义为重,并不规定各国、各地的清真寺样式,强调融入当地百姓,反而担心迥异的清真寺建筑不容易被当地百姓接受。许多洋葱顶的清真寺反倒是现当代建成的,也有少数古清真寺是阿拉伯建筑风格,哈尔滨还有欧洲风格的清真寺,新疆维吾尔自治区的清真寺较多体现了阿拉伯建筑风格。不过中式建筑风格的清真寺也糅合了伊斯兰教的大量元素,包括房舍功能和内部软装饰,使自身有别于佛道的偶像崇拜式寺庙。伊斯兰教是反对偶像崇拜的。想想也是,我在多所清真寺从来没看到过真主的画像或塑像,说明伊斯兰教不兴这么做,甚至觉得把安拉的像画出来是不敬。不知能否挂先知的画像,默罕默德是现实世界的历史人物。

清真寺内

在我拍照时，那个穿白色衣服的人出现了，估计是阿訇（阿訇类似佛教中的和尚）。他看着我，我怕他赶我走，向他鞠了一躬，他笑着回了一礼就进屋不管我了。主礼拜殿正面墙上金碧辉煌，礼拜殿的规制是坐西朝东的。

从清真寺出来，到马路对面乘 G225 路公交车（G125 路公交车也行），途经伊通河，它是长春的母亲河。乘到经纬南路下，往前走到自由大路右拐。自由大路很宽、很气派，两边的绿化也挺美。在自由大路乘 20 路到湖滨街或者南湖宾馆下，长春电影制片厂旧址博物馆也在附近。同站下车的一位去南湖游泳的老哥带我穿树林中的小路到湖边，湖边有很多来游泳的人，有很多帐篷，也有很多人在晒日光浴，旁边是长春冬泳中心。那位老哥看着一些晒得很黑的人告诉我，没有 5 年泳龄是晒不到这么黑的。南湖其实不大，也不好玩。

我又乘车去长春水文化生态园，离得不远，原来这里是第一自来水厂，日本人于 1932 年建的。在有更多水厂之前，这个水厂供应着全长春的饮用水。这个水厂的地势从大门往里走一直是下坡，往里走当然很轻松，但我从侧门出来，骑共享单车往原来的方向骑，好累呀。

人民大街、重庆路商业街、重庆胡同

8 月 28 日晚上，我就住在人民大街旁边的宾馆里，不过房价并不贵。长春的市政建设比不上哈尔滨的，但人民大街可与哈尔滨的繁华马路比一比。人民大街是长春的中轴，把长春分为东西两部分，这个中轴是实实在在的马路，主要是在长春火车站中断了；说北京的中轴线，较大程度是虚拟的，没有一条完整的南北向马路贯穿北京。人民大街北近长春火车站，过了火车站还有北人民大街，直到北环城路；南到市政府，再到红嘴子。网上说它长 13.7 公里，不知是整个人民大街的长度还是市中心段的长度，东西方向的自由大路上的吉大南岭校区就已是人民大街 5988 号。形成对比的是，上海延安路（含东中西三段）长 14.5 公里，沪闵路长 21.3 公里。

重庆路商业街上的人也不多，路灯真难看。重庆路南隔壁的美食街、商业街叫重庆胡同，我住的宾馆就在它的南隔壁马路上。这晚风好大呀，很冷。听说这几年长春的桂林路商业街更火，它也与人民大街垂直交叉，我第二天乘公交车经过那里了，隔壁也有一条桂林胡同——和重庆路商业街的模式挺像。

我在哈尔滨和长春都没看到跳广场舞的，出乎我的意料。之前说过，哈尔滨喜欢在中学后面加一个"校"字，长春不这样做，但长春会在一些路名前加一个"大"字，表明这个路很大，例如我之前提到的自由大路，还有解放大路、西安大路等。

第二天乘车到省委大院所在的新发路，不少政府机关都在这条路上，人民大街对面是省政府。人民大街到省委这里就比较肃静了。省委大院附近有胜利公园，可能因下雨，公园里人极少。

长春的平均公交站距是其他城市平均值的 2/3，这是非常人性化的，对游客而言更显可贵，例如便于下车找宾馆，而不像在北京那样。长春的公交车车内喇叭真够吵的，一路上几乎一直在播放内容，还播放广告，如同上海的松江 13 路和 747 路等公交车那么聒噪！松江 13 路车和 747 路车的站距较短，这本是好事，可是车内喇叭一直在播放，还要用上海话报站，真是烦不胜烦。长春的不少马路不设非机动车道，即使有也非常窄，这个就很不人性化，难道市民就不骑自行车和电瓶车了吗？非机动车道那么窄，多危险呀！可以把人行道划一部分给非机动车道嘛。

美丽的东北师大校园

从胜利公园出来，乘车去东北师大净月校区。东北师大好远呀，我乘公交车（G120 路公交车，G 表示干线）乘了很久才到。路过吉林大学出版社，在人民大街上，我的一本专著就是在这个社出版的；还经过东北师大的自由（大路）校区；在自由大路上还经过长春动植物园、长春体育中心、长春水文化生态园。东北师大是 211 高校，2023 年 8 月 29 日这天是东北师大新生报到的日子，它附近的吉林财大、吉林外国语大学的新生也是这一天报到。东北师大门口附近是街道办事处，街道的名字叫博硕街道，很奇怪吧，旁边还有博硕路。

有了共享单车就可以到处转悠，看到了他们的小学部（培养小学老师的），东北师大里还有幼儿园。各学院有自己的大楼、自己的教室。东北师大的园林设计水平比我们学校的高，校园更有美感，树种也显得很丰富，不像在我们学校，一眼看过去好像都是樟树。树种单一不只是不美的问题，树的生态系统也更脆弱，因为树也会滋生和传播传染病，树种单一就容易传播，然后大范围受损。人工林就比自然林的生态系统更脆弱。

东北师大的楼比东北农大的楼整洁多了，外墙极少有斑驳现象，不过高层建筑没有东北农大的多。这里楼的主色调是暗红色，跟上海交大闵行校区和华东政法大学松江校区的相似。东师的楼也有败笔，例如音乐学院大楼外观完全没有音乐元素，不知道的还以为是理工科专业的学院大楼呢。形成对比的是，中南大学的建筑与设计学院大楼有着鲜明的建筑人、设计人的风格，大楼外观设计对得起相关专业的名字。

东北师大校园内的河道

图书馆附近

在上面右边的照片中，路尽头是雄伟的图书馆大楼，宽度比我们学校图书馆的宽，也比上海大学和西安交大的宽，不过没有后两者的图书馆高。东北师大的园林设计师水平一流！园艺师也是高手。都是211高校，我觉得东北师大的校园比上海大学的校园更漂亮一些，在我去过的大学校园中，东北师大是最漂亮的。

这次骑哈啰共享单车花了6块钱，99分钟（我在东北师大盘桓了100多分钟），从这一点判断，东北师大校园比东北农大小一些，但比我们的校园大，大概大了一半。后查数据得知，东北师大校园为2500多亩。不过国内几乎所有的大学占地都太多，个个都是"大地主"，奢侈了，很多地并未派实际用处，用于显示宽敞气派了。

大门口有群雕影壁，这很有特色，不过两旁的牌坊上写的是英文单词，我觉得不合适。东北师大的大门比它附近的两所高校（吉林财经和吉林外国语大学）的气派，旁边还有吉林中医药大学，它的大门我没看见。然后我在东北师大轻轨站乘轻轨去净月潭，轻轨里好冷呀。

吉林省自然博物馆

净月潭公园门票票价为30元，我以为它只是个普通公园，嫌门票贵，没进去。后来听老家在长春的同事说，公园很大，还有山，再看看拍的照片中的大门，原来它是国家森林公园，不过福州国家森林公园就免票嘛。百度地图也显示该园很大，当中的湖也挺大，游览景点和项目挺丰富。如果乘公共汽车或轻轨再往下去就是长影世纪城，再往下去就是东北虎园。

吉林省自然博物馆内的动物标本

乘公交车往来的路上回去，不经意间看到吉林省自然博物馆就下车了。它与东北师大隔一条净月大街，由东北师大负责运营。楼也不小，但我感觉里面的陈列品比上海自然博物馆的少一些，显得有些简单。制作亚洲象"敢买"的标本不是一件容易的事，要使这么个大个子保持平衡，里面的架构需要仔细设计，它的左前脚还抬着，更显制作标本技术之高超。

东北马鹿真的有马那么大，赵高真的可以指鹿为马了。东北虎怎么这么小呀，是不是未成年的？博物馆很擅长把前部的实体道具与后面的背景图结合起来，几可乱真。例如把野猪标本脚下的溪流、石头，旁边的树标本与后面背景图里的河面、石头、树叶在河面的倒影、远处的树林结合起来，还有东北虎这边的实景，再配合光照的明暗效果。

还有另一个展点，湖岸实体场景（包括鸟标本）与背景图中的湖面、绿洲、树结合起来，边界用湖草标本遮挡。制作标本与实体道具的人水平高，画背景的人水平也高，是写实油画高手。

参观者不容易把展点最下面的一排简介标牌与上部的标本一一对应，这样的设置不好，应贴近标本放置标牌，或者制作简介标牌时就采用标本的照片，让参观者更容易识别。棕熊分布在欧亚大陆和北美，在我国的新疆、青藏高原和东北地区的山林也有野生棕熊。猛犸象的骨头真够大呀。再乘车到长春动植物园，就在自由大路边上，门票30元，下午4:00就下班关门了。后来，我仍去市中心重庆胡同住宿，沿人民大街往北，不算远。

美丽繁华的人民大街

般若（智慧的意思）寺就在我住的酒店附近，2023年8月30日这天是孟兰盆节（感谢父母、祭祀父母的佛教节日），好多人在里面有吃有喝的。乘车到吉林大学和平校区和南岭校区，看校貌就知道不是主校区，问保安，他说主校区是前卫校区，在卫星路那边。连续两次扑空，扫了我的兴，不想去了。还是嘴不够勤，在和平校区就该问清主校区是哪个，或者用手机查一下，惰性反而使自己多跑腿。

长春站虽然是老站，但规模并不小。把一些公交车的站名"长春站北口"改成"长春站北广场"，更不容易让人误解，否则可能让乘客误以为该站也在南广场这边。不过长春站地下通道四通八达，从北广场走到南广场也并不很费事，但是当时乍在北广场下公交车时有些发蒙，找了老半天都找不到合适的车回到南面。

乘地铁又来到人民大街，路当中的行道树是松树，每株松树的造型都不一样，是自然生长状态。这是人民大街很漂亮的原因之一，而其他种类的行道树看上去都挺像，没有变化，例如法国梧桐、新疆杨、樟树和银杏树。我非常讨厌用法国梧桐或樟树做行道树——有多方面不利于环境的因素。当然，栽松树做行道树成本也很高。整体上看，人民大街的色彩非常漂亮，就像一位高明画家画出来的画，可见长春市规划和自然资源局、长春市林业和园林局、长春市城乡建设委员会的水平之高。下面照片当中的矮红楼是浦发银行，在人民大街上的解放大路北口，楼前是地铁口，马路边上的几个白色大方块可能是地铁通风口。

解放大路对面是万象城，也在人民大街上，比兰州的万象城小一半，甚至小更多。上海绿地的业务也拓展到长春来了，还有一个公交站就叫上海绿地站，在人民大街北段还有与新发路连通的上海街，甚至附近还有一条小马路叫吴淞路。我要赶火车，没来得及走到人民广场里看看，它是一个圆形的大街心花园。

我猜想，人民大街的漂亮在全球都是顶尖的吧。在整体上看一条马路，要在上海找一条漂亮的马路与之媲美都不容易。长春的出租车往往不是红旗就是一汽大众（我特地不加可笑的短横线），公共汽车基本上也都是中国第一汽车集团有限公司制造的。

人民大街的行道树

人民大街上的气派大厦

IFC 是国际金融中心的意思，是新鸿基的地产，与香港九龙仓地产的 IFS 不是一家。浦东陆家嘴有新鸿基大厦，新鸿基在上海和南京也有国金中心地产，杭州国金中心此时处于建设中，将于 2025 年开业。经过人民大街旁边的一些小胡同和小马路时，我都没意识到路口停着的小汽车是在等红灯，还以为它们就是停在那里——与人民大街比，这些小马路太不起眼了。

由前面人民大街的照片可见，马路上没有非机动车道，所以人行道上电瓶车、自行车与行人混行，我之前提过此问题。在朝阳区义和胡同里（177 号，离人民大街较近），找到一家叫大鸭梨的菜馆，他们给的量可真多，点了一份 36 元的五花肉煎酸菜，够三个人吃。饭是免费的，各种小菜也免费吃，饭前送上一大杯大麦茶，只收三元的餐位费，湿巾纸、餐巾纸等一应俱全。

长春有二美，人民大街和东北师大，人民大街的美不是一般的马路能媲美的，东北师大的美也不是一般大学能媲美的，哪怕你是 985 高校。此二者的美就如大美人的美，很妩媚，有的 985 高校也挺美，但可能主要是美在气派、美在豪华，或者说像美男子的美，没有东北师大的妩媚之美。

长春的不少公交车在 20 点钟就停运了，有的甚至在 18 点、19 点就停运了。我之前说过，有很多马路没有非机动车道或者非机动车道非常窄，于是骑电瓶车甚至摩托车的就开到人行道上来。不过我发现长春人开电瓶车开得并不快，不像在其他地方——开得贼快，一个个都是闯祸精！

沈阳篇

总体而言,长春之旅是愉快的,给我留下较好印象。我已乘地铁 2 号线到长春西站了。长春目前已运营 5 条地铁或轻轨线,最大的编号是 8 号线。长春和沈阳比上海天黑得早,(2023 年 8 月 30 日)晚上六点半,外面就已经很黑了。

沈阳北站到沈阳站之间的车程只有两三分钟,一位外国人很有经验,高铁刚从沈阳北站出发,他就拎起包往车门走了,幸好我也没耽搁,立即停止写游记,拿起包往车门走。从沈阳站的地下通道走到地面也很方便,老站往往都这样,不像新建的大站——在地下要走很长的路才能走上地面,甚至在地下走到迷路。

沈阳饭店(中华路 2 号)离火车站确实很近,没有蚊子,也不用开空调。楼下是中华路,路边有沃尔玛、印象城、同仁堂、肯德基之类的,应该也算市中心吧。马路对面的铁道 1912 饭店(中华路 3 号)也是一家老饭店,三层楼。

沈阳的名字来自沈水,沈阳指沈水之北,山南水北谓之阳,沈水即现在的浑河。

有魅力的沈阳故宫博物院

在餐馆向老板咨询,知道可以逛中街(哈尔滨那里的叫中央大街)和沈阳故宫博物院(都在老城里,两者离得不算远),在餐馆门口(中华路)乘地铁 1 号线就行,到中街站下车。沈阳故宫博物院成为我游历的第一站,门票 50 元。正殿规制很高,完全是汉人的规制,但它的规模还不如王爷的银安殿的大。看到一些珐琅展品,珐琅就是铜胎釉面,镂空部分是用模具做好,拼装上去的吧?艺术品讲"三友",就是梅兰竹。这里也把简介标牌放得太远了,应该靠近展品以便参观者把它们都拍下来。

后花园围墙边有一个烟囱挺高的,听到一个讲解员在说什么地上十层地下两层,代表清朝共有 12 位皇帝。我觉得他这么说太牵强,难道清朝(后金)在初建时就知道自己的朝代有几位皇帝吗？后人不要这么牵强附会，导游应注意此点。

有不少后人嘲笑乾隆写的诗，我觉得他写得挺好——可能因为我自己就不是诗人。古代还有无数汉人不会写诗呢。乾隆这些清朝皇帝当皇子时，又要学汉文，又要学满文，还要学骑射和政治，够累的了，能写出这种水平的诗，而且还是一位多产诗人，挺了不起了。他们与一般汉族文人的区别是，不需要在八股文方面花太多精力，因为不需要参加科举考试，但还是要学的。

诗里有一句"南去盛京"（右上图中第二首诗的倒数第二句），是因为乾隆和康熙东巡（北京到沈阳是向东）时都曾北绕至蒙古，再由北向南到盛京。这是为了团结蒙古人，而且康熙也要到那里看看远嫁的女儿。如果由京城直接去盛京就是"北去"了。皇帝出一趟差不知要耗费多少人力物力财力！乾隆下江南，御林军就要带上数千人。乾隆六下江南（诸葛亮是六出祁山），据说国库里的银子至少被他消耗了2000万两，还要地方（衙门和大户）大把花银子接驾，各地方八旗兵还要负责护驾。更早的时候，康熙东巡吉林，带了7万人，来回走了3个月，还有一次北巡加东巡时带了2万人。

在沈阳故宫博物院的几个殿转下来感觉到，满人造的宫殿不就是汉人的风格嘛。有一个厅展示清朝宫廷收藏的钟表，包括英国和瑞士生产的钟（八音盒就起源于瑞士钟匠制作的报时装置）。还有一个戒指手表，镶嵌着小钻石，闪闪发光。整体而言，这些钟表比哈尔滨市博物馆的钟表（也是欧洲的古典钟表，是合作展览）展品漂亮，毕竟是皇家收购的。还有一口大钟有6000斤，金国人造的，被后金人发现，努尔哈赤命人把它运到辽阳，后又运到盛京，作为报时用的钟。

康熙和乾隆写的诗

沈阳故宫博物院的钟表藏品

右面的照片拍的是英国生产的钟。沈阳故宫博物院里的照明比我之前到过的一些博物馆里的亮得多，在那些博物馆里就好像得摸黑看展品一样。

凤凰阁有三层，乾隆在诗中提到过它，见前面照片中的第二首诗的最后一句。在古代中国，三层楼较少见。这一片区域是垒土垫高的，凤凰楼（又称）曾是盛京（奉天府）的制高点。东宫（关雎宫）是皇太极宠妃海兰珠的寝宫，他们的床紧靠着窗，冬天不觉得太冷吗？说个悄悄话也容易被人偷听到（后金、清初时代肯定没有现代的玻璃窗）。当中的是中宫（清宁宫），是孝庄皇后的寝宫，布局也是这样。这两个寝宫里都有灶台和大锅，按东北人的习惯，烧火做饭后，顺带就把炕加热了。

英国生产的钟

当然，不会在皇后和皇妃的寝宫里做饭，皇宫里有御膳房，在寝宫里可以烧水取暖、增湿，烧开的水可以洗漱。不仅可以加热炕，还可以以烟道地热的方式取暖。皇宫寝宫里的大锅还有祭祀作用。添加柴火、取灰在室外墙角进行，既不打搅皇后和皇妃，也能保持寝宫内的整洁。紫禁城的寝宫也有类似的取暖设置，不过设计布置得更考究、隐蔽，游客不一定注意得到。

西宫、次东宫、次西宫（永福宫）里也有灶台和大锅，顺治（爱新觉罗·福临）就是皇太极次西宫的皇妃生的。清宁宫的后屋檐也很考究，斗拱造型跟常见斗拱的不一样。凤凰楼前崇政殿的后墙和后屋檐更考究，就像一些寺的大殿后墙和后屋檐那样。

后花园其实不大，古代的一些贵族、大户人家的后花园都比它大。整体而言，作为皇宫，沈阳故宫的空间比较局促，刚刚讲的皇后和皇妃的五间寝宫跟大财主、大官宦家的大房子也差不多，只是在规制方面可以用黄色琉璃瓦等，入关前清国（后金）毕竟只是一个小国。

大政殿旁边的展厅很长，空间很大，我在里面盘桓的时间最长。看到雍正的墨宝（写给臣子祝贺乔迁之喜的条幅，书法很漂亮），感觉皇帝对臣子说话还挺客气呢，礼数到位，如果只看文墨言辞，雍正就是一个地地道道的汉族文人。皇子们自小受贵族教育，一般而言，学问都大着呢，不是普通文人比得上的，所以少年康熙也想参加科举考试，试试自己的本事。

炉一般指香炉。兽耳指兽（头）形耳朵，但耳是炉的耳，是一种装饰，或者为了提吊，不是指兽的耳。活环表示套着的环（有的艺术品上，有两个甚至更多个活环相互套着）可以动，可以转，是在原整块玉料上想办法雕出来的，否则套不进去。当然，有师傅传帮带，有固定的程序和特定的经验，就能雕出活环。雕成这个炉得耗费掉多少玉料呀，四周的都要切割、磨掉。

清·青玉双兽耳活环三足炉

洗，盥洗用的盆，最早出现在战国晚期，流行于汉代，也可以指洗笔的器具，四足指它有四只脚，不是说用于洗脚的器具。此二展品的简介牌都离得太远了，不方便一起拍进来。透雕指镂空；戟指兵器；觚指酒杯；觥指盛酒的器具；簋指盛食物的器具。饕餮的造型太古怪，饕餮是一种异兽，食量很大，不仅吃食物，石头、铁块等通吃。清朝仿制的工匠们常常大言不惭地在器物的底部写上"大明宣德年造"。

大政殿是举办庆典的殿，龙椅的规模比本节一开始提到的正殿的大，殿内有雕龙的长木柱，里面的物件已经非常陈旧了，彩漆都掉光了。在殿外看，是八角重檐攒尖式建筑。重檐不仅美观大气庄严，能增加建筑高度，也符合建筑结构力学的要求。采用重檐，可以建造更大也更重的屋顶，并且可以分散承重，也不要求超长超粗的横梁、竖梁和椽子，因为屋顶分成中央和四周两部分了。中央部分屋顶（包括檐，是一体的）高，像假二层；四周部分屋顶（同样包括檐）低，类似单檐殿宇的檐。高低两部分间用垂直构件连接、封闭，例如木板和小窗。如意形或云形斗拱伸出来的一截主要起装饰作用。

我是12点多进沈阳故宫参观的，他们下午六点钟闭馆（最后，故宫里已没多少游客了），我在里面转悠了五个多小时，好像还有两三个殿未参观。故宫里真正的楼很少，基本上都是一层楼。沈阳故宫都已经如此值得参观，北京故宫应该更吸引人吧，可惜我还没去过。后者收藏的文物更珍贵——沈阳故宫里常有照片介绍。沈阳故宫的宫墙也挺高的。

大政殿外景

怀远门离故宫不远，我是走到这里的，顺便找宾馆。怀远门及附近（太清宫的马路对面）的另外一个城门，旁边的古城墙已拆了，但巍峨漂亮的城楼还保留着，紧挨着它们的就是商场之类的建筑，这些商场大楼好像替代高大的城墙一样，连接着巍峨的城门楼。怀远门外也有地铁1号线的站，我这晚就住在怀远门外附近的7天宾馆，这儿的餐馆也比较多。城门内故宫附近的宾馆贵一些。

未找对游览景点，又乱跑了一气

中街人太多，拍照很容易把别人拍进去，最好晚上逛街时拍霓虹璀璨的夜景——光线暗，即使其他人被拍进照片里也看不清。白天，沈阳明显比哈尔滨和长春热。这三个城市的人口音接近。在刘老根大舞台附近乘公交去南湖公园，我觉得叫南河公园更恰当——挺窄的，就是流过的一条河（和我们校园里的河差不多宽）。这个南湖不但没有长春的南湖大，还没有北陵公园的湖大，不过北陵公园的湖是死水。

从南湖公园的西门出来，在马路对面的好口味餐馆吃饭。菜单里的许多菜都可以点半份，我看到牛肉炖柿子，觉得这个组合挺新奇，就点了半份。菜端过来，才知道原来是炖西红柿。[好像东北人把白水煮称为"呼"（音），例如沈阳人说"新呼玉米"，长春人说"呼牛肉"。]尽管是半份，但里面的牛肉很多，这半份其实就相当于南方的一份，22块钱，两个韭菜盒6块钱，再加上餐具费两块钱，总共30块钱，很实惠。我联想到长春的那家大鸭梨菜馆，这两家餐馆都比较大气，赞！

去太清宫扑了一个空，因为他们下午2:00就下班了，周围好多算命打卦的。旁边是一条叫北清真寺的路，清真寺是有，不过要走一站多路，我没兴致过去。太清宫扫了我的兴，我就不高兴再去两站路之后的天后宫了，免得再扑一个空。之前去南湖公园时，不知道张氏帅府就在大南门站附近（应在站牌上标注一下），错过了，当时应该在下一站果断下车，可惜我有思想惰性，仍按原想法去南湖。

很大的北陵公园

沈阳的227路车队是不是在车站挂了一个假站牌？我在小西门等了40分钟都没等到它，后来乘157路去北陵公园。就不应该相信227路车，20分钟等不到就应考虑乘别的车，白白浪费时间。这里仍然反映了北方一些城市在同一站点把公交车站牌隔得很远的问题，因为 157 路站牌离 227 路站牌有二三十米远，看到 157 路车过来了，懒得跑那么远过去，又不确定它到不到北陵公园，所以一直没改变乘车计划，硬等 227 路车。公交管理部门设定站牌距离时要综合考虑，不能只想到分散公交车停靠点。

我是从东门进北陵公园的，如果只逛公园，只要买 5 块钱的门票。河边的许多柳树应该是旱柳，如果是河柳的话，柳枝应垂得更厉害，很多都会伸到水里去了。此处水质很差，污染挺厉害，富营养化程度很高（过去的欠账，再加上水是死水），蓝藻到处都是。沿着河（湖）岸走，就能走到北陵公园的核心区域——昭陵。有一株旱柳近 200 岁，北陵公园还有 2000 多株松树，有 400 岁左右。

昭陵牌坊前的大树

沈阳故宫博物院里有两幅东陵和北陵的图，东陵是努尔哈赤的陵，建在山坡上，因此那幅图显得东陵很有气势。实际上北陵的规模比东陵的大得多，更气派，康熙、乾隆、嘉庆三朝多次增建北陵的建筑。对康熙而言，皇太极是爷爷，努尔哈赤是太爷爷，爷爷自然更亲，尽管康熙并没有见过他的皇祖父（皇太极 1643 年薨，一直在关外，康熙 1654 年出生，生于北京）。不过康熙和皇祖母孝庄很亲呀，孝庄对他有再造之功，因此把皇祖父的陵修得更漂亮些也在情理之中。

路过西跨院。清朝时，人们在西跨院宰杀牲口，制作食物（宰牲馔造），用于上祭。后面路过的，跟我从东门进去时一样，就是树林，沈阳人称为老树林子，比东门处的树林更密。旁边还有友谊宾馆，在北陵公园西边。东门处还有沈阳宾馆。宾馆建在这儿，虽能借大片的绿，但不太吉祥。例如我离开昭陵继续往北陵公园西面走时，好像有一只布谷鸟在咕咕叫，配合周围的树林，光线又不太亮，气氛稍微有点阴森。

北陵公园挺大，估计还有一半的地方我没走到，包括北面的老树林子。走到雕像广场这里了（东面是湖），满人建皇陵、建宫殿、写诗、写文章，传承的是中华文化、汉族规制。

在广场东面我跟一位放风筝的老哥聊天。他把风筝放到 300 多米高，然后把线盘挂在雨棚／遮阳棚的角下，任由风筝自己飘荡。线盘挺重，除非高空的风超大，否则风筝是带不走线盘的，它只能被线盘牢牢地控制在一定的区域。等会儿收风筝时就累了，线

远处是皇太极的雕像("皇太极"是满文的汉文音译)

盘转或绕起来都很吃力,因为风大。

不过我后来想到,他这样做挺危险的,假如来一阵超大的风,风筝把线盘带跑了呢?风筝飘呀飘,线总有断的时候,或者空中的风小了,风筝自己往下坠,线盘都有可能砸到人,此时也许已飘出沈阳地界,在别的地方砸到人。放风筝的人不能如此托大,应抓好线盘,起码也要把风筝线绕住固定物,确保线盘不会被带飞。千万不能像这位老哥一样,把线盘垂挂在某个地方,让风筝线自由放出,自己在旁边闲逛。

左下照片拍的是南门里的路。南门是主门,南门前的广场也比东门处更气派。这么宽的内部路面,可以与上海大学大门至图书馆的那条路媲美。路尽头就是南门,我已经走了挺长一段了,前面还有这么远,北陵够大吧。南门门楼(屋)顶的形式叫单檐歇山顶,昭陵门墙的顶也是这样,用单檐不用重檐(双数代表喜庆,因而吊孝金不能是整数,要加上一个奇数零头),可能是为了尊重逝者,尽管本来重檐更显庄严。

正对着北陵公园南门的是北陵大街,旁边有辽宁省军区。我在这儿转了一大圈也没找到宾馆,后来乘车到辽宁大学,不知道是不是主校区,在这儿找到了宾馆,准备第二天离开宾馆后就参观辽宁大学。

在附近的水果店对老板说,想买半个西瓜,可我是住宾馆的游客,没有吃瓜的勺。她说,有啊,一块钱一把。说着,她拿出一把不锈钢勺给我,质量挺好的。哇,还有这么好的服务,我就买了半个瓜。要不是还要去天津,要不是怕包重,我就把勺带回上海了。作为背包客,包里哪怕多一件背心,我都嫌重。

南门里的路

蓬瀛宫和南塔

没能进辽宁大学,我便在附近乘地铁再去中街走走另一半。中街的经营者很勤奋,有很多商店9点多钟就开始营业了。走完后看到公交车站牌上写着南塔,我就上车了。在车里问其他乘客,他说确实有一座塔。沈阳人取站名很实诚。去南塔的路上看到一家店门口写着驴肉饺子、驴肉火烧,火烧大概是烧饼的意思,这不也是山东人、河北人的叫法嘛。没看到塔,先遇到一座观,就进去了,以为塔在观里。观内有一座圆通至圣殿,圆通至圣指慈航道人,也就是后来的观(世)音菩萨,此殿里的壁画非常漂亮,可惜不能进去参观。

这个道观(蓬瀛宫,山门匾额上写着"蓬瀛胜境")挺有钱的,各殿宇装修一新。隔壁的南塔也就是白塔。初一、十五和祖师(是组教的教祖张天师还是道祖太上老君?)诞辰日,这幢三层楼的殿在8:30—11:00向大众开放,我没赶上。三层楼的殿很少见,不管是寺庙还是宫城,一般只有单檐或重檐的殿,且一般只有一层,没有两层,重檐已是高配。这里有一副楹联写得很好:上德无为行不言之教,大成若缺天得一以清。对下联,我读出不要追求完美主义,戒强迫症的意思。

蓬瀛宫的三层楼大殿

一些寺庙在大殿门口放着跪板和跪垫,要求香客在门外跪拜,不让进大殿。这样做不通情理,尤其一些虔诚的香客远道而来烧香拜佛(神),却不让人家进殿近距离拜。寺庙如果担心香客、游客碰损殿内器物,那就安排师父或工作人员值守嘛,怎能一禁了之。把香客挡在殿外,倒与俗世的一些部门一个腔调了,只图自己方便省事。

南塔(白塔)是我见过的比较大的一个,瘦西湖(模糊的印象中是这样)和塔尔寺的白塔都没有它大。有白塔的这个庙不是天天开放,这天我就没能进去,据说有一个开放日历安排。

拉客的金融博物馆

想参观大帅府，但进口处管理人员让我们先参观金融博物馆（门票20元）。只想参观大帅府的朋友别在金融博物馆门口买票进入，不是真联票，博物馆就是打着大帅府的幌子忽悠游客买票进去参观，而参观博物馆后想从旁边的门进大帅府时，检票人员不认博物馆门票

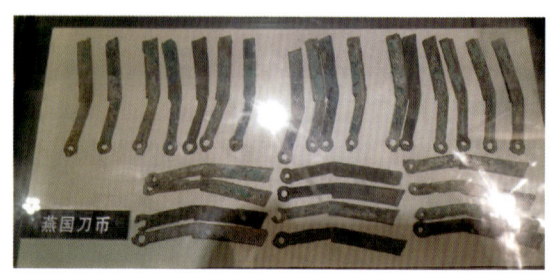

金融博物馆的展品

的账，你得另买票。还是老老实实绕到大帅府大门（门前有广场）买票进去吧。

很多银圆其实都不大；很少在货币上看到毛主席的像，这次在东北解放区长城银行发布的五百元纸币上看到了；二百元纸币上"二"的大写写错了，把"二"放在"贰"字结构的上头、外头了。后来人民币也出现过这种错误，因而成为收藏珍品，也许这是二的大写的另一种写法吧。

看到顺治到宣统朝的制钱（俗称铜板）时我想，我能很顺利地说出各代皇帝年号以及部分皇帝名字的朝代就是清朝了，秦朝、隋朝不计在内，因为各自只有两三代皇帝，太容易记了。（清朝）满人就是金人的后代，他们都是女真族，努尔哈赤领导的女真部落叫建州女真，以前只是一个部落，后来才统一东北地区，建立后金政权（金国），领袖称汗，皇太极也称汗。皇太极在位时，把他们的部落名由女真改为满洲，并把后金、大金改为大清，这是为了减少关内人民对他们的仇恨，因为金灭北宋在中原人民心中仍然记忆犹新。金国还灭了辽呢。

模和范原来是造钱的工具。金融博物馆还收藏了当代各国的很多钱币，来不及看了。从金融博物馆匆匆出来，想到张学良旧居稍微看一眼，但被告知还要另买18块钱的门票。之前从那个门进去时，买的票写明是张帅府，括号里写着金融博物馆。我要赶火车，也无须跟他们计较了。那些不想参观金融博物馆只想看张帅府的人不就被坑了吗？

到沈阳北站了，2023年9月2日这天去天津。G2604次列车不仅速度慢（即使最快时，每小时也只有200公里出头一点，这哪里是高铁，连一些动车也不如。最近这里没有下大雨呀，没有理由减速。我知道高铁有低配型号，但总不能比动车还慢呀），而且窗户也没擦干净，想拍窗外的风景也无法拍。我乘过的若干趟高铁都有这种情况，是高铁管理人员对保持高铁整洁的外貌没有动车组的重视吗？

对一些博物馆的简略评价

每个博物馆的研究人员和工作人员的专业水平不一样,反映在展品的简介牌上。我2023年下半年参观过若干博物馆,相当于受教于不同水平的研究者。根据记忆和印象,辨别、判断各博物馆的展品简介是否正确,对某些简介标牌提出质疑。例如五铢钱不应写起始于秦朝,应该是汉武帝时期;还有尊、爵、斝的区别,不能笼统写为尊;钟和铙挺像的,不过钟是平口,铙是弯口,不能把铙错写为钟。

关于铙(不是民间乐器或宗教法器铙儿,这种民间乐器也叫哐哐器),我相信湖南博物院的展品简介,因为他们那里有一大堆铙,而且都是大家伙,国宝级的文物。天津馆或者其他某些馆只有一两个铙,像超级宝贝一样供在那里,这些馆的研究人员或工作人员对铙的认识大概不会强过湖南博物院的。

钟可以口朝下摆放展示,例如编钟不就是口朝下挂着敲奏的嘛,但铙要口朝上摆放展示,尽管这样摆放比较费劲,要努力抵消头重脚轻的不稳定性,防止宝贝摔坏。在这一方面,天津馆(也许还有其他博物馆)做得又没有湖南博物院的地道。巨大个子的铙,口朝上,敲击时发出的低沉洪亮的声音方能高达天上的圣灵,远达四方,达到祭祀、敬天效果。

不少博物馆和纪念馆的简介牌子以及一些书籍把封建朝廷,例如清朝廷,称为"(中央)政府",这是不合适的,政府是较新的概念。许多人讲话和写文章时也常犯此错误。还有,片面讲朱棣为了夺取皇位而南下进攻朝廷,也是不客观的,毕竟朱允炆削藩在前。

不少博物馆的简介标牌上有不少错字、漏字、多字的情况。另外,不止一次看到博物馆在文物上贴标签、写字,这样不好。

天津篇

这次出来养成票买到哪里就先订好那里的宾馆的习惯(从哈尔滨开始),轻松多了,不用下火车再找宾馆,也不用很早就赶到下一个城市。再回顾一下沈阳的天气,中午真热呀,热得跟上海相仿。看火车窗外的夜景,有时候看到一座大桥以及和它相连的公路上的路灯形成长长的灯线,非常漂亮,有时这条长长的灯线似乎还会漂浮起来。高铁、公路、大桥、高楼,广大人民建设这些真不容易呀,我在外地乘公交车看到这些时也有这样的感慨。所以我们要尽可能维护和平的大环境,向保护国土安全的人民解放军致敬!右边照片是天津西站。

天津西站外景

意大利风情区旁边的海河,鼓楼

前一天住的是红桥区西站前街的宾馆,早上离开宾馆后,走了两站路才找到公交车站。天津毕竟是直辖市,高楼大厦林立,还挺漂亮,比我刚游历过的东北三省的省会厉害多了。这里是意大利风情区入口,马可·波罗广场。以前这里是海河边的晒盐场和一个村庄,20世纪初才建成意大利租界,也就是在八国联军入侵天津和北京后。天津曾是主要的租界城市,所以洋建筑也很多。其他曾经被屈辱地设置租界的城市还有上海、汉口、广州、厦门、镇江、九江、苏州、杭州、重庆和哈尔滨。上海的租界在日本入侵后逐取消,这是日本和汪伪政府抢夺西方国家权益之举。后来,因为中国是二战同盟国成员,西方国家对中国取消了治外法权,中国也就不再有租界的屈辱了。

在马可·波罗广场　　　　　海河河畔

　　海河，天津最大的河，流入渤海。网红打卡点天津大爷跳水桥离这座北安桥有三四座桥的距离。北安桥非常漂亮，桥下也有大爷、大妈在游泳，还有人在弹吉他、卖唱。说到这里我忽然想起来，在刚游历过的哈尔滨、长春和沈阳，我一次也没看到过跳广场舞的大妈、大爷。这太出乎我的意料了，难道南方人对跳广场舞更感兴趣吗？

　　桥头马路对面是天津规划展览馆。桥上有古罗马风格的浮雕，古罗马风格的人物、神、水兽形象，首先这种鎏金的形式就是典型的古罗马风格。

　　可以像在其他城市一样，在支付宝中打开天津公交的支付码，不过没有地铁乘车码，要按照它的提示下载地铁APP。安装后系统提示要充值，一天18元，三天45元，一般的游客或外地人一天要乘18元的地铁吗？我立即把天津地铁应用卸载了，顶多乘地铁时在窗口买票。在长沙，游客也要为乘地铁下载、安装应用，支付宝里没有长沙的地铁乘车码，只有公交车的，虽然不必为长沙地铁APP充值，但对游客而言也够麻烦的。这方面的旅游友好性不强。

　　说到旅游友好性，建议各旅游城市在公交车站牌的站名（地铁站名同样处理）后标注重要的景点，以及博物馆和科技馆之类的游客关心的机构名，例如沈阳就可以在公交车站名大南门后标注一下张氏帅府，天津可以在小营门站名后标注一下五大道。我2023年11月游历的福州，有一路公交车的座位靠背后贴着该条线路上的景点介绍，每个座位靠背上贴的介绍还不一样，分别介绍一个景点，这样就比较详细。真贴心！

　　没来得及吃早饭，在桥头摊贩处买了一盒凉糕吃，又和摊主聊了一会儿天。现在城管对街头摊贩相对宽容，这也是前几年的疫情和经济衰退促使的。我乘公交车到了鼓楼，这里是和平区。鼓楼前的街道是古玩文化街，我买了一条项链。它的另外三面也有老街，我没有都逛，后来又逛了一条小吃街。

在各地街上常见许多女士长裙飘飘，长发飘飘，甚至衣裤也拖着长长的带子，包也拖着长长的带子，这样很危险，很容易被夹到、拽倒。除非你是宫廷里的公主或者贵族小姐，整天有人伺候着，（小）环境非常安全，例如出门都有专车伺候着，而不是挤公交或者骑单车——这只是一个方面的例子，否则长长的服饰和发型都不适合。

鼓楼的室内面积挺大的，所以可以做成博物馆，1、2层在类似城墙的里面，免费参观，3—5层收门票。在外部看，城墙上面只有两层，那么第5层是藏在尖顶里喽。展厅里有一把3米长的171位的算盘，这样的算盘可供多人同时使用，如同钢琴的四手联弹。还有义和团贴在天津城外的宣传标语，最后两句很有意思："杀了东洋鬼，再和大清闹。"慈禧对义和团又利用又打压，在战斗中，义和团被洋人杀了很多，战事结束后，洋鬼子又大肆捕杀义和团成员。

在展室看到北洋巡警学校的石匾，把这么大个的石匾放在门框上，够吓人的。如果鼓楼围栏也属文物的话，把牌子钉在上面或者用强力胶水粘在上面，都会伤害文物，可考虑用耐淋晒、耐风化的软绳把它绑在上面。

10米多高的鼓楼在古代天津卫城的中心，四面穿心门洞对着四个城门，形成十字大街。大同古城（大同在旧址上新建的文化商业古城）也有这样的十字大街，比这里宽、气派，不过城中心不是鼓楼，而是四个朝向的牌坊，四个牌坊两边附近分别是鼓楼和钟楼。估计重庆的小什字和大十字，还有西宁和贵阳的大十字等地名有类似的起源，上海的五角场也连接着通向五个方向的马路。

美丽的水上公园

从鼓楼街出来，走了挺长一段路，又看了公交车站牌，找不到想去的地方，就进旁边的地铁站，看到有水上公园东路站，想想去水上公园也可以，就乘2号线（1号线也可以）转6号线来到水上公园东路地铁站。走到地铁站旁边的地方，还以为这就是水上公园，怎么这么小呀，好失望。问旁边的人，他说，水上公园还要往前走。水上公园与动物园一湖之隔。从地铁站走到公园门，大概要8分钟，免门票，这里是南开区。

原来，公交车站牌上写的天塔站，天塔就是天津广播电视塔的简称。公园门口的保安在我问他远处是不是电视台发射台时，习惯性地说出天塔这个称呼，让我知道了两个名称的关系。

水上公园并不像我以为的那样，得无遮无拦地在大太阳下游玩，只要你愿意，也可在湖边的林荫下徜徉。水上公园的美丽出乎我的意料，随机选择也有意外惊喜，所以说这天行程的含金量挺高。看到照片里的标语了吗？要靠右走，即使在公园里，起码也要礼让对面靠右走的人，这样才能形成良好的秩序。但是在马路上，在各单位内部的路上，往往缺乏这样的秩序。说得重一点，这也是有无素养的体现。远处就是天津电视塔。如果周围再建更多的高楼，湖景就被破坏了。

水上公园，远处是天津电视塔

站在眺远亭上离天塔更近一些，看得也更清楚一些，感觉它和东方明珠（468米）差不多高，在天津电视塔的高度中（415.2米，这两个数据是在撰写时查得的），天线部分占了不小的比例。天塔的造型、设计是比不上东方明珠的，一位不熟悉天塔的外地人如果坐公交车经过天塔，透过车窗只看到它的一段，还以为是一个大烟囱呢。东方明珠的三个大球，再加上若干小珠珠，契合了"大珠小珠落玉盘"的诗句，由日本设计师设计；那三个球，游客都能登上去观光。天塔1991年建成，东方明珠1991年开建。高度在全球名列前茅的还有广州新电视塔（"小蛮腰"，600米，中国第一高塔）、东京晴空塔、莫斯科广播电视塔和多伦多广播电视塔等。

水上公园很大，应该有一小半的地方我没走到，不过主要的风景我都看到了。周恩来邓颖超纪念馆应该是四点钟就不让游客进入了，4:30闭馆，它就在水上公园的后面。离开水上公园后，我看附近没有宾馆，就在纪念馆旁边的公交车站查看站牌。看到两个站名，一个是津门里，一个是佟楼，我想，津门里大概还算是市中心吧，就乘872路去津门里。

经过天津日报社大楼，这是一幢规模很大、很高的楼，也挺漂亮，坐落在河西区。附近是凯德MALL，原来新加坡凯德地产集团也在搞商业中心，我是针对万达这么说的，凯德在上海有好多地产，包括西藏中路上的。凯德MALL就在海河边上，海河很漂亮，凯德的楼也很漂亮，造型还很独特，不太高但规模很大。我未在此处下车，但感觉这里值得逛一逛。

872路车还经过若干座地铁站，开了很长的路才到津门里（东丽区），我乘到后面就知道前面不是市中心了，下了车更确定已经是比较偏僻的地方了。不过抬头看到不远处的如家，觉得很亲切，正如它的名字一样。这两个多月我在外地游历，住得最多的宾馆就是如家了，价格实惠，设施服务也好。

进如家后与前台服务员聊天才知道，原来，这里有一个小区的名字叫津门里。此津门非老津门。附近的路口有遮阳、遮雨棚，为骑单车、电瓶车暂停等红灯的人遮阳遮雨，上海的少数路段也有。昨晚隔壁房间的人把电视机开了一个晚上加一个早晨，声音还挺响，我敲了敲墙也不管用，以后碰到这种情况应该找服务员。

  我在游历过程中看到：有的人问完路，谢也不谢就走了；有人问好路虽在谢人家，但有些敷衍，一边往前走一边谢，并不是看着人家感谢。我在问路前先跟人家打招呼，说先生你好、阿姨你好、你好之类的，问好之后一边微笑着感谢人家，一边举手致意，眼睛是看着人家的，诚心诚意感谢完后才走路。在鼓楼前，一个男的问我时间，我告诉他后，他也没谢我，反倒是我主动冲他点了点头。

  在沈阳最后一天住宾馆，第二天早晨下楼退房时，大概是老板娘，站在楼梯口瞅我，不说话，还是我主动跟她说"你好"。

  操作告诉我，12306系统显示的信息没有哄骗乘客。我之前已经查到有一趟车只剩三张二等座票，但系统在00:00—5:00处于系统维护状态。我在凌晨5点钟之前留了一点余量提前进入12306 APP等待，顺利抢到了想要的票。刚刚说的时间余量很有必要，因为我们不能保证每次都顺利进入12306系统，可能手机有问题，可能无线网络有问题。用12306 APP买票，看到余票不多时一定不能犹豫，更不能瞻前顾后，要果断，手指要点得快，方能抢到票，否则只能对着手机懊悔不迭，责怪自己太磨蹭。旅游旺季很容易出现这种被动局面，票紧俏得很。这些是我之前两三次抢票失败的教训，所以我才说12306应用显示的车票余量信息没有哄骗乘客。

天津市中心既有典雅老建筑又有现代感十足的新大厦

五大道旅游区附近的高楼

  按如家前台服务员提供的信息，在津门里乘830路车去五大道，在车上请教了驾驶员，方知在小营门下。既然五大道是天津的重要文化旅游区，为何不在站牌上小营门的旁边加一个括号，注明五大道呢？类似小营门这样的站（五大道旁边的站）名后都应该加一个补充说明。这是五大道旅游区附近的高楼，拍照时站的地方旁边是天津音乐厅，跟上海音乐厅相似，也是漂亮的历史建筑。

  造延安路高架时，上海音乐厅被整体搬移了60多米。那么大一幢楼，整体平移，厉害！上海音乐厅由国人设计，建于1930年，具有全球最顶尖的音响效果，全场每个座位覆盖长达1.5~1.8秒的混响，这样的珍贵建筑怎能拆掉重建，必须进行保护性平移。上海过去归江苏管，在上海的江苏人也自称本省人，再加上当时的国都是南京，所以上海音乐厅这幢大楼以前叫南京大戏院。上海大剧院离音乐厅也不远。

进入五大道（美国的第五大道也是繁华漂亮的马路，帝国大厦就在那里）文化旅游区了（在和平区），这里有非常多的名人旧居。我走了重庆道，还走了马场道，看到的房子并不是很漂亮，街道有点乱，不精致，不干净。没有兴致再走下去了，就去找公交车站。查公交站牌，看到中心花园这一站，觉得也许有去的价值，便乘上公交车往那里去。

中心公园到了，非常小，实在与这个名字不相称，可能是因为在市中心，或者在什么区域的中心，所以叫中心公园吧。不过坐公交车来的路上发现大同道附近有很多漂亮的老楼，这是一个意外发现，大同道离这里不远，后来我就去看这些老建筑了。

我离开中心公园，看到路牌上写着瓷房子，就走到那里拍了几张照片，门票50元，我没进去。在瓷房子的马路对面有一家店卖煎饼馃子和刨冰（这两样共35元），于是在那里吃了我的午饭。老板说，他的煎饼馃子是用绿豆皮（粉）做的，不像其他店用面粉、玉米粉什么的做，而且煎饼里面只卷脆饼和鸡蛋，也不像其他店又是卷蔬菜又是卷火腿肠什么的。

大同道及附近一大片区域像上海外滩，差不多就是金融街，旁边也有一条河，就是海河（在照片里的红楼背后，再隔一座楼和一条河滨马路，就是海河），不过比黄浦江窄很多。欧洲的建筑很考究，为中国近现代建筑业提供了很多借鉴和灵感，许多漂亮的大楼融合了中

大同道街景

西方风格。天津的洋建筑不输给上海的，而且与上海的风格不雷同。这组红色大楼规模非常大，照片展示的是其宽度，进深也很深，围成一个大院，一家酒店使用着这组大楼。四角和两个侧边当中楼顶的塔楼也挺漂亮，一个侧边的塔楼大很多，其四角还围绕着四个小塔楼，设计、建造真讲究呀。这一片有不少专项博物馆，例如天津金融博物馆和天津邮政博物馆。

中国银行大楼的规模很大，又长，进深又深，以前是横滨正金银行大楼（上海也有，在外滩），建筑风格跟外滩的一样。看到地铁站，我决定去北宁公园，估计在那里可以找到宾馆。乘3号线换6号线就到了，不过这里的住宿环境不好，马路周边挺吵的。

天津的公交车档次比上海的差不少，这里的车多为比亚迪电动车。

一些低档次宾馆的淋浴龙头上也不标汉字而标"H"和"C",即"热"和"冷",英文不好的房客可能就要疑惑不解;甚至一些公共厕所也只用英文标上"Automatic flushing",即"自动冲洗"。这些管理者难道只为会英文的外国人服务吗?看上去是一件小事,但延伸开来思考,再联系社会中的其他现象,我们应认识到这一点:过分看重外国人尤其发达国家的人,甚至到了抑制我们自身的程度,这绝对是错误。

不过,前一阵网上有很多人叫着要取消给外国留学生的奖学金待遇,我不赞同这种呼吁。给外国尤其发展中国家的学生提供留学奖学金,是国家友好交往的行动之一,可以增进感情,增进外国友人对我们的了解,提升中国的国际形象……美国不也这么做嘛。但是在实际工作中,相关管理者也不能过分宠着外国留学生,一些过度的照顾会引发同学校的中国学生的不满。

宽敞的、内饰漂亮的天津博物馆

北宁公园是天津人的习惯叫法,其原名叫宁园,在河北区。北宁公园里的塔有9层,挺高的,不过不让登,塔下是古代石狮。这个公园的设计、布局水平挺高。天津9月初白天很热,动一动就出汗,可能比上海还热吧。从另外一个门离开宁园,查看公交车站牌,惊喜地发现912路车到天津博物馆。正因为是意料之

天津博物馆入口

外的游历地点,上午逛宁园花去了一些时间,开始参观博物馆时已是中午12点,偏晚了。

公交车站名是天津博物馆,却把站设在自然博物馆门前,就像公交车的某地铁站站,实则离地铁口却挺远。博物馆(在河西区)临马路的一面不怎么好看,太单调,没有拍照,直接往后走,入口在后面,后面挺开阔,有大广场,有绿地,后面的大门也挺漂亮。

大家有机会可去浦东世纪大道看看上海博物馆东馆。该馆于2024年2月开始局部开放,第一场大展就有主要借自四川的三星堆和金沙遗址珍贵文物的"星耀中国"展。当然,上海博物馆的珍贵藏品也很多,一些镇馆之宝也是镇国之宝,上海馆在全国乃至全球都是有重大影响力的博物馆,藏品达102万件,其中许多都是珍品,并且是私人捐赠的。上海博物馆东馆大楼很大,灰白色墙面上有大波浪纹路,象征着海纳百川,很漂亮,2024年底全面开放迎客。马路对面是上海科技馆,5A级景点,2023年3月开始升级改造,2025年再开放。附近还有东方艺术中心和世纪公园。

西楚霸王举的鼎和因举鼎而死的秦武王嬴荡举的鼎，有没有这个大？二楼此厅的展品基本上是天津博物馆最珍贵的文物。

天津博物馆和上海博物馆，也许还有很多其他博物馆，都把其某展厅又称某某馆，例如青铜馆、雕塑馆、陶器馆、书画馆，我认为不妥，博物馆内怎能再称馆，况且还在一幢大楼里，就叫某某厅嘛。我没能进入故宫博物院，不知道里面的取名方法，我认为在它里面称某某馆倒是可以的，因为它本来就是建筑群，还是一个超大的建筑群。

战国·楚王鼎

二楼展厅有一幅迎接乾隆下江南的17米长卷，画中的人物神态各异，这是大多数中国风景画做不到的，也是中国风景画的短板——不过许多人可能认为这是中国风景画的抽象特点，反正我不欣赏，脸上不就应该有鼻子有眼有嘴嘛，空白一片就没有神，还叫什么人物呢？哪怕画的是大幅山水中的小人。

下面左起第一张照片，外部的雕刻真的不是拼装上去的吗？这也太费翡翠料了。这种雕工，好像是神仙所为，放在当今就是3D打印方能较容易实现的效果。第二张照片拍的是镇馆之宝，西周太保鼎，四足夔纹方鼎，天津馆三宝之一。第三张照片拍的是乾隆款珐琅玉壶春瓶，其瓶身上的画取自宫廷画师的《芍药雉鸡图》手稿。这种工艺可能就是釉上彩，烧制成功后在釉上作画，再低温烧结。该瓶也是天津博物馆三宝之一。天津博物馆的另一件镇馆之宝是宋朝范宽的《雪景寒林》图轴，与前两件构成周鼎宋图清瓷三宝。第四张照片拍的是犀牛角雕杯，底座雕得也很漂亮。

镂空雕刻的翡翠壶

天津博物馆的镇馆之宝——西周·太保鼎

天津博物馆的镇馆之宝——清乾隆·珐琅玉壶春瓶

犀牛角雕杯

下面左起第一张照片拍的是觚,清朝人把它作为范本,烧制模仿它的各种瓷器。天津馆称它为"尊",应该叫"觚",细长者为觚,粗大者为尊。尊就是酒杯,李白的《将进酒》里有这样一句"莫使金樽空对月"。第二张照片拍的是斝,像不像冰激凌店在冰激凌杯上插的小阳伞?冰激凌店这样做的灵感会不会来自斝?天津馆也错把它标为"尊"了。斝也是酒杯。第三张照片,右边是骨尊,简介牌子是这样写的,但我认为应该叫"爵",读音跟雀接近,古音则完全相同,例如老派上海话里这两个字的读音相同。

爵的样子也像雀,除了不是两个脚,两个脚的爵站不稳、站不住,也没有翅膀,其他部分跟雀是不是很像?——嘴、尾和身体,尤其左边的铜爵,那个神态像极了小鸟。这里是从形态角度辨识出的嘴和尾,与后文从使用角度辨识出的嘴和尾正好相反。

觚　　　　　　　斝　　　　　　　爵

斝和爵上的"小阳伞"可能不只是装饰,而有实用性,例如挂过滤某种物质的小兜,挂溶解、稀释到酒里的某种香料或甜料。

古人喝酒的礼仪是右手拿爵(影视不是显示,为了文雅一些,用左手的大袖挡住自己的嘴吗?),从而我能确定爵左边长长的是流,类似茶壶的嘴,酒从"流"(槽)中流到人的嘴里,不会溢漏,右边短短、尖尖的是尾,总不能把尖尖的尾对着自己的嘴吧。古今中外,在社交场合中一般都以右手操作为尊重,例如右手递名片,右手递物给同事。古代有一种酷刑,就是砍掉犯人的右手,让他今后无法参加社交活动,因为不能用左手做事——左手为贱,右手为尊。

此展厅还有商朝占卜用的不少兽骨——仍在我认为是集中展示天津博物馆宝贝的展厅。天津博物馆挺大的,各展厅里也很宽敞。

家里要是有个这样的瓶插花就好了。这个厅(不是前述的展厅)里的展品多数是清朝人烧制的,我给它们拍照是因为觉得它们很精致,但更多的展品,我觉得不如沈阳故宫里的精美,毕竟那些是皇家使用的瓷器。有些好东西可能是皇帝授意从北京搬到盛京故宫的,就像在城里发了财的老板,从城里的家里拿一些好东西放到乡下老家一样。尽管同样是清朝烧制的,但毕竟也有好与差的区别。没有比较就没有鉴别,有一位游客拿着"短炮"和折叠凳子,几乎在每一个展品前面都坐下来仔细拍照,大概以为它们都是精品。

在博物馆拍照不能打开闪光灯,强光会伤害文物,而且打开闪光灯拍出来的效果反而更差,因为反光很强烈,尤其是当展品放在玻璃柜中时。好的手机和相机会自动调节进光量(例如在暗的环境中增加进光量,就像动物的夜视能力一样),使拍出来的照片更清晰,华为手机的照相功能就有这样的强大效果,比人的夜视能力强得多,我在黄昏和夜晚拍的照片,其效果远比我想象中的好。

清朝烧制的长颈瓶

欧洲爵士/骑士的纹章,当中是盾牌,盾牌左右可能有保护神、保护兽,上面是头盔及其披挂,下面是绶带,绶带上可能写着家训、家规之类的警言。

在后面一个展厅看到对摩梭人的介绍。有几件展品是男人围的腰带,不是围巾,腰带越漂亮,说明他的恋人越心灵手巧,越爱他,男人会相互炫耀、比较。熊皮箭袋和熊皮箱,虽然皮上的毛被磨得剩下不多了,但还是可以看到熊的毛很细。

顺便说一下,北极熊的毛是透明中空的,可保温和增加浮力,因为反射全部可见光,所以呈白色,而它的全身皮肤是黑色的。看到剃光毛的北极熊的照片,会觉得它们极丑,像鬼魅一样。物体的颜色就是由其反射可见光的情况决定的,例如纯铁是白色或银白色,铁粉通常是灰黑色,磨得发亮的铁器(如刀刃)也是白色。大多数纯金属都是银白色,不过在分类中,铁、锰、铬及其合金,例如钢,被称为黑色金属。

先秦朝廷制造贝壳形的铁钱,也要在当中开深槽,还要做出逼真的齿状,这样别人才不容易仿制,这是古代的防伪标志。

这天是 12 点左右开始参观博物馆的,下午 4:30 闭馆,我在 4:25 离开,有少量展厅没去,但精华部分都已经看过了。在里面又饿,腿又酸,不过后来听到快要闭馆了,所以坚持下来了。各种博物馆、纪念馆、美术馆等好是好,就是太耗时间,一来就是半天甚至全天。进博物馆后应挑一挑,决定哪些展厅去,哪些不去,不要在价值不大的展厅花费时间,导致好的展厅没时间看。

参观博物馆时听讲解固然好,不过我看到有人讲解,并不热衷凑上去,也没有租过博物馆的讲解耳机。看一看展品旁边的简介,我认为有这点简单历史背景知识对参观者而言就够了,然后端详展品(文物),更符合我的欣赏习惯。把精力集中于听讲解、听背景知识，反而影响了欣赏文物的体验，并且要花更多的时间。

很多文物都是艺术精品，就是需要参观者细细欣赏、品味。我一边欣赏，还一边思考一些什么。这可能就是我的游历帖子基本上都有不少文字内容，而许多人在微信朋友圈里发"游记"时基本上就是贴照片，话没几句的原因吧。

右图是天津博物馆内景，其面积不小，也有一些珍品，但真正的文物展品不算多，比不上上博的。天博有不少展厅不怎么像博物馆的常规展厅，例如抗美援朝展、京剧大师纪念展、摩梭族介绍、昌都图片展（于开放空间展览）。

天津博物馆内景

再逛五大道

站在广场上看，博物馆、美术馆和图书馆，这三家单位的大楼整体风格挺像，不怎么漂亮，尤其临马路那面，灰头土脸的，墙面色彩选得不好。这天晚上我住的凯里亚德酒店挺好的（三星级水平），而且不贵，法国卢浮集团旗下的。我特地到五大道附近找宾馆，就路遇了这家。

为什么特地到五大道附近找宾馆呢？9月4日，有当地人认为我没有仔细逛五大道，我打算5号上午再去那里看看，然后赶去天津南站坐车回上海。到五大道了，往远处看，红楼是外国语大学，再往前走，隔一条马路是天津财经大学。把又大又漂亮的老楼给了这两所大学了。路边还有一些金融单位和资管单位。路上还经过新华中学，学生们在课间操时间集体练气功（操）。

走了和平区五大道的另一部分，印象仍然不够好，还是嫌它乱，有的路面很脏。它这里这样的房子，上海徐汇区等区也有，只是没它多，没它集中，黄埔区则远超它，这两个区比它干净、整齐多了。

不过形成反差的是，尽管有一些外地城市的马路、街道不够干净，甚至就是挺脏的，但我在外地游历了两个月，极少碰到有灰尘往眼睛里飞的情况，而在上海，尽管大多数街道和马路都挺干净，但时不时有灰尘或其他什么飘浮的颗粒往我的眼睛里钻。我认为这与行道树种类有关。

天津篇

在五大道看到一匹马拉着两辆长马车（连缀着），上面坐了三四十人，马儿也够辛苦的了。后来在网上看到一篇文章讲，五大道的马车都有电动助力的，没有亏待马儿。之所以有这篇文章回应，是因为稍前网上传，五大道的旅游经营者把马儿累趴下了，哈哈。在东北三省会城市和天津看到很多蟹的广告，蟹文化似乎很强烈，济南也有蟹都汇广告。

回　程

这次从2023年8月23日到9月6日共15天，我游历了东北三省的省会城市和天津共四城，花费5000元多一点，平均每城1300元。看来自费考察、游历全国是可持续的。这是游历的开销，如果以旅游为主要目的，肯定不止这个数。温铁军教授说自己到外地考察甚至到外国考察也是自费，他是大牌教授，收入肯定比我高得多。不过我就如"蜀鄙二僧"（初中时学的古文《为学》提到的）之贫僧，敢想敢做，虽是小人物，却心有多远脚就走多远，准备把小时候在书中和影视广播中看到、听到的著名地方（祖国版图上的）都走一两遍。

我现在养成提前两小时赶往火车站的习惯，包括看到合适的餐馆进去吃饭的时间。这样时间充裕一些，不要把自己的行程安排得很紧张，因为很容易出意外情况。在平时的生活、工作和学习中也不要把时间抠得太紧，要留一定的余量。在时间安排方面抠得太厉害，衔接得太紧密，过度节约时间，那反而是一种完美主义，既不人性也不科学，甚至导致低效和失误，外部环境不会都按照我们的心意运行。平时工作已经够辛苦、紧张了，何必在上班时间段自己增加压力。

地铁3号线经过大学城和高新区（到这里已在地面行驶），高新区那边有一幢在建的超高层楼，又高又细，按比例看，比上海中心还细。开发商难道不怕大风和地震吗？唐山大地震可是严重影响过天津。这幢楼应该没有上海中心高，可能是一直未能完工的高银金融117大厦。

天津南站不大，两个检票口，四个站台，这里是纯郊外，周边有野草荒地。我又幸运地站在第一个，并且是第一个检票。在站台上等车时，有的高铁不停靠，呼啸而过，那声音、那速度非常恐怖，这才是排山倒海的气势，仿佛要把我吞噬似的。与其他高铁形成对比，编号小的高铁，玻璃窗擦得挺干净的，G13次列车的玻璃窗就擦得挺干净。可以大致这样总结：车次编号大的高铁，一般是低配，速度慢，保洁也差强人意。

福州篇

2023 年 11 月中旬，我抽空去了一趟福州。

乘动车去福州的路上

松江辰塔公路桥，这儿还是黄浦江，只是这儿比较窄，是黄浦江的上游，再往上游到青浦，就是连接太湖和黄浦江的太浦河。太浦河是人工河，用于调节太湖水量。高压线铁塔集中的地方，一般意味着附近有发电厂。D3201 在浙江境内几乎每个小站都停，所以从松江南站到福州南站要六个小时。

成熟早的稻都收割好了，有的稻还发青呢。浙江是发达地区，应该不会种双季稻吧，后文会解释。

黄浦江上游与辰塔公路桥

离开松江南站后第一站是嘉善南站，第二站是嘉兴南站，我挺长时间还以为动车报错站了（以为重复报，张冠李戴，对应错了），快到嘉兴时才反应过来。后座的人一开始也发出"咦"一声。嘉善是嘉兴下面的县级市，紧贴上海。

天台山站和雁荡山站附近的山特别多，隧道也特别多，好像是天台新昌站（两县合用一站）后的一个隧道，动车穿越它的时间足够我打一个盹。反正就是隧道连着隧道，交建工人真伟大，交建工程师、设计师真伟大！

虎落平阳被犬欺指强大的一方失去优势，一般认为平阳指河东平阳，即山西临汾翼城县一带，也有认为在福建长汀、连城县，D3201 路过的是浙江的县级市平阳。

温州站后是瑞安，再后面是苍雄，也就是到浙江南端了，接下来就到福建境内了，第一站是福安。福州南站后是厦门北站，厦门是福建的南端，现在气温比福州高一两度，福建还有一个名城泉州值得去游览。出火车站后，乘 306 路车到终点站，再换 54 路车到文儒坊，就是三坊七巷历史文化街区，是 20 世纪 90 年代在时任福州市委书记的习近平同志的关心下保护下来的。文儒坊牌坊的马路对面是唐城宋街遗址博物馆。

福州名片——三坊七巷

乘 306 路公交车来的路上，忽然看到行道树是榕树，有到新加坡的感觉。福州有三环，穿过闽江上的三桥就进入市中心区了。晚上二桥、三桥还有江边都灯火辉煌的，也可以游览。乘 54 路车来的路上，马路不宽，但绿化挺漂亮。两路车上的司机都挺热情，向我介绍福州的景点。经过市政府，第一次看到政府大楼不是高楼大厦，建造时间应该挺长了，院子挺长，大概有半站路那么长。三坊七巷是福州最亮丽的名片，文儒坊是三坊中间的一个，也是看点比较多的一个。

三坊七巷很大，全部兜过来太费时间了，我只逛了文儒坊。有不少房子晚上没开灯，也就是说并不打算接待游客，不过门开着，你进去摸黑看也行（这不就是传说中的夜不闭户嘛），徕卡镜头能拍出黑暗中肉眼看不清的景象。

漆画工艺馆门口挂着一幅很大的漆画，可里面的小姑娘居然不知道这是漆画。此情况不是个别现象，各家场馆有没有好好培训员工？我看到的是责任心和敬业精神的缺失。上架的漆画只有百年发展史，不过漆工艺却有 8000 年历史。安徽有寿县及灵璧石，福建有寿宁及寿山石。这里各处的门槛都挺高，起固定门框作用，古人迈门槛迈习惯了，也就无所谓了。

然后转到主街上，也就是商业街。三坊七巷里的房子原来是民居，现在市政府将它们统一变为商业房，也有一部分作为公益展馆，例如林则徐外公家的故居和福建籍人吴孟超事迹展馆。吴孟超是上海东方肝胆医院的创始人，他是一位始终把病人装在心里的老专家、医者楷模。这里比不少地方的老街更有文化气息，现在不是旅游旺季，走在里面挺安详、闲适。

许通海大师的微雕作品

上页照片里是许通海大师的雕刻作品,放大镜展示的是密密麻麻的文字微雕。橱窗里放一小杯水,是为了保持湿度。许通海能用 1/3 米粒大小的石头雕出部件齐全的奔驰车,例如方向盘和车头上的竖立标志。许大师的眼力和手真是神了。这里的街巷四通八达,从黄巷穿过去找宾馆更方便,不过不能经过东街口。这里基本上都是砖木结构房子。南后街的北面是杨桥东路。福州的榕树多,所以叫榕城。看到这么多榕树,感觉好像到了亚热带,实际上现在早晚福州还是挺冷的。东街口是福州最热闹的商业区域,过去,五一广场最繁华热闹。不过东街口的繁华在全国算不上什么,更不要跟上海的比了。

文庙和一路之隔的乌塔、乌山

前一天晚上住在黄巷附近的如家,深夜好吵呀,楼下马路上青年男女尖叫吵闹,路过的汽车喇叭响个不停,在市中心居然不禁止鸣笛。

虽不知是文庙的大成殿,但我远远地就被这红色雄伟的建筑吸引过来了,我以为是寺庙大殿。附近的人居然不知道这里是文庙。大成殿的规模似乎不比曲阜的小,不过面阔只有七间,进深四间。大成殿门槛很高,后来到屏山山顶参观的镇海楼的门槛也低不了多少。文庙挺旧的了,为咸丰朝重建,之前历经三次火灾。上海的文庙规模似乎不比这

文庙大成殿内景

里的小,在上海,在南市寸土寸金的地方,它已弥足珍贵,但没有给我留下震撼的印象,因为那里的大殿不够雄伟。

孔子伟大的贡献之一就是其思想凝聚了华夏子孙,团结了各族人民,这也是后人尊崇他的重要原因之一。大成殿的重檐非常壮观。

马路对面就是乌塔。该塔是古代的石塔,年代久远,石面斑驳粗糙,可别以为是混凝土啊,它不是近现代人建的,年代久远了,石面确实就是这个样子。刚刚造好时,石面大约是光洁亮丽的。

感谢这里的美女工作人员告诉我,可以游玩旁边的乌山,否则我完全不知道,就准备乘车走了。三山两塔,乌山、屏山和于山,乌塔和白塔。这是福州的定位标记,古代昏夜,

船入港时可参考。乌山脚下是市政府，北面的屏山南边附近是省政府，坐北朝南为大，这个位置安排符合规制，不过乌山比屏山更处于市中心。

只要有毅力，哪儿都能过活，气根扎到石壁里去了，下面左边的照片是在乌山脚下拍的。这些须（气根）可不是随便长的，它们要到处寻找扎根的地方，然后长成树干，支撑起又长又沉重的树枝。右边照片里，已经长出一排气根了，这是在乌山上拍的。

乌山脚下横跨山路石径的榕树　　长出一长排气根

看着每一株榕树的气根长成的树干，感觉榕树真是一种奇怪的植物，拥有顽强的生命力，非常能适应生长环境。我也像一棵榕树，不管如何不顺利，总是坚强地生长发展，走自己的路。在中学学过一篇课文，说一棵超大的榕树可以长成一片树林，不记得说的是不是福州国家森林公园里的那棵。乌山海拔84米，还没有上海的佘山高。细细的树枝伸得那么长，不断、不垂，好像违背了重力学原理。

树枝伸得很长，却不断、不垂

乌山在市中心，随便从哪条山路下去还是在市中心。榕城的榕，名不虚传，到处都是。乘54路车时睁大眼睛往两边看，开了很多站，也没看到酒店，这个旅游友好性可不好。后来在北门站下，巧遇汉庭。

因为以前看到太多的人在朋友圈频繁地把餐桌上、酒宴上的美食照片发来发去，我不喜欢，所以在之前几个月的旅途中，我总是回避拍美食照和相关的照片，其实偶尔分享一下也是可以的，也是传播各地的美食文化。看到一些酒店的装潢布置很漂亮，很有特色，偶尔在网上分享一下，也是对他们的鼓励。

屏山上的镇海楼

在房间里觉得不冷，没穿薄羊毛衫，早晨在路上骑车还是觉得冷，又把它穿上了。登屏山的路就在广场上的大照壁后。到屏山公园主要就是为了看镇海楼，半山腰的大门九点钟才开。根据照片判断，古代造的镇海楼应该没有现在的规模大。一二层都作为福州古厝展示馆了，厝就是房舍。

福州四面环山，北面是北峰，南面是龙虎山，东面是鼓山，西面是齐山，城里还有三座小山——山中有城，城中有山。福州是一个盆地，叫福州盆地，是闽江形成的冲积平原，老护城河现在叫安泰河，所以又可讲现在的福州是山水中有城，城中有山水。

镇海楼外景

镇海楼重建没几年，看上去特别新，特别亮丽，不过几十年后现在鲜红的漆将变成暗红的漆，就像许多寺庙的廊柱那样。同天晚上从森林公园回来，还未穿过海腰高架时，能看到镇海楼高高矗立在远处，金碧辉煌，又显眼又漂亮。

镇海楼基座层里是鼓楼区博物馆，物尽其用，而且展览效果挺好的。镇海楼大阶梯下的门是入馆处。馆里有一幅福州历史名人集体肖像，这么多名人中只有林文忠公是坐着的。其他名人还有陆羽、郑成功、沈葆桢、林觉民、冰心、高士其、陈景润等。星期五下午到福州后，我从福州南站乘306路车到终点站仁德站，再乘54路车到文儒坊，然后一直到星期天，几乎都在鼓楼区活动，这天晚上仍旧住在北门公交站旁边的汉庭，也在鼓楼区。

古福州立体模型

立体模型加远处的布景，这是古代的福州。近处的立体模型是三坊七巷，更近处的安泰河没拍进来，远处是屏山和镇海楼，再远处是北峰。

古地图显示，在古代，台湾和琉球群岛都称琉求（琉球）。现在节目里中国人称琉球，可能就有网友打出弹幕：讲究。另外一个史实是，早在新石器时代，中国大陆的先民向台湾移民，再经台湾向东南亚地区和太平洋岛屿移民，这种间歇性的大规模移民延续至20世纪中叶。

西湖与自然博物馆、美术馆、福建博物院主馆

从屏山下来，乘车到西湖。54路车的那位司机要么是太不专业，要么是太死板，我问能否到博物院，他简单地说不能，我就没有乘54路。后来，在公交车站一起等车的乘客说，只要乘车到西湖，穿过西湖公园就是博物院，路程并不远。之前根据网络帖子的定位信息，我也感觉它们相隔不远。西晋晋安郡守严高为建子城，命人开挖东西湖取土，同时还能疏浚城外的河流，一举三得。如果他仅仅为了创造美景而令人开挖西湖，肯定要被百姓告上朝廷。

参观自然博物馆等场馆时，有的家长一直喋喋不休地给孩子读简介牌上的解释，也不管孩子想不想听，关键是声音挺响。有的年轻妈妈为了引起孩子的注意，常常说："哇，好漂亮呀！""哇，好厉害呀！"估计她们自己都不认为展品真的漂亮和厉害，对于普通参观者而言，小鱼的化石真的很漂亮、很厉害吗？常常用这样的语气跟孩子说话，时间长了，孩子也就养成了夸张的习惯，没有沉稳和文雅的气质。

福州西湖公园

年轻的家长一定要注意，你们平时怎么说话，孩子也会同样地说。例如，假如你们说话粗俗，甚至脏话不离口，完了，你们的孩子大概率也会这样。家教、言传身教真的很关键。如果你觉得自己的素质还不够高，气质还不够文雅大气，为了你的孩子，赶紧学习、提高起来吧。

各地自然博物馆的展品差不多，我只看了一楼的就出来了。美术馆展厅面积也不大，正在展出的画我不喜欢，一张照片都没拍就出来了，轻松完成两项任务。

福建博物院内

右下的照片拍的是福建博物院的部分展馆，还未到主展馆，远处是西湖酒店。主展馆也有福建民居特色元素——马鞍墙造型，这种建筑特色在福州随处可见。

　　福建博物院的展品基本上都是在福建出土的，叙述的也是福建的发展历史。福建博物院最好的宝贝在全国应该不能名列前茅。展品简介牌上的英文翻译形式很好，在特殊名字后有一个简单解释。看到西汉时的陶水管道和地砖，感觉古人的生活水平超出我的想象。2023年12月24日，在复旦大学蔡冠深人文馆向三明市借的展品中，我看到一张照片显示了史前人类（记不清是旧石器还是新石器时期的了）用石头铺居住之处，残存40平方米，在面积和年代久远方面均居全球之首。古人乃至原始人对生活一点都不马虎，挺考究呢。

　　鼎就是煮器。璧翻译为bi-disk，表明外圈有一个大盘，里面有一个空心的小圆，而且小圆的直径必须较小，否则圆环太窄的话就不能称为璧而称环了。一般，大玉璧作礼器，小玉璧作佩戴的饰品。我们现在的鱼钩和商朝的没有较大区别。右上这张照片展示了福船模型，中国的造船技术（尤其在龙骨、水密隔舱和舵三大技术方面）领先欧洲几百年，对全球造船业有巨大影响。

　　展品中，之所以谷仓这么小，是因为它是陪葬品，也就是冥器，再说，日常生活中的谷仓也不可能用这么好的材质制作。

　　看这些文物时听到一段对话。年轻人问："釉是什么？"年纪大一些的回答："是一种化学物质。"之前我也听到他类似的回答，哈哈，用化学物质解释各种问题。要我解释的话，我会说，釉就是硬质表面。当然，它的物质成分跟陶肯定不一样，所以才在陶坯上涂上这一层，烧制完成后，表面又坚硬又亮丽，色彩丰富，也可以是无色。远古时的釉面当时是否光彩照人，我不知道，反正一定相当有光泽吧。福建博物院里的商周

福船模型

福建博物院主展馆外景

文物还不少呢。

上右照片当中位置显示的就是主展馆的马鞍墙造型（这里是屋顶的造型），这里是西大门。双休日，福建博物院晚上七点半清场，服务真好呀！福建博物院石牌后面是唐仕女塑像，当时有一个特展，以此塑像作为宣传。这让我想到，日本的和服源自中国，包括唐朝和宋朝以及更早的吴国的服装，大和民族的"和"字也源自《论语》。日本文字采用了中国草书字体和楷书偏旁（应该是为了与汉语稍有区别），语音方面采用了唐宋时期的汉语读音（音读），包括吴语读音。

主展馆面积也不算很大，我超预期地赶在黑色星期一之前参观了主要的场馆。福建的也叫博物院，我认为只是因为它把自然博物馆和美术馆容纳进来了。后两者的规模都不大，美术馆比我两周后看到的湖南的美术馆小多了。在别的城市，自然博物馆、美术馆与（历史）博物馆是相互独立运营的。

6月份开始全国游历时，一直到西北几个城市，都没有打算参观这些场馆，不想闷在室内，现在却把这作为一个重要任务。在博物院正门附近乘87路车去森林公园，经过距森林公园较近的几站时没有看到什么宾馆。经过动物园，动物园旁边和87路车的倒数第二站，一个湖滨别墅区的附近，街景都挺好看。

漂亮的福州国家森林公园

终点站森林公园旁边没有宾馆，索性就简单逛一下森林公园，也算完成一个心愿，第二天可以参观别的地方。从87路车终点站往植物园南门走的路很长，旁边是八一水库。进口处也设了一道门，我还误以为是森林公园的门。进门时四点钟刚过，应该也不算太晚，也有不少人和我一样往里走，五点半禁止入内。不进植物园，从左面往山上走，估计风景也挺好，可能就是登北峰吧。森林公园路边的植物也侍弄得很漂亮。

右边的照片里是一株千年雅榕，很多气根是人工制作的钢筋混凝土气根，用以支撑粗长的树枝。树冠投影面积达1300平方米（近2亩），树干胸围9米，此株千年雅榕是福州的十大城

千年雅榕

市名片之一。福州大规模植榕始于北宋治平年间,由太守张伯玉号召。

到底是有一些亚热带气候特征的地方,植物四季常绿。在离东门不太远的地方遇到当地的一位老哥,他大力推荐我第二天去马尾的船政文化博物馆,并告诉我,在火车站乘178路车到那里。他说,那里也是中国海军诞生地,我没有纠正他,新中国海军诞生地在江苏泰州,是隶属于华野/三野的首支人民海军,华野的前身就是新四军。

去马尾(区)的中国船政文化园

后来听说乘地铁也可以转到马尾,于是到铜盘路上梅园宾馆对面乘公交车到东街口,再乘地铁1号线。地铁里不挤,坐我旁边的那个年轻男的,不但手机外放声音很响,打电话的声音比喇叭报站还响。坐在对面的那个胖女人,嗓音难听,说的话又让我觉得腻歪,声音也响得很。还有很多人在地铁、公交、火车上,给别人发语音消息后,每次都要播放自己刚刚说的那段语音,也就是说一遍又播一遍,声音又响,真的很烦人。稍微年长一些的人经常会这么干,有强迫症的人怎么这么多呀。

到终点站三江口(闽江、乌龙江和马江)时,整个地铁里没几个人了。地铁工作人员告诉我,这里没有公交车到马尾的船政博物馆,虽然在几站之前,三角埕地铁站有公交车去马尾,不过公交车要绕很远的路,在这里乘出租车去马尾,只要十多分钟。于是我出站找出租车,公路上人迹稀少,过往车辆稀少,我等了一会儿几乎要放弃了,哪怕来一辆黑车也行啊,来一部摩的也行呀。正准备返回地铁站时,终于来了一辆出租车。还是前一天那位老哥说的178路车靠谱。

出租车过大桥,沿马尾的滨江大道到达船政文化园,滨江大道挺漂亮的。闽江出海口有一块礁石像马首,而马尾这块地方在后面,所以叫马尾。这么大的文化园,游客(散客)挺少的。我到得比较晚,而且大太阳当空,应该先进博物馆参观,参观完后再参观文化园广场,我却欠考虑了。这里的厂房基本上都是当年的老厂房,只不过给其中一部分加了了有现代感的保护罩。

我之前还记得要赶在黑色星期一之前参观一些展馆,这天却稀里糊涂地,往马尾(区)的中国船政文化博物馆赶,也不管是星期一了。但比较幸运,星期一他们居然开馆。这里是很多历史名人少年时意气风发的地方,也是他们为祖国强盛而艰苦奋斗的地方。"最忆船政",这句宣传语说得很好,值得我们追忆。

正在博物馆里参观时,来了一拨又一拨小学生参观团队,太吵也太乱了,我就先离开展馆回避一下,在中华艺术宫时也是如此。在馆外逛了一会儿,估计他们走得差不多了，回来接着看。总理船政衙门的等级和总理各国事务衙门的一样，都由朝廷直接管辖，其最高官员都称大臣。前者 1866 年成立，后者 1861 年成立，均在同治在位时期。

后来要闭馆了，因为时间来不及，一些大机器和船模未能仔细看。夕阳下的文化园广场挺美的。178 路车站离船政文化园挺远，走了差不多两站路才走到。嫌麻烦的话可以乘出租车过桥到对岸的地铁站，乘地铁去市中心，也就是我来马尾的路线。晚上马尾滨江大道也很漂亮，高楼大厦不少。

一个女人在公交车里打电话，吵得像乌鸦一样，好像在说被男人遗弃了，要和他打官司。为什么许多人在公共场合打电话完全不顾及泄露隐私？

178 路车走鼓山隧道回市区，出隧道就是鼓山地铁站，经过晋安湖，这里的楼就很漂亮了，尽管是在郊区。我看到有如家就下车了，这里是泰禾广场，在晋安区，福州的东部。晋安是福州的古称，即晋安郡，西晋晋武帝时期设此郡。

闽江之心和旁边的青年广场

早晨在东二环泰禾广场附近乘 335 路车，79 路车也可以，前往上下杭景区，不过听到喇叭报闽江之心和台江滨江大道时就提前下车了，到福州的第一天听公交司机提到过这个名字。这里的政府机关大楼上都写着：马上就办，真抓实干。闽江中洲岛上的西式大楼挺好看，不远处还有爱情岛。

元朝时，采到这样又长又粗的石梁就极其不易，再把它们运到这里，也非常不易。鼓楼区博物馆里的资料说，利用涨潮之力把石梁架到万寿桥石墩上。现在此处的桥名是解放桥，是一座钢铁多拱悬梁桥。元朝朝廷挺厉害的，北方本来就是其发源地，统一北方不令人意外，其统治疆域也一直到大陆的南端，河内这些地方。

元朝时期的闽江万寿桥石梁

闽江治理展示馆内景

闽江治理展示馆在青年会旁边（青年会是基督教组织，过去福州也有许多洋人，例如烟台山和鼓岭就是洋人们聚集的地方，不过对于中国人而言，那不是一段美好的历史记忆，因为那是中国朝廷或政府与西方国家签署大量不平等条约的时期），它是一组漂亮的西洋建筑，规模挺大，是解放前留存下来的。所以这里叫青年广场，与闽江之心景区连在一起，占地面积挺大的，也是一个起伏坡度较大的超大草坪，比周边的平地和马路高出一层楼。现在的展示手段挺高端、生动、有效，左上这幅照片显示了展示馆里巨大的屏幕墙，还带两个拐弯，高达两楼天花板。二楼还有福州城多处生动的立体模型。

11月中下旬里，这几天福州的温度只比上海的高两三度，但这里的植物就像在春天里一样，一派亚热带景象。走到这儿已经到上下杭景区了，仍然是风情老街。福州真的是一个有历史的城市，这边的历史文化街道好多呀。福州有2000多年的发展史，和伦敦的历史时长差不多，不过中国还有一些城市有三四千年的历史呢，且延续至今，如西安、洛阳、开封、商丘、安阳、邯郸、邢台、武汉、曲阜、南京、北京。

回　程

福州南站的检票口比虹桥站的少五六个，但看上去车站面积和规模并不比虹桥站的小，设计得也漂亮，比虹桥站新。福州铁路段归中国铁路南昌局集团有限公司管辖。这一次往返乘的动车，玻璃窗擦得比高铁的还干净，不妨碍我拍照。回上海的动车上，我坐的这节车厢里，大部分时间很多座位都空着。现在是旅游淡季，所以我在福州的这几天晚上六七点钟找宾馆房间也能轻松找到。人们有钱、有时间了，就会大量造庙宇、道观、教堂，老百姓私人也会建祠堂、家庙、灵堂之类的，这几个月的旅途中随处可见，哪怕是铁路两边。

动车经过宁德，这里的农民喜欢在河湖里垒围堰。宁德时代新能源科技股份有限公司就在宁德市，成立于2011年。上汽集团也在宁德设了很大规模的工厂。上汽集团在印度开设的名爵（原来是英国品牌）电动汽车工厂被印度政府狠狠地收割了。印度的营商环境让全球很多公司都望而却步，比如特斯拉就不敢去设厂，因为福特、浦项制铁这些公司在印度都吃过大亏，小米、vivo、OPPO、上海电气、沃尔玛、亚马逊、可口可乐、麦当劳也有类似遭遇。

希望各地都设右图这样的标志，两周后看到宜春在高速铁路旁边的两头边界（宜春市辖地域边界）都设了这样的标志，花费不多却有意义。这是收割后的稻田。5天过去了，还有一些稻田未收割，有的稻还泛着青色。2023年11月23日听央广新闻了解到，全国有早中晚稻种植。作为发达省，浙江即使不种双季稻，也会种早中晚稻，所以这几天一路上我会看到有的稻田收割了，有的稻还未熟透。我揣摩，前一茬庄稼的收割时间和稻种决定了种植时间。以前种双季稻是为了增产，粮食不够吃。

铁路旁的行政区边界标志

听说台州的不少农田撂荒了，很多农民到当地城里或者外地打工，对收益不高的庄稼种植没有积极性。有没有人愿意到类似这样的地方承包农田做现代农场主呢？

浙江境内，农民在田里焚烧的情况挺多的。

在欣赏美景时，我想：如果没有革命先辈的浴血奋战和建设前辈的吃尽艰辛，就没有我们后人的幸福生活。加上路程，这次福州行总共五天，只花费了1800多元，返程票是兑火车行程积分免费换取的，100积分可抵一元人民币。12306网站车次信息显示页面上，有"兑"字的车次可以兑积分购买。

长沙篇

2023年12月初,我去了一趟长沙。两周前去福州乘的是动车,单程六个多小时,我觉得路上时间太长。打开地图,上海到长沙的直线距离明显大于到福州的直线距离,必须乘高铁。上次乘动车是因为想在松江南站乘,不过我算了一笔账:到虹桥站乘车,要提前两小时出门,到松江南站也要提前一个半小时,两相对比,只少半小时,而乘动车却要多花若干小时。在一些火车站看到有从南方发车到哈尔滨的普通火车,车里也有很多乘客,他们应该是不赶时间,乘普通火车可以省钱。

这天一开始我纳闷:提前两个多小时出门,怎么还差点赶不上 G1337 次列车。踏进火车坐下来两分钟内明白了,因为今天第一次坐三条线路地铁——从 9 号线转 3 号线再转 2 号线,应该是太绕了,所以来不及,下次还是乘到七宝下,再乘公交。从松江乘 13 路车,再换 4 趟地铁到复旦大学,同样要两小时多一点。赶时间时觉得地铁速度挺慢。

虽然后来知道来不及了,但我下 2 号线后没有一路奔跑,而是小跑一下再快步走一走,不仅为了不想跑出一身汗,也为了让自己保持冷静,该看指示牌时看指示牌,该问人时问一下人,大不了改签下一趟车。

2012年底在底特律换机时,看到一位高大的白人男子,五六十岁的样子,应该是为了赶飞机,在候机大厅通道里飞奔,"夸叉"一声摔倒在滑溜溜如镜面的地砖上,过来另一位白人男子,是过路人,扶他起来。估计飞机赶不上,人也摔蒙了。再看看下面相反的例子。

两周前在松江南站看到一男青年,已经迟到了,不能由自动检票口进入,即停止检票了,检票员人工检票,让他进入,他进去后还走错方向,检票员叫他往回走,他拉着箱子慢悠悠往回走。检票员厉声呵斥他:"还不快跑!!已经迟到了!"他才跑起来。哈哈,还有这样慢性子的人。20世纪前半叶,老前辈鲍乐乐和金慧生合说的上海滑稽戏《三种脾气》,讲的那个慢性子的人更是慢到天际了。

还有一个例子呢。2023年12月5日，9号线地铁松江体育场站，地铁的关门警铃已响起，门灯也在闪烁，一中年男子拎着包笃笃定定往车厢门走过来，没有一点着急的样子，也不像第一次乘地铁。结果他的一只脚刚要踏进来，门"唰"地关上了，他猛地一惊，反应倒挺快，踏出的那只脚收回去了，并且奋力把被外层门（站台边缘处的门）夹住的包拽回去了。现在想想还蛮搞笑的，慢性子的人还不少呢，而且可以慢到如此境界。

乘高铁去长沙的路上

隔了两周再出来，浙江境内还有一些晚稻没有收，有的晚稻还稍微有点发青。一些高铁就像G1337次列车一样，玻璃窗没擦干净，害得我一路拍的不少照片都作废了，还没有动车的车窗擦得干净。而且座位处也没有电源插座，一些动车还有插座呢。

两周前往返松江与福州南站的动车，每扇窗有两块独立的窗帘，这样前后两排乘客可各取所需，想收起就收起，想放下就放下，没有明显的矛盾。这样的贴心设置，我尚未在高铁里看到。

往车窗外看，浙江农民的房子挺漂亮的，江西农民的房子也不差。我告诉老家在长春的同事，我一路上看到北方农村的楼房远没有南方的多（我以为这是由于北方农民没南方农民有钱），他说是因为北方天冷，不适合造楼房。我想起来，2019年在吉林省的二道白河（长白山旁边）那边旅游，确实看到农村的房子都挺矮，这样便于保暖。

这趟线路的一开始是从上海虹桥到嘉兴，到桐乡、杭州东站，再到义乌，义乌西面就是金华。浙江的西部是金华，西端是衢州，过了衢州就是江西的上饶，然后是鹰潭，南昌在当中。南昌火车站附近高楼林立，很有大都市的派头。再过了宜春和萍乡，就是我要到的长沙。这个路线是一路向西的，两周前是一路向南到福州。萍乡是江西的西端，而长沙则是湖南的东端，也就是说，这个省会并不在湖南省的当中，而在边缘。过了萍乡站，开了半小时就到长沙南站了。在萍乡北站附近看到许多风车叶子堆在地上，挺像超级大羽毛，一开始远远地，还没看出来是什么东西。

右边这张照片是在江西境内拍的，高楼林立的地方是南昌西站附近。南昌现在建设得很好，网上有人贬低江西的发展，我不同意，全国34个省级行政区的发展都有可圈可点之处，绝大多数省级行政区都有若干个城

赣　江

市，其建设水平放在全球范围比较，都不逊色。赣江穿过南昌。

看到不少水牛、黄牛悠闲地在田里吃草，用上海话讲叫"吃稻柴"——这里刚刚收好稻谷，田里剩下稻秸。上海话里还有一句俗语：牛吃稻柴鸭吃谷，各人自有各人福。唉，牛这么辛苦，却吃稻秸，鸭子却能吃稻谷。不过牛愿意吃稻秸和草，并无什么抱怨，所以鲁迅赞扬老牛精神。估计主人到黄昏时再来把它们领回去吧，或者它们自己知道走回家？希望等它们老了的时候主人不要杀它们，也不要卖掉它们（农民的做法常常是卖掉老牛），而是为它们养老送终。你养了它们一辈子，它们也为你服务了一辈子。

踏上长沙的土地

今年夏天刚开始到外地游历时还有些担心，担心碰到不顺利的事，偶尔也会落寞，现在奔向远方和诗则保持平静和愉悦的心情。在长沙南站旁边的公交枢纽站看站牌信息，湖南大学跟我有缘，看到了它就决定乘63路车前往，把它作为我在长沙的第一站。天上二十八星宿之一的轸宿的附星叫长沙，它对应着地上这一块地方，因此为这块地方取名长沙。

乘63路车经过猴子石大桥，过桥之前是南郊公园，注意，虽叫南郊公园，但它是在湘江东边。湘江当中是橘子洲，上面有毛主席年轻时的半身像。江边的山是岳麓山，其实距江边有3公里左右。岳麓山前面（东面）两座小山是凤凰山和天马山。上海松江也有天马山，比这里的天马山稍矮一点。

深秋，红的、黄的枫树很夺目，所以主席说"看万山红遍，层林尽染"。词的第一句"独立寒秋"，恰好我也是寒秋来到长沙。2023年12月26日是主席诞辰130周年，当天中央召开了纪念毛主席座谈会。在中华民族的复兴过程中，毛主席这位伟人在我心中的地位是无比崇高的。

湘江当中的橘子洲

湘江西岸岳麓山下的两所 985 大学和湖南美术馆

从长沙火车南站乘车到湖南大学，路程可真远呀，站数很多，到后面我都担心是不是看错站牌信息、乘错车了，花了一个多小时才到。

潇湘中路或者说整个潇湘大道就在湘江边上，东对岸叫湘江大道。滨江大道上的牌楼对着的湖南大学旁边的路就叫牌楼路，路北侧还有湖南师范大学（211 大学）。岳麓山下凤凰山区域，湖南师范大学和湖南大学的校区交错；岳麓山南麓，再加上中南大学，三校校区交错。

长沙的高教资源很丰富，中南大学和湖南大学是"985 工程"大学，再加上国防科技大学，有三所 985 大学。牌楼路上有好几处篆刻着古人游岳麓山时写的诗。我在湖南大学稍微看了看，未看到喜欢的建筑，就没再往里走，也就是没往岳麓山方向走。当时也想过，可能我浅尝辄止了（后面的事实证明了此点），不过也可能因为它的校园比较零散（许多校区无围墙，从照片中的校牌风格也能看出，没有传统的大门），没有引起我的兴趣。

目测岳麓山离我所在的地方大概有两公里，我在湖南大学校园里找了一辆美团单车，往公交车来的方向骑，准备探访我看到的好地方，没有去探访岳麓山脚下。潇湘中路上有岳麓山（国家）大学科技城（勿被单位挂牌误导，无"岳麓山大学"这个单位），有新中国海军司令萧劲光大将的故居，门口有武警站岗。我不想被小景点耽搁时间，当时已经快到四点半了，所以没进去参观。

全国范围内，比湖南美术馆大的美术馆应该不多，不过上海的中华艺术宫的展览面积或者建筑面积比它的大很多。当时听说湖南博物院比美术馆还要大，另外还有三馆一厅的规模也很大，厅指音乐厅。美术馆的参观者比较少，在大门口看不到参观者进进出出。

湖南大学的入口没有围墙和大门

湖南美术馆外景

四点半，美术馆就不让进了。问一位在馆周边拍照的人，问她有没有进馆参观，看了以后感觉怎样。她说打动她的画不多，这个想法跟我的很像。我今年夏天参观过几个美术馆，能够打动我的画作确实不多。一位当地的阿姨也说，参观者少，与展品有关系。

这里是岳麓区。接着去靳河路对面的中南大学参观。中南大学的面积有4700多亩与5800多亩两种说法，在全国大学里算比较大的学校。有色金属专业是其拳头专业之一。我乘63路车来的路上还经过他们的铁道学院。商学院不仅建筑规模大，还占据着东门口的显要位置。

骑车好冷呀，手上没手套，前两天晚上也没睡好，不过我仍然坚持参观下去。2023年下半年，我在全国各地游历就有这么一股子干劲，不怕苦不怕累。已经天黑了，北边一带没骑过去看，只是在南边一带远远眺望它。第四天在岳麓山顶听中南大学的人说，从中南大学旁边的岳麓南脉登山，20多分钟可以到山顶的观景平台。

去五一广场途中换成另外三个参观点

在中南大学老校区旁边乘公交去五一广场。公交车进入潇湘中路上的隧道，隧道本来与潇湘中路是平行的，一段路后它先向左拐，再向右拐，也就是绕半个圈，从而穿过湘江，到了东边，河东（长沙人称河西、河东大概是为了与江西区分）是更市中心的地方。隧道原来也可以这样挖，起始路段可以与滨江路平行。我在上海没有碰到过这样的隧道，所以觉得新奇。

看到马路边漂亮的房子，改变主意，赶紧下车。这里是湖南省第一师范旧址及其第一附小，附小仍然在这里运营，毛主席年轻时曾是第一师范教员和附小主事（相当于校长）。这天是他们的开放日，所以我得以轻松地进入小学校园参观。里面有历史陈列室、思政教育展览室，还有一个大礼堂，几个孩子正在排练。

古代，这里是书院，创建于南宋，1901年实行新政，改为新制式的学堂。这些房舍是民国时重建的（原来的楼已在抢米风潮中被烧毁），中西风格合璧，门口的主楼有骑（街）楼风格。该校与湖南师范大学不是一个学校。马路对面的高楼大厦也很漂亮。

菊花石雕塑

在第一师范公交站看到站牌上写有湖南博物院,向身边的人打听,说要预约。最早只能预约到我在长沙逗留的最后一天。看到站牌上还有国防科技大学站,便乘车前往。快到国防科技大学时,在车上看到湖南省工艺美术馆,就在九尾冲提前下车了。这是一个有特色的工艺美术馆,主要展品是菊花石雕塑,是湖南特有的工艺品。菊花石产自浏阳,现在已经不允许再采石了,所以原石越来越珍贵。菊花石雕塑是根据原石上的原有纹理,特别是菊花纹理,展开想象并雕塑而成的。上页照片中的菊花是菊花石雕塑中比较大的,因为更突出菊花而非别的雕塑形象,所以显得珍贵。

这里还展出土家族织锦。这些织锦是织出来的,不是在大幅底布上绣出来的。其中一件小样展品的原作品有 170 平方米,5 位优秀织女加上好几台织机织了 8 个月,那件小样展品也有一幅大型绘画那么大。童年时听广播里的民间传说,还听到过美若云霞的壮族织锦。在湖南,按人口计,土家族是仅次于汉族的第二大民族。湖南的少数民族还有苗族、侗族等。这里还有精美硕大的瓷器等展品。

工艺美术馆的小妹妹对游客很友好,很礼貌,见我认真观看展品,主动起身过来为我介绍,也比较专业,对馆里的展品侃侃而谈。她的表现对得起自己的岗位,成为工艺美术馆的良好形象代表,不像我之前碰到的一些工作人员。我和她有这样一段对话,第一句是我说的。

"这个看上去好像木雕呀!"

"这个就是木雕。"

"标签上写的是菊花石雕。"

她伸手拍拍展品,又捧起来掂掂分量,说:"牌子写错了。"她让我也敲敲展品,我屈起指关节轻轻敲了敲,也觉得是木雕,说:"是木质的。"

"我会告诉他们,换掉这个牌子。设展工作量很大,难免有错误。"

工艺美术馆附近的九尾冲(湖南叫"某某冲"的地名很多,例如著名的韶山冲,长沙也有不少叫"某某冲"的地方)站到国防科技大学站只有小半站路,可能是特地为国防科技大学再设一站。这里是开福区,得名于开福寺,不算市中心。国防科技大学门口有卫兵站岗,应该进不去,于是乘车往来的方向去。前面来时路过五一广场,就去那里吧,这天早晨本来就打算去那里的,正好

国防科技大学校门

又乘上358路车。中国科大的门与国防科大的门有点像，不过国防科大的门更气派。国防科大在南京、武汉和合肥还有分校。

又经过湖南博物院，一年前叫博物馆，现在，一些当地人仍习惯称其为博物馆。马王堆文物也在里面，博物院公众号显示，马王堆在封闭整理中。博物院旁边是烈士陵园。蔡锷路五一大道站下去就是五一广场附近。蔡锷路还挺长的，还有蔡锷南路和北路，路边有他的骑马雕像。蔡锷是湖南邵阳人。前一天在湖南美术馆附近看到一家建设公司用雷锋命名，雷锋的故乡也是湖南，长沙有雷锋纪念馆。

五一广场及周边、湘江中路滨江大道

平安堂是商厦，与五一广场隔着一条五一大道，或者说也在五一广场区域内。建造平安堂挖地基时，在一口井里出土了孙吴时期的10万枚简牍，也就是官方文档，成为重大考古发掘，所以就有了简牍博物馆。如此巨量的简牍为何集中于井中？可能因为三国时战事频仍，例如蜀吴反复争夺长沙这块宝地，在这样的兵荒马乱阶段，东吴官府就把这些简牍藏于井中。

这里不但有黄兴中路，两头还有黄兴南路和黄兴北路，黄兴北路和湘江北路一样，延伸到北辰（开福区）。黄兴中路和黄兴南路步行商业街接头处还有巨大的黄兴雕像，雕像有两层楼高。黄兴是长沙县人，他的墓就在岳麓山上，从岳麓山景区南门（湖南大学处）登山，墓就在山路附近。这条山路附近还有萧劲光墓。黄兴是北宋文学家黄庭坚的后裔。

在黄兴中路解放西路路口，沿解放西路往西（湘江边）走，走了100多米，就是太平街，贾谊故居就在这里。名头初听上去很震撼，西汉朝，2000多年历史的故居！有几座城市会有？不过经过毁建、毁建百余次，现在的房子肯定不是他当初住的，但是他用的8字井依然在。贾谊的思想是长沙文化的源流之一。太平老街是风俗文化街，卖吃的居多，我就不高兴逛了。

于是走到江边。橘子洲大桥，从上面走过去，好像能下到橘子洲。也可以乘地铁去，我拍照时站的地方附近就是湘江中路地铁站，开很短的路

橘子洲大桥

就到橘子洲站了。向对面看过去，看到的不是江对岸，而是橘子洲，它很长，所以看上去像江岸。这边湘江中路滨江大道上的人气比对岸潇湘中路滨江大道上的人气旺多了，不过到湘江北路的滨江大道，人流又少得多。2023年年初，长沙常住人口是1042万人，算得上人口大市了。不少人在唱湖南花鼓戏，都用上了音箱，吵得要命。我本来想在旁边坐下来歇歇脚，不管听得懂听不懂也欣赏一下，但太吵了，所以没有坐下来。

五一广场及其周边、湘江路边上有很多高楼大厦，写字楼、居民楼也挺漂亮，不过市区里也有很多地方，房子很旧，并且不好看，与我两周前去的福州相比，这里的城市发展速度偏慢了。

一路之隔的简牍博物馆和天心阁

在湘江中路乘车去长沙简牍博物馆。博物馆门口牌子上的字是启功题的，启功的字，笔画比较瘦，这样就讨巧，鉴赏者不容易找到缺点。我小时候练过一两年的书法，后来成为初中生的我看到启功的帖子，就不喜欢这种风格，认为写毛笔字嘛，笔画就应该粗一点，除非是文案写作、写文章时，那个时候笔画可以细一点，毕竟是在写小字。出土的简牍，最早的是春秋战国时期的，商朝和西周的没有。我估计，简牍的材质不只是竹片，也有树片。

简牍博物馆的马路对面就是天心阁，4A级景区，不过要往前走一段路才能找到大门。这里是天心区，在长沙南部。门口的楹联"湘流北去，岳色南来"，"岳"指岳麓山。题字的周谷城是历史学家，出生于湖南益阳，复旦大学的老楼也有周谷城的题字。

天心阁公园内有崇烈塔、崇烈门和崇烈亭，都是为了纪念抗战将士而建的，不是有部电视剧《战长沙》嘛。还有一部老戏文也叫《战长沙》，那是关公大战黄忠。崇烈门的上联是"气吞胡羯"，这句话不甚妥当，用我们现代人的眼光看，胡人和羯人也是中华民族的一部分[①]，现代人不应沿用古人的观点用胡羯指代外族侵略者。天心阁下的古城墙在历史中也是抗击侵略的功臣。

现在，天心阁下200多米的古城墙是长沙仅存的城墙，始筑于明洪武年间。这与上

---

① 胡人后来融入汉族和蒙古族，还有一部分融入欧洲的民族。不过五胡乱华确实给汉族、给中原人民造成极大伤害，五胡乱华前汉人有2200万，五胡乱华后汉人人口锐减至1300万，另一说是400多万。那一长段时期是中华民族的悲惨时期之一，从东汉末年乱局、军阀混战，到三国征战，再到五胡乱华、南北朝分立。古今中外，整个人类一直是多灾多难的，一直到今时今世，这与人性中的自私、贪婪、残暴、狡猾等负面因素是分不开的。

海的情况差不多，上海类似的地方叫大境阁，都是辛亥革命一结束，就开始拆城墙——为了拓展城市。所以现在有完整城墙的城市弥足珍贵，例如西安、平遥和大同，大同的城墙是本世纪初新建的。长沙更古老的夯土城墙始筑于刘邦封王时代。一直到抗战时期，天心阁都是长沙城的制高点。

漂亮奢华的国金中心和世茂中心

傍晚五点多钟从如家出来看夜景。没想到我就住在市中心（定王台），附近就是世茂环球金融中心，小半站路路程，200米左右。不过如家周边的建筑和街道比较旧，所以我才没有意识到自己住在市中心地段。长沙市容就是这样，豪华艳丽与陈旧低端混杂在一起，可能就是一种在正面，而另一种在背面，或者在左边与右边，零距离，紧紧相贴。

世茂环球金融中心的主要功能是写字楼，高343米，有73层，是长沙第二高楼。

走到解放西路。也有人和我一样在等着看迪士尼的三维动画广告，迪士尼的广告在现场看，立体感非常强。解放西路与黄兴中路路口，人行道有斜着的，可以斜着穿马路。这里是我在长沙看到的人流最集中的地方，可与上海的南京东路媲美。

国金中心规模确实非常大，它的开发商是香港的九龙仓集团。这个开发商很有实力，在成都也有一个规模差不多大的国金中心，我在重庆看到两个国金中心，一个规模小不少，在解放碑步行街，一个规模更大，在江北嘴金融核心区。这里的客流量不大，跟上海环球港、兰州万象城差不多，看来马路上的人流未被充分吸引到这里来，这与商厦的档次有很大关系吧，档次过高，商品价格过高，多数人自然不

世茂环球金融中心后门处

会来购物，顶多来逛逛看看。

  我从后门走出来，其实要走到解放西路，还是应该回到商厦，从商厦的前门走出去，不应该在它的后面绕。从住宿的酒店出来逛，返回时一定要保持清醒，不能糊里糊涂、凭着感觉走路，感觉可能会误导我们，原路返回是最保险的。

  如家酒店旁边有一座古浏阳门，出浏阳门是往浏阳去的，门内是刘正街。长沙的公交站即使很长，站牌也放在一起，方便乘客查看，不像北方的一些城市过度分散放置车站站牌。路牌的顶端文字还告诉人们这里是什么区。

  前一天晚上觉得没把国金中心逛够，当时赶时间，今天再去逛一逛，尽管并没打算购物。只是里面有点热，一些营业员因而穿得挺单薄，就是春装的样子；两天后乘高铁，也觉得里面热。冬天人们穿得厚，没必要把空调温度设得较高，否则反而让人不舒服，还费电。

  两栋塔楼中高的一栋高452米，95层，是长沙最高楼。稍矮的一幢是公寓楼，像豪华写字楼一样的公寓楼，它的墙面上可没有其他公寓墙面上那样的空调室外机（例如附近的壹号公馆等高档公寓），显然用的是中央空调。我这几个月转了这么多大城市，较少看到这样的公寓楼，成都总府皇冠假日酒店附近有两幢类似的公寓楼，不过外观没这里的豪华，也没这里的高。实际上其他地方也有一些著名超高层大厦的部分楼层作为高级公寓出售。

  从4层（尼依可酒店迎宾大堂）乘电梯直达93层，要一分多钟（我估计的，不一定准确），速度比较快，不过耳鸣气塞的不适感不明显。网上资料显示，国金中心的电梯速度在全球名列前茅，达到10米/秒，例如，苏州国金中心（江苏最高楼）从一楼到450米高的91层顶楼只要45秒，相关资料还说，有这样快速电梯的超高层大厦，全球不超过10座。

  住在93层的客房俯瞰长沙一定很爽吧。不过我不喜欢住高层，这几个月里有几次不得不住十几、二十几甚至三十几层的客房，因为没得选择。住宾馆时不要怕麻烦，要预先看好逃生通道线路。

  长沙公共汽车里的电子屏不显示到站信息，总在播放公益广告，有时候喇叭的声音又比较低，一点都听不清报站信息，都不知道到哪站了，让人干着急，而且有时候也看不到车窗外的站牌信息。不过长沙公交车司机们遵守的规矩挺大的，乘客刷卡后没坐好，他们都不发动车，我到长沙后第一次乘公交车时不知道这个情况，还以为那个司机的动作慢吞吞的。

有历史陈列室的长沙大寺——开福寺

开福寺大悲殿内景

第二次去国金中心，这次逛够了，出来在解放西路乘 11 路车去开福寺，下车后问路，被那个人指错路了，绕了很大的一个圈子才走到山门，下次还是问公交司机。其实我下车后应该倒走，走到旁边的开福寺路，再走到大门就近多了，在开福寺路路口也能穿过湘江大道走到江滨。而我则绕到了开福文化园背面和开福文化公园，多走了很多路，不过路上看到长沙的居民楼挺好看的。终于走到大门口了，寺里的人怎么能把货物堆在山门口呢？

看到开福寺里的大悲殿，想到 2014 年在九华山看到的大悲寺——牌坊和大殿都很旧，足见其历史吧，九华山上大大小小有很多寺庙。大悲殿是开福寺里最大的殿吧，好像比大雄宝殿还大，也更漂亮。佛寺大殿里悬挂的长长的彩带叫"幡"，不过我不知道那个高悬的圆圆的叫什么，可能就叫（黄罗）伞盖，就像皇帝出行时打的那种，既遮阳，也是一种仪仗。我没有拍菩萨的正面像哦。如果把这样的"伞盖"圆周下摆加长很多，形成长筒状的佛殿装饰，叫"幢"，当然，筒的直径要小很多。

大悲指大慈大悲观世音菩萨，又叫观音菩萨，是在唐朝时为避李世民的讳而省掉一个字。观音前身是慈航道人，《封神演义》里有关于他的描述。把大悲殿的一圈斗拱用网罩起来，是为防止鸟和蝙蝠筑巢、栖息。开福寺里的师傅都是尼姑，古人并不写父亲的"父"，而是写这个"傅"，所以当今的师父们不要太在意别人把他们写为"师傅"。

湘江大道江滨、三馆一厅

在开福寺山门西面的车站等 237 路车前往三馆一厅时，忽然觉得附近就是滨江大道，因为那边一片开阔，看不到有楼，只不过路口有白板挡着。问了一下过路人，确定后就往滨江大道走。站在此处看，对岸右边是金融区。这座桥以前叫"二桥"，橘子洲大桥以前则叫"一桥"——当时是聚全市之力造的，很多市民都参加了造桥的义务劳动。

此时江水不急，不容易看出流向，是往北流的，到岳阳入洞庭湖，洞庭湖的水再入长江。湖北嘛，就在洞庭湖的北面。从长沙乘高铁去看岳阳楼，车程半小时，自己开车的话要两小时。江对岸的这些高楼是近 10 年内造的，之前那边主要就是河西大学城，再早的话，江对岸基本上就是郊区，甚至就是乡下了。

湘江二桥附近，江面与上海外滩处的黄浦江差不多宽　　　　亲近一下湘江水

乘237路车到三馆一厅站下。这里是开福区北辰，附近的本地人说，房价每平方米只要一万七八千元。看到此处的居民楼很好看，我没有去找三馆一厅，而是爬上天桥四处看看。当时已是傍晚，三馆一厅也进不去了。后来走着走着又到了江边，像七月里在兰州亲近黄河水一样，我在长沙也亲近了一下湘江水。江边人流少，所以这里的店铺也门可罗雀，还有一些店铺未租出去。

长沙的高楼大厦真多呀，这一点跟成都和重庆非常像，而且居民楼都这么高，这一片社区也很大。长沙的很多居民楼非常好看，比我目前游历过的所

长沙的居民楼非常好看

有城市的都好看，包括上海。长沙人把商品房的外墙设计得像写字楼外墙，漂亮、豪华、有个性，给我留下了深刻印象，前面提到的国金中心更是极品。

2023年12月，听收音机里的演讲，发言人提到，在引领生活时尚和新形态方面，长沙相对于上海还没有竞争力，而成都则有一定的竞争力——大致是这个意思。此二城2023年我都去过，对成都更是久仰大名，例如茶文化、摆龙门阵、川菜、麻辣烫、火锅、夜市、麻将、熊猫、川剧、天府之国，就是慢生活，所以目前我认可这位演讲者的观点。迪士尼也将落户成都了——中国的第三座。

长沙滨江文化园的主体建筑就是三馆一厅，2015年建成开放，文化园总占地面积196亩，步行逛一圈觉得很大，建筑面积15.5万平方米。爬上音乐厅的台基往西面走，又来到滨江大道了，下页第一幅照片是湘江北路的江景，前两天看到的都是湘江中路的江景。

湘江的水清澈得可亲可爱，比黄浦江的清澈多了，黄浦江的黄，差不多可以和黄河比。所以主席写道："……漫江碧透……鱼翔浅底……"湖南人民把湘江保护得挺好，估计现在的水质跟主席年轻时看到的也差不多。岸边虽然有时候起了波浪，但还是看不出江水的明显流向。湘江自南向北穿过长沙，处处皆景，令我叹为观止。

清澈可爱的湘江水

长沙市博物馆真大，见左下图，其建筑下层是长沙市规划展示馆；右下图是长沙市图书馆外景。音乐厅旁边有一个大台阶，可以爬上去俯瞰周边的景色。

长沙市博物馆外景

长沙市图书馆外景

来到岳麓山脚下

前一天在解放西路等 11 路车去国防科技大学时，跟当地的一位大哥聊到，我在湖南大学没有深入进去看，就去省美术馆和中南大学参观了。他说："有毛主席像的东方红广场你到了吗？那儿就很热闹。岳麓书院你去了吗？还有爱晚亭，岳麓山你爬了吗？"他这么一说，我决定第二天参观完三馆一厅再去岳麓山。

12月1日，进入湖南大学的一个有围墙的校区，看到的房子很普通，其他开放性校舍在牌楼路两边比较分散，没有集中的规模和气势，我当时又不知道它是"985高校"，于是看轻了它，找了一辆共享单车就往美术馆骑。虽然知道岳麓山就在前面（西面）不远，但目前对纯旅游性质的爬山不是特别感兴趣。

这天从4号线湖南大学站出来，发现这里的校舍挺好看的，并且是有几十年历史的老房子。大礼堂给我留下了深刻印象，它是1952年建的，当时是知名建筑。

湖南大学大礼堂外景

岳麓书院，5A级景点，门票要40元，现在是湖南大学下辖的一个大学院，内设若干系和研究基地。再往上走一段山路，就到爱晚亭了，该亭系由毛主席题字。题字一般指为建筑物和机构等写名字，题词则一般指写评价、鼓励类话语，两者都用毛笔以书法艺术形式呈现。如果毛笔书法不行，你用钢笔给别人写一段话，是不好意思称题词的；没有一定的身份或地位，也不好意思称为题词或题字的。题字时一般有现成书写内容，例如大楼名、机构名，所以题写者如果书法不足够好或者地位不足够高，也是不好意思写的。

举一个较特殊的例子。溥仪后来谈不上有什么地位，只是文史馆的一名研究人员，还是从抚顺战犯管理所特赦的战争罪犯。但是他的身份很特殊，之前的两份工作都是皇帝——大清国皇帝和伪满洲国皇帝（当中失业过一段时间），所以他如果为别人或某幢建筑题词、题字，还是有价值的。

顺便说一下，日本人大量使用汉字，起码一直到二战前后，许多日本文化人还在用毛笔书写公文，就像同时代的许多中国文化人一样，例如毛主席不但用毛笔书写公文、发布命令，也用毛笔写书，他的洋洋大观的著作就是用毛笔写的。回到日本人的话题，他们从中国汲取了这么多文化（如语言文字、思想、文学、艺术和佛教），学习了这么多技术（如建筑技术、食品技术），但自中国明朝起，他们侵略起中国来脸不红、心不跳。在二战时期，他们用中国人发明的毛笔和纸，用汉字书写、发布侵略中国的一道道罪恶命令，这样强大的心理素质，令人叹为观止。

从山路一处抄近路上岳麓山顶，几乎直上直下，爬得急了，到山顶后喘不过气来，头晕，难受，缺氧。今年8月，我在泰山选择乘索道上去可能是正确的选择，一直没去拉萨，可能也是正确的选择。上了一定岁数的人还是谨慎一点好。有的人知道水危险，漂流、乘游船会遇到意外，爬山体力不支也危险。我一个人爬那一段山路也有点担心，幸好有山顶的湖南电视台发射塔作为我的灯塔（市内有山，在上面建广播电视发射塔，条件得天独厚，贵阳也是这样），知道自己没有走错路，以后还是不要有这种冒险行为。

其实爬到山顶也没看到很美的风景，可能是因为岳麓山还不够高。不知道到南门的车五点半就停运，只好走下去，好累呀。岳麓山旅游管理部门应该在车站竖一块明显的牌子，告知游客旅游车的停运时间，这样游客才能合理安排时间啊。

满是宝贝的湖南博物院

从湘雅医院附近的酒店走到博物院不算远。博物院大厅很宽敞高大，我别的展厅都不看，直奔马王堆文物展厅。马王堆古墓出土了很多漆器，西汉时人们就如此喜爱漆器，包括把它们大量当作餐具，后来的世世代代均如此。漆器的漆源自漆树树液，对人的健康无害。当然，现代中国人基本上不用漆器作餐具了，但日本人仍使用漆器作餐具。

右图是湖南博物院三大镇馆之宝之一——T形帛画，即辛追夫人的幡。下层代表地府，中层代表人间，上层代表天堂。上层里，金乌代表太阳黑子，古中国人用了一种很形象的描绘。西方学者说，中国人比他们早两千多年发

湖南博物院镇馆之宝：T形帛画

现太阳黑子。两个戴冠之人为帝阍，天国守门人；仙鹤代表长生不老；蟾蜍代表月亮。中层里，辛追和三位侍女正冉冉升入天国，而她的家人正在祭奠祷告。中间的画面也许暗含着一个残酷的事实，即三位侍女是陪葬的。下层，地府中一个巨人托举着大地。整个画面反映了古人的世界观。

马王堆出土的《周易》《德道经》《春秋事语》等对修订、研究传世版非常有价值。例如文物中，《德经》在《道经》之前，与传世本不一样，这对我们理解老子思想有一定的启发。马王堆在芙蓉区，现已封闭，文物基本上都在这里，博物院这里是开福区。芙蓉区是长沙的繁华市区。

在三号墓利豨墓的古长沙地图展柜旁，一位男讲解员故作高深地对他的几位顾客说：

"一号墓里都是些吃的、用的,大家喜欢在那里看;三号墓里有大量文字和绘画文献,这些对传承历史才更有价值。"他说错了,两者都有价值,并且是一样的大。只有文字,后人或者外国人会说,这些记录会不会是传说。所以实证非常重要,实实在在的器皿就可提供实证。以前我们的五千年文明史不就受外国人质疑吗嘛,当然,现在早已得到证实,甚至能根据稻种化石,把我们的文明史逆溯至一万一千多年前。

也有人质疑希腊文明极度欠缺实证,甚至怀疑他们的一些书是后人伪造的,或者抄袭自西亚文明。当然,西方人决不允许别人质疑他们的文明起源,因为涉及他们的文化自信和"民族优越性",尽管他们很热衷于质疑我们的夏朝历史。西方人定义的文明标志也值得商榷,例如一定要建立国家和城市吗?其他形式的发展就不能纳入文明形成的范畴?反之,只有实证,例如器皿,没有文字记载,这样的历史也没有说服力。

每个人都应该把自己的工作做好、做精,对得起自己的工作,对得起自己吃的这碗饭。我今年下半年在外游历,多次发现一些工作人员没有达到这种状态。例如我在湖南博物院咨询了几次,工作人员都不知道答案。我在大堂咨询台问建筑面积是多少,那个男性工作人员说不知道;我问凭什么把博物馆改成博物院,那个女性工作人员也不知道;我在一处展厅问,"洗"是不是指笔洗?工作人员不知道;我问辛追古尸展览处的工作人员,现在的保存方法会比古代的保存方法更保险吗?她也不知道。站在展厅的工作人员不只是维持秩序的,他们必须能回答相关的问题。可见,一些博物馆的培训不到位。

辛追古尸在墓穴中存放了两千多年仍相当完整,肺部迷走神经清晰可辨,甚至肌肉还富有弹性,就像刚刚死去。这种湿尸保存方法是与木乃伊等方法齐名的。所以我才有上述疑问,现代保存方法能达到古代方法的效果吗?此古尸是湖南博物院的又一件镇馆之宝。不过我俯瞰现在存放于好像是水晶棺里的古尸,觉得它的长度明显大于多处简介提到的1.54米,此高度为墓主辛追夫人的身高。还有一件镇馆之宝,是只有49克重的素纱单衣。我刚刚用"俯瞰"一词,是因为博物馆里模拟的墓穴非常宏大,分好几层。

湖南博物院里的宝贝真多呀,而且往往是大家伙,放到其他一些博物馆都能成为镇馆之宝。这里的简介牌离文物也太远,要放近一点,方便参观者把它们都拍下来,不一定非要机械地固定在橱柜上。

湖南博物院确实很大,比天津博物馆大,好像也比上海博物馆新馆大一点。既然湖南博物馆前两年可以改名为博物院,福建的也叫博物院,上海博物馆有人民广场和世纪广场两处很大的展馆,馆藏文物约102万件,国宝级的文物又很多,不也可以申请改名为博物院吗?

湖南博物院由几幢楼组成,大楼靠得很近,当中用空中走廊连接。这个布局挺好,参观者看好一个展厅出来,通过空中走廊去另一个展厅,正好换一下脑子,轻松轻松。

尽管叫博物院，但在类似这样的情形中，我认为仍应叫某某（展）厅而不宜叫某某馆，毕竟是在连在一起的大楼里，而非像故宫博物院里的一座座宫殿或楼宇。晋祠博物馆倒是可以称院，它里面的一些建筑倒是可以称馆，因为它与北京故宫、沈阳故宫、长春伪皇宫一样，是一个很大的院落，里面有大大小小的很多建筑。

上海博物馆东馆的设计、布局更人性化，让参观者在休闲空间更惬意，而且休闲空间与室外连通，参观者可以呼吸外面的新鲜空气。与室外连通的旋转步道采用的是类似斜拉桥的结构，很漂亮。

尾 声

从 6 号线湘雅医院站到湖南博物院大概要步行 10 分钟，乘 6 号线换 4 号线或 2 号线到长沙南站。长沙地铁里喇叭不是很响、很刺耳。长沙地铁只在当中的横杠上设拉手，在两边靠座位的横杠上不设拉手，我觉得这样的设置比上海的好。在座位边上的横杠上设太多的拉手，乘客从座位上站起来，防不胜防，会撞到头。而且很多人上车后为了等到位子，不管车厢里挤不挤，都站到座位旁边拉着那些拉手，就像繁忙拥挤的饭店里，后来的顾客站在餐桌边等座位那样，坐着的人会觉得不舒服。

不过长沙地铁车厢有一个很大的隐患，就是关门的力量非常大，那"砰"的一声对初次乘坐长沙地铁的人而言有些惊心动魄，手不当心被撞击、夹住的话，估计是肉绽骨断。我之前说的那位慢吞吞的乘客，要是遇到长沙地铁车门可就糟了。上海地铁车厢门的力道没这么恐怖，关门声音也轻柔得多。长沙地铁关门系统需要改进，是否可以减弱电磁吸力？

这次长沙 5 日游只花了 1600 多元，其中在长沙花费 700 多元，其他开支就是往返高铁费用，两周前福州 5 日游还花了 1800 元，返程动车票还是用积分兑换的。这一次之所以这么便宜，是因为现在是旅游淡季，宾馆房价低，长沙的宾馆房价比福州的低一些。我在外游历花费很低的另一个原因是，我的一个重要目的是考察城市，包括跟当地人聊天，而不是单纯旅游、专往昂贵的景点跑。

后 记

　　今后我还会发扬徐霞客的奋斗精神,继续探访祖国的大好河山,有的城市可能会二度、三度到访,当然,会计划、选择不同的路线和不同的视角走访考察,描绘不同的对象。

　　2023年下半年的多地游历表明,起码对我而言,没有水土不服一说。关键是要休息好,不要把旅游节奏设得很紧张,疲于奔命当然容易生病。除了到日期节点要赶回上海之外,我都是随性游历,觉得这个城市好像该看的都看了,没什么可看了,就买第二天或第三天的火车票去下一个城市。

　　不过也常常估计不足,小看了当时所在的城市,在临走那天或前一天发现还有些地方值得看,此时时间不够了,只能选一个地方匆匆看看,其他地方只好放弃,因为要赶中午或下午的火车,下次再来参观那些漏掉的地方吧。

　　有几次考虑到在游历的尾声需要赶回上海,所以我先去远的城市,再掉头一站一站去离上海愈发近的城市。例如先去成都再去重庆,然后返回上海;先去西宁、兰州……再去北京,然后返回上海;先去哈尔滨,再掉头去长春……然后去天津,最后返回上海。这样,越到某次游历阶段的尾声,所在城市便离上海越近,途经它去上海的火车就越多,买不到票的风险就越小。这就是生活中的运筹学。

　　而去西南城市时我知道不赶时间,因此路线与上述的就不一样,我先去贵阳、昆明,再去丽江,然后返回上海。不过这次却让我吃足了苦,因为从丽江回到上海中途要在昆明换乘,而且从丽江到昆明我坐的是普速夜车,未补到卧铺票,从昆明到上海又花费了整个白天的时间。

　　总的来说,我的游历是慢节奏的、休养性质的,几乎每晚和第二天上午都要把这天的游历及思考,写下来发到网上,并配发照片。有几次最晚写到快到退房时间,即12点甚至下午1点钟前,然后赶紧收拾衣物和包,退房。洗漱是早就完成了,不过如果宾馆不提供早饭的话,就要饿着肚子写。但是这样却让腿脚好好歇着了,否则天天整天在外面走,身体也吃不消。这就是我2023年下半年长时间在外游历却没有水土不服、没有生病的原因。我有几天曾打开微信的走路计数功能,发现自己多时一天走两万步以上,少时也有一万几千步。

　　疫情应该(我的估计)深刻地改变了全球,起码我亲眼所见,它改变了中国。我不仅指人们更重视防范、戴口罩之类的,也不仅指药物研发人员加大研发力度,更想说的是各单位的门禁管理严格多了。如果换在以前,像我这样看上去人畜无害的人,到大多数单位都可以随便进去参观。现在大多数单位都有刷卡、刷脸闸机,2023年下半年,起码有三个校园我就没能进去，军校不计在内。写字楼区域门禁管理更严，所以那些超高层建筑我无缘登顶俯瞰所在、所到的城市，除了国金中心给了我半次机会。遇到那些摩天大楼，我只能逛逛它们的裙楼（商业区域），走到裙楼的楼顶。

如果没有疫情，在全国推广门禁闸机是很困难的。首先是安装门禁闸机的一次性投入，不要说民营企业了，就是国有企业和机关事业单位往往也不舍得在预算中额外拿出一大笔钱。其次是观念、惯性阻碍，尽管会有一部分人赞成装刷卡、刷脸的闸机，但也会有很多人嫌麻烦，不希望有额外的约束。可是疫情暴发后，什么阻碍都没有了，什么资金困难，什么惯性阻力，都不是问题。

之前几个月写网络帖子时，我发现我的记忆力并不像我认为的那么差，乘几路公共汽车，在哪个地铁站下，游历路线是怎样的，看到什么人，听到什么事，甚至吃的什么，大部分都记得清楚。在游历后的几个月写此书时，我同样欣慰于记忆力不像自己认为的那么差，游历路线、个人经历以及一些事，当时因为没有时间未写下来，现在需要它们把一些篇目流畅地串联起来，都能回忆起来，包括一些细节，例如谁说的什么话。因网络显示故障漏掉的若干帖子，相关内容基本上也都能回忆起来。这也算一个小收获，我重新认识了自己。

争取今后更彻底地克服残存、微弱的完美主义，激发潜力，做出更好的研究。看来我的弱点不在记忆力方面，而是欠缺智慧，情商也不够高，因而在人生决策中常出错，走了很多弯路。

尽管人生"不成功"，我却不以为然，不是人们说的"躺平"，而是深深知道上天是眷顾我的，让我保持健康，让我多次有惊无险，能有平静的生活，做自己喜欢的事，夫复何求呢？人生总是与机会成本关联，没有某种生活，失去某种人生道路的益处，却能拥有另一种生活，获得另一种人生道路的益处，有什么不好呢？所以，不要抱怨生活、抱怨命运、抱怨老天。存在即合理。

黄　炜
于上海工程技术大学管理学院
2024 年 4 月